虎がにじんだ夕暮れ

山田隆道

幻冬舎文庫

虎がにじんだ夕暮れ　目次

虎がにじんだ夕暮れ

一九八五年の大阪

じいちゃんは手作りのタコ焼きを肴《さかな》にダルマのウイスキーを飲んだ。僕はできたてのタコ焼きを口の中に放りこみ、テレビのチャンネルを吉本新喜劇に変えた。

「おお、マー。ようわかっとるやんけ。土曜の昼はこれがないと始まらんな」

そう言って、じいちゃんは相好《そうごう》を崩し、テレビの中の池乃《いけの》めだかと間寛平《はざまかんぺい》の掛け合いに目をやった。めだかが猫の真似をして、同じく猿の真似をする寛平と決闘していた。

「相変わらず、めだかはちっこいのお」とじいちゃん。右手の親指と人差し指を十センチほど広げ、「これぐらいしか、背えないんちゃうか?」と嬉しそうに笑った。

じいちゃんなりのギャグであることはすぐにわかった。いくら池乃めだかの背が低いからといっても、さすがに身長百四十センチ以上はあるだろう。しかし、それを言葉にすることはできなかった。あつあつのタコ焼きと口の中で格闘していたからだ。

「はふはふっ、あちっ」たまらず手のひらに吐き出した。じいちゃんが平気で食べていたから大丈夫だと思っていたが、いざ頰張《ほおば》ってみると口の中が火傷《やけど》するほど熱かったのだ。

くそう。せっかく大好物のウィンナー入りタコ焼きだというのに、一気食いができないとは猫舌の自分が情けない。大人になると、熱さを感じる神経が麻痺するのだろうか。

「タコ焼きって、不思議な食いもんやなあ。ウィンナーを入れてもコンニャクを入れても、全部タコ焼きや。しょせんは家庭の残りもんを一掃するための貧乏料理なんやな」

じいちゃんはタコ焼きを食べると、いつも同じ台詞《せりふ》を口にする。しかも毎回の言い回しに、今初めて発見したような新鮮な感情を込めるから、僕はいちいち戸惑ってしまう。「それ、前も聞いたで」とは、とても言えない空気があるのだ。

「よう考えたら、大阪の名物はみんな貧乏料理ばっかりや。粉もんを焼いてソースで味付けしたら、なんでも食えると思うとる。大阪人はアホばっかりやで」とじいちゃん。

「けど、こないだテレビでやってたんやけど、東京には高級タコ焼きとか高級お好み焼きの店があるらしいで？　全部の具材を一級品にすんねんて」

「アホか。タコ焼きとかお好みに高級品なんてあるかい。一級の具材があんねんやったら、そのまま食ったほうがうまいわ。わざわざ粉まみれにしてどないすんねん」

じいちゃんはダルマを飲み干すと、豪快に笑った。口から飛び出た大量のつばきが、あつあつのタコ焼きに降り注ぐ。たゆたう鰹節《かつおぶし》が楽しく踊っているように見えた。

僕が思うに、じいちゃんは世間一般のイメージを裏切らない、典型的な大阪のジジイだ。

大阪の人間を「アホや」「派手好きや」「ケチや」「下品や」などと舌鋒鋭く罵りながらも、その一方で誰よりも大阪を愛し、大阪の人間であることを誇りに思っているところがある。

タコ焼き以外にもキツネうどんや牛スジ、吉本新喜劇が大好きで、何かの店で勘定を支払うときも、ひょうひょうと千円札を差し出しながら「はい、一千万円」と使い古された定番の大阪ギャグを口にする。いつもお茶代わりに飲んでいるダルマのウイスキーも、じいちゃん曰く「サントリー」という大阪の会社が生み出したお酒で、本当の名前は「オールド」というらしい。なんでも、その丸い形状から通称・ダルマと呼ばれているだけだとか。

じいちゃんは、そんなダルマを新たにグラスに注ぎながら言った。

「マーは子供やからまだわからへんやろうけど、ダルマは高級ウイスキーやねんぞ。若い奴はなかなか手え出されへん。わしも昔は同じサントリーでも安い角瓶を飲んでたんやけど、それがダルマに昇格したときは、我ながら立派な大人になったと思ったもんや」

「へえ」曖昧な返事しかできなかった。詳しくはわからないが、とにかくダルマは角瓶に比べて高級品らしい。そういえば、父ちゃんがいつも飲んでいるのは角瓶だ。

じいちゃんがおもむろに赤ラークをくわえ、胸ポケットから百円ライターを取り出した。眉間に十円玉が挟まるぐらいの深い皺《しわ》を寄せ、慣れた手つきで赤ラークに火をつける。目を細めながら口を少しすぼめると、赤ラークの先っぽが線香花火みたく赤く光った。

「赤ラークとかけまして、選挙ととく」

じいちゃんは嬉しそうな顔で、いきなり謎かけを切り出してきた。

「して、その心は？」

「ダルマが付き物です」

「アホか。それ、じいちゃんだけやん」

「え、そうか？」

「普通の人は赤ラークとダルマはセットちゃうやろ」

「ほんまか」

「ほんまや」

「ふーん。知らんかった」

「あはは」

思わず笑ってしまった。相変わらず、とぼけたジジイだ。最近謎かけに凝っているようで、ことあるごとに別にうまくもない謎かけを披露してくる。いつかの朝食どきなんて、「タマゴをときまして御飯にかけます。その心はタマゴかけ御飯」という死ぬほどくだらないギャグをぶつぶつ呟いていた。大阪の街で六十年以上も生きると、みんなこうなるのか。

赤ラークとダルマのウイスキーが片時も手放せず、粉もんと吉本新喜劇をこよなく愛する陽気な白髪の初老男性。これで阪神タイガースの熱狂的ファンなのだから、純正大阪人以外の何者でもない。大阪のガイドブックのモデルに起用されてもおかしくないだろう。

そんなことを思いながら、じいちゃんをなんとなく一瞥した。白髪まじりの眉毛が赤ラークの紫煙にまかれ、どこか神々しく見えた。

じいちゃんは家の中で小銭を見つけると、それが孫の小遣いであっても、迷わずぱくるという困った習性がある。その夜もそうだった。食器洗いを手伝ったお駄賃として、僕が母ちゃんからもらった貴重な三百円が、風呂に入っている隙になくなっていたのだ。

しまった。思わず舌打ちした。ほんの二十分ぐらいだからと油断して、居間のテーブルの上に三百円を無造作に置いたのがまずかった。確認したわけではないが、間違いなく犯人はじいちゃんだろう。なにしろ、じいちゃんの家庭内窃盗には、これまでにも家族全員が何度も被害を受けていた。父ちゃんに至っては、じいちゃんに財布から金を抜かれるのはしょっちゅうだったらしく、その現場を目撃して注意したこともあったのだが、

「おまえが生まれてきたのはわしのおかげやろう。せやから、おまえが稼いだ金はわしの金みたいなもんやないか。この親不孝もんが」とはねつけたという。めちゃくちゃな理屈だ。

居間の壁掛け時計に目をやると、午後十一時を十分ほどすぎていた。

十一時といえば、奥の間で寝ているじいちゃんが、いったんトイレに立つ時間だ。奥の間からトイレに行くためには、この居間を横切らなければならず、めざといじいちゃんのことだから、きっとトイレの帰りにでも三百円が目に入ったのだろう。おのれ、くそジジイめ。

「マーよ、金は大事にせなあかんぞ。大阪は商売人の街やから、みんな金にがめついんや。おまえみたいにノホホンとしとったら、あっちゅうまに身ぐるみはがされんぞ」

いつかのじいちゃんの言葉が、ふと脳裏に蘇った。あのときは意味がわからなかったが、なるほど、こういうことだったのか。難しそうな言葉を並べたわりに、実際はただのコソドロじゃないか。小学校五年生にとっての三百円をなめてもらっちゃ困る。

だんだん腹が立ってきた。よし、金を取り返してやる。

そう決意して、奥の間にゆっくり歩を進めた。奥の間は電気こそ消えていたものの、わずかな光が漏れていた。きっとテレビをつけているのだろう。じいちゃんのテレビ好きは定年退職以降、ますます拍車がかかっていた。

奥の間の引き戸をそろりと開けると、じいちゃんの背中が見えた。案の定、布団をかぶりながらテレビを観ている。

けど、ちょっと不思議だった。なぜヘッドフォンをしているのだろう。

次の瞬間、下半身に戦慄が走った。全身を流れる血液にターボがかかった気がする。なんだなんだ。いったい、どういうことだ。どうしてテレビに女の人の裸が映っているのだ。

じいちゃんはHな番組を観ていた。二人の女の人が上半身裸で相撲をとっていたのだ。それは僕にとって「千代《ちよ》の富士《ふじ》対小錦《こにしき》」より、はるかに刺激的な光景だった。若い女の人の瑞々《みずみず》しくて張りのある胸を十年間の人生で初めて見たわけで、ばあちゃんや母ちゃんの胸とはまったく別物に見えた。明菜《あきな》ちゃんの胸もあんな感じなのだろうか。

すっかり文句を言う気が失せてしまった。今年で六十一歳になるじいちゃんが、夜な夜なHな番組に夢中になっている。それが妙におかしく、頬の筋肉に力が入らない。おいおい、じいちゃん。なんでパジャマのズボンを脱いでいるのだ。みっともないから早くはけよ。

念が通じたのか、じいちゃんが突然うしろを振り返った。やばい。そう思って身を隠そうとしたが、その前にじいちゃんが慌ててテレビ画面を体で覆った。

「な、なんやっ」じいちゃんは焦ったような甲高い声をあげた。剝《む》き出しのケツが目に飛び込んでくる。「何してんねん、マー。子供ははよ寝んかっ」

返す言葉が見つからなかった。このジジイはいい年こいて、何をやっているのだ。

ほどなくして、じいちゃんはテレビを消して、ズボンをはいた。その後、隣の布団で眠るばあちゃんを起こさぬよう、忍び足で僕のもとに歩み寄ってきた。

「居間に行け」

じいちゃんの言葉にしたがい、僕も忍び足で居間に引き返した。じいちゃんは酒を飲んでいたのか、あるいは恥ずかしかったからか、とにかく顔が異様に紅潮していた。

「なんか用か？」

居間のテーブル席に腰を下ろしながら、じいちゃんはようやく落ち着いた言葉を発した。パジャマの胸ポケットから赤ラークと百円ライターを取り出し、流れるような動作で火をつける。眉間に深い皺が寄った。この表情がわりと好きだったりする。

「三百円返してや」思いきって切り出した。口を尖らせ、憮然とした表情を意識する。「テーブルに置いとった三百円、じいちゃんがぱくったんやろ」

「はあ？　なんのことや」じいちゃんはわざとらしくシラを切った。

「母ちゃんからもらった三百円をテーブルに置いとったら、いつのまにかなくなってんねん。どうせ僕が風呂に入ってるときに、じいちゃんがぱくったんやろ」

「知らんなあ」

「嘘や」

「いや、ほんまに知らんねんって。だいたい、わしがとったって証拠はどこにあるんや。孫のくせに祖父に濡れ衣着せるつもりか。じいちゃんは悲しいわ」

妙に芝居がかった言い回しだった。くそう、エロジジイが。孫を見下しやがって。気づくと僕は歯軋りをしていた。腸《はらわた》の中が沸騰してくる。目の前で赤ラークの紫煙をくゆらせる余裕綽《しゃくしゃく》々のじいちゃんの顔が、近所のガキ大将に見えてきた。

「Hな番組、観てたくせに」勢いで呟いた。

するとじいちゃんの顔色が少し変わった。「そ、そ、それがなんやねんっ」急に視線を逸らし、動揺を隠すようにテレビをつけると、夜のプロ野球ニュースがやっていた。

「三百円返してくれへんかったら、父ちゃんと母ちゃんに言いつけるからな。じいちゃんが夜な夜な一人でHなテレビを観てましたーって」

「ふん、勝手にせい」

「ほんまに言ってええんか？　めっちゃ恥ずかしいで」

「アホ、恥ずかしないわ。チャンネルひねっとったらたまたまやっとっただけや。言いつけたかったら、勝手にせい。わしは別に気にせんぞ」

じいちゃんはいかりや長介《ちょうすけ》みたく下唇を大袈裟に剝いた。その顔があまりに憎たらしかったので、胸の奥からますます怒りが込み上げてきた。

「お尻出してたくせに」僕は少し語気を強めた。

「えっ」じいちゃんの動きが止まった。

「ばあちゃんが寝てる横でお尻出してたやん。あれも言いつけんで」

じいちゃんは途端に黙り込んだ。赤ラークの火を灰皿で強引に揉み消し、プロ野球ニュースに視線を送ると、早くも次の赤ラークに火をつけた。

「マー、小遣いやろか」

「はあ?」

「千円や……。千円やるから堪忍してや」じいちゃんはそこで立ち上がると、いったん奥の間に戻り、本当に千円札を差し出してきた。「ほれ、大事に使うんやで」

もちろん遠慮なくいただいたが、じいちゃんの心境はよくわからなかった。Hな番組を観ていたことよりも、お尻を出していたことのほうが恥ずかしいのか。大人って不思議だ。

その後、すべてが水に流れたかのように、居間のムードは一気に和やかになった。千円が嬉しかったというのもあるけど、それ以上の喜びは今日も阪神タイガースが勝ったことだ。僕らはいつのまにか、テレビのプロ野球ニュースに夢中になっていたのだ。

「すごいなあ、また阪神勝ったで。これで五連勝や」じいちゃんが興奮気味に言った。

「掛布《かけふ》とバースがホームラン打ったから最高やわ」僕も明るく同調した。

「しかも、江川《えがわ》から打ったっちゅうのが憎いわな」

「明日の学校は大盛り上がりやろうなあ」

「学校だけちゃうぞ。大阪では阪神が勝ったら、街全体が盛り上がるんや。東京の人間はキザやから、巨人が勝ってもそこまで大騒ぎしよらへん。大阪と阪神は特殊なんや」

「へえ、そうなんや。同じ日本やのに変やなあ」

「いや、変っちゅうよりアホや。小さい島国の中のさらに小さい都市のくせに、大阪だけには独自の文化がある。それが阪神と吉本とタコ焼きなんや」

「えっ、吉本とタコ焼きも東京にはないん？」

「ない」

「ほんまに？　じいちゃん、東京行ったことあるん？」

「ない」

「ないんかいっ」思わず身を乗り出した。わずかにつばきが飛ぶ。じいちゃんは「ええ突っ込みやなあ」と呑気に笑っていた。まったく、どこまでも適当なジジイだ。

「今年の阪神は強いで。ほんまに優勝するかもしれんな」とじいちゃん。

「もし優勝したら二十一年ぶりなんやろ？」

「よう知っとるな、マー。前に阪神が優勝したんは一九六四年、つまり昭和三十九年や。あのころは、じいちゃんもまだ四十歳やったわ」

　一九二四年、阪神甲子園球場ができた年に大阪府に生まれたじいちゃんにとって、阪神は我が子、我が孫と同等、あるいは時にそれ以上の存在なのかもしれない。たとえば僕が何かの病気で倒れたとして、その手術の日と阪神が優勝するかしないかの大一番の日が重なったとしたら、迷わず甲子園に駆けつけるんじゃないか。「マーの病気はわしなんかよりお医者様にちゃんと診てもらったほうが助かる確率は高いけど、阪神はわしが応援せんとあかん。阪神の病気を治せる医者は他におらんのや」そんな屁理屈を並べて、阪神電車に乗り込む姿が目に浮かぶのだ。

その後、じいちゃんは阪神の昔話をたくさんしてくれた。白黒の色褪せた写真でしか知ることができない戦前の大阪タイガース時代の話から景浦《かげうら》、藤村《ふじむら》、吉田《よしだ》、村山《むらやま》、小山《こやま》、江夏《えなつ》、田淵《たぶち》といった歴代のスター選手の逸話。これらの話を聞くことで、僕の頭の中に浮かんでいたセピア色の写真は、まるで活弁映画のように勇猛果敢に躍動した。

大正生まれにしては珍しい身長百七十センチの立派な体格に、緩くウェーブがかった白髪のオールバック。これも大阪人の習性なのか、服装も実に派手だった。年齢を感じさせない鮮やかな柄物のシャツにリーバイスの赤耳、コンバースのスニーカーがトレードマークだ。

いつかの初秋、サンテレビの中の阪神・岡田《おかだ》彰布《あきのぶ》がインローのストレートを独特のフォームですくい上げて、レフトスタンド中段に豪快なホームランを放った。

「岡田はリストが強いんやなあ」

じいちゃんは赤ラークを吸いながら、満足そうに笑った。その天真爛漫な初老の笑顔を見ていると、何かを愛し続ける人生ほど幸福なものはないと思えてくる。じいちゃんは大阪の街が、そして阪神タイガースが、本当に大好きだった。

じいちゃんが長年勤めてきた会社を定年退職したのは今年の春だ。それ以降、生来の虎党に拍車がかかり、毎朝五時に起きると、まずは定期購読しているスポーツ新聞を二時間以上もかけて熟読。阪神の成績とお気に入りの選手の成績をつぶさにチェックするわけだ。

その後は近所の公民館に出向いて、昔馴染みの友人たちと将棋を指しながら阪神談義をしているらしい。そして正午もすぎると、いったん家に戻ってくるじいちゃんはテレビで吉本新喜劇を観ながら昼御飯を食べ、午後は畑仕事に出かけるのが日課になっていた。

デニムのオーバーオールに麦藁帽子、ダルマの小瓶をポケットにしのばせ、赤ラークをくわえながら鍬《くわ》を握る。そんなじいちゃんの姿が、僕には無性にかっこよく見えた。ジェームズ・ディーンだったっけ？　あれに似ていると言ったらちょっとオーバーかもしれないけど、とにかく古いアメリカ映画に出てくる俳優みたいだった。

じいちゃんと僕が生まれ育った大阪府吹田《すいた》市は一九七〇年に万国博覧会が開かれた場所として知られていた。岡本太郎《おかもとたろう》の意匠による「太陽の塔」がある街だと言えば、たいていの人は理解してくれる。なんでも、これからの吹田は郊外のニュータウンとして開発が進んでいくらしい。

もっとも、僕はあまりピンとこなかった。確かに万博記念公園の周辺にはマンションが建ち並んでいるが、そこから二駅ほど離れたところにある春日《かすが》町には昔ながらの集落が随所に残っている。すなわち、同じ吹田市でも中心部を少し外れれば一気に田舎町。僕らが住んでいるのは田舎の春日町のほうで、近隣の人々からは別名・春日村とも呼ばれていた。

春日村に住んでいる人は昔からの地元民ばかりだ。かつての吹田市はほぼ全域が森林と田畑だったらしく、地元民はみんな農家だったとか。だから春日村の民は森田とか田中といった田がつく苗字ばかり。中には米田さんという先祖代々米作り丸出しのオッチャンまでいた。「よねだ」ではなく「こめだ」である。小柄だからか、あだ名は半ライスだ。

半ライスはいつも陽気で、子供に人気があった。僕らが空き地でキャッチボールなんかをしていると、よく乱入してきては阪神の元エース・小林繁《こばやししげる》のモノマネを披露してくれた。右のサイドハンドからの大暴投。半ライスが乱入すると、ボールが最低三回はなくなるのだ。

じいちゃんも昔からの地元民だ。定年前は会社勤めと農作業を兼業しており、僕が生まれた古い木造家屋には脱穀機もあった。だいたい、苗字は稲田《いなだ》なのだ。フルネームは稲田 正《しょう》三《ぞう》。大正十三年生まれだから、安易に略して正三。四人兄弟の長男なのに、なぜか正三。半ライスを米丸出しだと笑っている場合ではない。じいちゃんだって立派な米人間だ。まあ、僕もなんだけど。

だから定年後のじいちゃんは農作業に専念した。気力と体力がまだまだ充実していたため、毎日出向く先が会社ではなく、田畑になっただけだ。

それに生活費はすべてサラリーマンをしている父ちゃん任せだ。祖父母と父母、子供たちが一緒に暮す三世代大家族というものは、かくも老人を元気にするものなのか。じいちゃんはわずかな年金と貯金をすべて小遣いに回し、パワフルな老後を送っていた。

六月の終わり、僕がいつものように小学校から帰宅していると、途中で畑仕事をするじいちゃんを見かけた。いや、よく見ると畑仕事ではない。じいちゃんは鍬をバットに見立て、阪神の四番打者にしてミスタータイガース・掛布雅之《まさゆき》のモノマネをしていたのだ。

「カキーン!」じいちゃんは自分で擬音を口にしながら、鍬バットをフルスイングし、泥を丸めて作ったボールをノックの要領で打っていた。泥ボールはミートしても遠くに飛ばず、その場で無残に破裂した。「ピッチャー、第一球を投げました!」続いて、じいちゃんは自分で実況を口にしながら、同じく泥ボールを全力投球した。捕手は壁のようだ。

「じいちゃん、何してんねん。汗だくやないか」

僕が声をかけると、じいちゃんは照れくさそうに言った。

「試合してんねん」

「はあ？」

「阪神対巨人の十二回戦や」

じいちゃんはわけのわからないことを口走りながら、ボールペンで妙な野球のスコアが書かれたメモ用紙を見せてきた。現在七回表、巨人の攻撃中。阪神が五点リードしている。

「じいちゃん、これなんのスコアなん？」

「わしが阪神の投手になりきって、仮想巨人を相手にピッチングすんねん。いいコースに決まったらストライクで、甘いボールやったらヒットかホームランを打たれる。攻撃も一緒やで。ジャストミートしたらヒットかホームランで、打ち損なったら凡打や」

なんとなく意味はわかった。自分だけのルールを勝手に決めて、一人でプレーする脳内妄想野球。暇で暇で死にそうな人間じゃないと思いつかないような遊びだ。

「でも、ヒットかアウトかなんて、じいちゃんが勝手に決めてんねやろ？」

「アホ、そのへんはシビアにやっとるわ。今日はたまたま勝っとるけど、昨日の広島戦はミスター赤ヘル・山本浩二《やまもとこうじ》にホームランを打たれて逆転負けしてんから、いつも阪神が勝つわけちゃうぞ。今日も原《はら》とクロマティには神経使って投げとるわ」

なんだそれ。何がミスター赤ヘルだ。何が原とクロマティだ。そんなの全部、じいちゃんの妄想じゃないか。畑仕事やれよ、畑仕事――。

その後、じいちゃんは脳内妄想野球の続きに励み、試合が終了すると、ダルマの小瓶を一気に飲み干した。さらに畑で使うホースで、直接水道水を胃に流し込んでいった。

「こうしたら胃の中で水割りになんねん。健康には気をつけんとな」

はて、胃の中で水割り？　その意味はよくわからなかったが、じいちゃんが野生動物並みにパワフルな行動をとっていることはなんとなくわかった。

いつのまにか初夏の陽が傾き、じいちゃんの顔を濡らす水滴が夕陽に反射してキラキラ輝いていた。まるで子供だ。じいちゃんは阪神が好きでたまらない白髪の少年なのだ。

「マー、ダッシュで帰んで！」

夕方六時が近づくと、じいちゃんは慌てて自転車に乗った。僕を荷台に乗せ、豪快にペダルを漕いでいく。還暦なのに立ち漕ぎだ。酔っぱらっているのに全速力だ。荷台に孫を乗せているのに信号無視だ。冷静に考えればモラルもへったくれもない暴走老人だが、このときばかりはしょうがない。もうすぐサンテレビで阪神戦が始まるのだ。

「うおっ、閉まってるやん」家に着くなり、じいちゃんは大袈裟に叫んだ。「おい、どないなってんねん。テレビ始まってまうやろ！」六時直前に着いたのだが、運の悪いことに玄関に鍵がかかっていたのだ。きっと家族全員が出払っているのだろう。

鎖につながれた愛犬の田淵がグォングォン吼えた。去年、じいちゃんが拾ってきた茶色い雑種犬。大きな体と従順な性格がかつての阪神のスーパースター、田淵幸一《こういち》そっくりだと、じいちゃんが家族の反対を押し切って名づけたのだ。ちなみに愛猫もいる。これまたじいちゃんが、今年の春に我が家に連れて来たばかりの白い長毛種。名前は江夏といった。

江夏はこれぞ猫という気まぐれな性格をしていた。マイペースで人に媚びない。人にかまわれることを嫌う反面、素っ気なくされると寂しがる。プライドが高くわがままで、周りに流されない自分律を生きる魔性の猫。まさにピッチャー。まさに江夏だった。

「誰かが帰ってくるまで待たんとしゃあないね」

僕はいきり立つ田淵をなだめながら、じいちゃんを一瞥した。すると次の瞬間、予想外の光景に思わず目を剝いた。

「じいちゃん⁉」

あろうことか、じいちゃんは塀をよじ登っていた。そして、登り終えた塀から一階の屋根に飛び移ると、今度はその上を慎重に歩き、二階にある大きな窓の下まで辿り着いた。

見ると、その窓が少し開いていた。じいちゃんはそこから家に入るつもりなのだろう。よくもまあ、あんな小さな隙間を見つけたものだ。普段は「老眼がひどくなってきた」と愚痴っているくせに、こういうことになると驚異的な視力を発揮するようだ。

しかし、そんなトラバカのクソ力にも限界があった。屋根の上に立つじいちゃんが思いきり手を伸ばしても、哀しいかな、まったく二階の窓べりに届かなかったのだ。

あと二十センチ、いや三十センチはあるか。じいちゃんの手の先と二階の窓べりまでの非情な距離。僕にはそれが一介のファンと阪神タイガースとの間に立ちはだかる巨大な壁に見えた。いくら阪神を愛してやまないといっても、しょせんは一方通行。ファンとはもろいものだ。

「じいちゃん、危ないって！」僕が大声を出すと、田淵がキュンキュンと心配そうに鳴いた。じいちゃんが屋根から落ちて怪我をするとでも思っているのか。田淵はマイナス思考だ。

じいちゃんは屋根の上で大きくジャンプをした。そして何度目かのジャンプのとき、窓を強引にこじあけることに成功した。危ない、落ちる——。さすがに心配になってきた。心臓が早鐘を打つ。一方のじいちゃんはそんな心配をよそに再び危険なジャンプを繰り返した。そして、ついに窓べりに両手をかけると、そのまま懸垂の要領でぶらさがった。

心配がいよいよ現実味を帯びてきた。もしも屋根から落ちたら大怪我してしまうどころか、打ちどころによっては命を落としてもおかしくない。ただでさえじいちゃんはもう若くないし、そのうえ酔っぱらっている。危なっかしいったら、ありゃしないのだ。

じいちゃんは右足をバタバタさせて、何度も窓べりに足をかけようとした。しかし、なかなかうまくいかず、失敗するたびに地面に落ちそうになる。田淵はすっかり狼狽し、いつのまにか鳴き声がキュンキュンからクゥンクゥンになっていた。

一方、その前を威風堂々と通りすぎるは魔性の愛猫、江夏だった。白く艶やかな長毛を優雅になびかせ、じいちゃんのスタントアクションをちらりと一瞥する。僕には江夏がフンと鼻で笑ったように見えた。慌てることじゃないわ。そう思ったのだろうか。江夏は田淵と違ってプラス思考だ。プラスの江夏とマイナスの田淵。つくづく江夏と田淵はバッテリーだ。

騒ぎを聞きつけたのか、近所の人が集まってきた。じいちゃんの将棋仲間であるゲンゴさんやジロベアン、小林繁のモノマネでお馴染みの半ライスだ。

「正ちゃん、どないしたんや」

あだ名の由来が謎に包まれている近鉄ファンのジロベアンが、訝しげに目を細めた。

「鍵がかかってて、家に入れないんやけど、阪神戦のテレビが始まるからって」

僕がかくかくしかじか事情を説明すると、みんな一気に閉口した。完全に呆れている顔だ。ジロベアンに至っては「まったく、トラバカはアホくさい生きもんやで」と言い残して、さっさと帰ってしまった。ジロベアンは近鉄のTシャツを着ていた。

一方のゲンゴさんと半ライスは「たかが阪神戦にそこまで必死になるのはどうかしてる」

と断わりながらも、同じ阪神ファンとしてじいちゃんの動向を見守った。

　すると、いつのまにかじいちゃんは窓べりに片足をかけることに成功した。そして、そのまま見事なバランス感覚で、スルスルッと窓から家に侵入していったのだ。

「おお、すげえっ」「やったやんっ」「お見事っ」

　安堵の溜息というより、歓喜の喝采だった。なんという執念、なんというパワー。僕らは酔っぱらった白髪少年の底知れぬポテンシャルにおおいに舌を巻いた。

　確かにじいちゃんは少しいきすぎだと思う。いくら阪神が好きだとはいえ、そこまでしなくても人間は生きていける。しかし、じいちゃんにとって、阪神はもはや生活の一部なのだろう。ただの趣味程度なら我慢できるが、水や空気になると話は別だ。水を飲まないと喉が渇き、空気を吸わないと窒息してしまうように、じいちゃんは阪神に触れていないと死んでしまうのかもしれない。日常生活に不可欠なものほど、その価値はおぼろげなのだ。


　今年の阪神は例年になく好調だった。ランディ・バース、掛布雅之、岡田彰布の三人で形成する強力クリーンアップが大爆発し、去年まで二十一年間も優勝から遠ざかっていたチームとは思えないほどの快進撃を見せていた。その勢いは八月に入ってからも衰えることがなく、目下のところ、巨人、広島との熾烈な優勝争いを繰り広げていた。

そんな中、日本航空123便が群馬県上野村の御巣鷹山の南隣に墜落した。五百二十名もの死者を出し、中には歌手の坂本九《さかもときゅう》や元宝塚の女優・北原遥子《きたはらようこ》もいた。

阪神タイガース球団社長の中埜肇《なかのはじむ》も犠牲者の一人だった。当然、阪神ナインはおろか、全国の阪神ファンに衝撃が走り、だからこそ余計にチームの結束は固まった。亡くなった球団社長に報いるためにも、絶対に優勝しなければならない。一九八五年八月十二日のことだった。

かくして、その後の甲子園球場は、ますます異様な熱気に包まれた。ひとつ勝てば優勝が近づき、ひとつ負ければ優勝が遠のくという状況の中、阪神ファンは勝敗の行方はもちろん、選手の一挙手一投足に対してもいちいち狂喜乱舞した。

特に宿敵・巨人に惨敗したときの甲子園の客席は凄まじい。じいちゃん曰く、「甲子園名物虎党絵図」だとか。烈火の如く怒り狂う者、大声で泣き叫ぶ者、この世の終わりかのように意気消沈する者、開き直って大笑いする者、すなわち阪神ファンのあらゆる感情が一挙に暴発し、様々なタイプの性が複雑に交錯する人間絵図のできあがりだという。

もちろん、じいちゃんも虎党絵図の中の一人だ。

八月の下旬、阪神が巨人に惜敗した夜のこと。敗戦の直後、甲子園のライトスタンドは虎党たちの悲痛な叫びと罵詈雑言の嵐となったわけだが、じいちゃんだけはひと味違った。

「じいちゃん、大丈夫⁉」

僕の横で思いっきり鼻血を出したのだ。

「なんじゃこりゃあ！」じいちゃんは立ち上がって、松田優作《まつだゆうさく》みたいな声をあげた。鼻から零れ落ちてくる大量の血が、洋服を不気味に染めていく。「洋服が大変や！」

「いや、じいちゃんのほうが大変やで！」

還暦すぎの流血ジジイと慌てふためく小五の孫が、周囲の注目をがやがやと集めていく。地面は赤黒く変色し、そばに転がる赤ラークの空箱さえも血溜まりに見えた。真夏の盛り場で傷害事件でも起きたかのような、そんな凄惨な光景が甲子園に広がった。

次の瞬間、じいちゃんは立ちくらみを起こし、血まみれで前方の客席に倒れ込んだ。

「ぎゃあああああっ」

敗戦後の甲子園劇場に響き渡るは、虎党たちの悲鳴の嵐。僕はうつ伏せるじいちゃんの背中をあわあわとさすることしかできなかった。阪神が巨人に負けたら、じいちゃんが血を流して倒れた。なんだかよくわからないが、事実関係だけを語るとこういうことだ。

その後、じいちゃんは警備室に運ばれ、ベッドで安静にすることとなった。どうやら敗戦のショックと興奮で頭に血がのぼっただけの様子。大事には至らず、ひと安心だ。

しばらくすると、連絡を受けた父ちゃんが姉の夏実《なつみ》を伴って、迎えに来てくれた。夏実は警備室に入ってくるなり、じいちゃんに冷ややかな言葉を投げかけた。

「大酒を飲むな、大飯を食らうな、大言は慎めって言うでしょ」

最初は意味がわからなかった。

「万事ほどほどにしなさいってこと。じいちゃんは阪神に固執しすぎなのよ」

夏実は小六のわりに大人びているというか、難しい言葉を好んで使う変わり者だ。おまけに東京から大阪に嫁いできた母ちゃんの影響もあってか、なぜか大阪出身なのに東京っぽい標準語を操る。正直、僕はそんな夏実がちょっと苦手だ。大阪人にとって標準語は冷たく感じるというのもあるが、それ以上につらいのは夏実が野球に興味がないことだ。

「たかが野球ごときで、失神するなんてどうかしてるわ」

夏実の言葉を聞くや否や、じいちゃんはベッドから体を起こした。

「たかがって言うなっ。夏実にとってはたかが野球かもしれんけど、わしにとってはされど野球なんじゃ。特に今年は阪神が優勝しそうなんやぞ」

「優勝しようがしまいがどっちだっていいじゃん」

「二十一年ぶりの優勝やねんぞ。これがどれぐらい貴重なことかわかるやろ」

「そんなの今まで弱かったのが悪いんでしょ」

そう言って、夏実は溜息をついた。じいちゃんは孫相手でも本気になって口喧嘩を挑むところがある。僕が「大人げない」という言葉を覚えたのは、じいちゃんのおかげだ。

たかが野球、されど野球。簡単そうな言葉だが奥は深い。車窓から見える日常の景色に感銘を受ける者もいれば、「万里の長城」みたいな世界遺産にならないと感動しない者もいる。見る者を選ぶ文化。野球とはそういうものなのかもしれない。

きっと夏実にとっては、野球なんかおよそ文化と呼べる物じゃないのだろう。幼いころからピアノを習い続け、今や上質な古典音楽にのめりこんでいる夏実にしてみれば、甲子園の大歓声など騒音でしかないはずだ。江夏豊《ゆたか》の夏と村山実《みのる》の実。阪神の歴史が誇る二人の大エースにちなんで、じいちゃんが「夏実」と名づけたのだが、なんとも皮肉な結果だ。

ちなみに父ちゃんの名前である「将志《まさし》」も、かつての阪神のスター選手、景浦将《まさる》と若林忠《ただ》志《し》をガッチャンコさせたじいちゃんの作品だ。しかし、あいにくこちらも大失敗。父ちゃんは野球にまったく興味を示さず、いつも黙って難しい本を読んでいる。

僕はいまだに父ちゃんが大声を出して、無邪気に笑っているところを見たことがない。夕食時にテレビで「アイドル水泳大会」なんかをやっていて、司会者が「ポロリもあるよ」などと言うと、すぐに黙ってチャンネルを変えるほどだ。もちろん、このときもじいちゃんと夏実が激しい口論をしているというのに、父ちゃんは隣で黙って聞いているだけだった。

だから、じいちゃんは僕を「雅之」と名づけたのだろう。僕が生まれた一九七四年は、のちのミスタータイガース・掛布雅之のルーキーイヤーだ。当時、じいちゃんは「将来、掛布は絶対スターになる」とその潜在能力を見抜いており、掛布にちなんだ名前を男孫につけようと思ったものの、将志のように二人のスター選手の合わせ技では阪神ファンに育たなかったため、今度こそはと掛布の名前をそのまま拝借したというわけだ。

その目論見は大成功だった。僕が立派な阪神ファン、それも掛布ファンに育ったからだ。甲子園で初めて見た掛布は本当に魅力的な選手だった。すべてのプレーが華やかだった。左打席からの芸術的なホームランはまさに千両の輝き。ひとつひとつの仕草もしなやかで、笑顔は瑞々しく、ヒーローインタビューで聴いた声は優しかった。掛布のいる甲子園の風景はどんな名画よりも美しかった。

甲子園から帰る車の中、後部座席に座るじいちゃんが愚痴るように言った。

「最近の若い奴はあかんな。昔は男も女もみんな野球に夢中やったのに」

「じいちゃん、あれやろ。巨人、大鵬《たいほう》、玉子焼きやろ」

隣で僕が言葉を返すと、じいちゃんはかぶりを振った。

「ちゃうちゃう。大阪では阪神、吉本、タコ焼きや」

「ああ、そうやったね」

「それもこだわりは東京以上や。大阪人は何かと派手を好むんや。何かと過剰で無駄を愛する大衆文化があるんや。だから、阪神が生活に占める割合も過剰なんや」

わかったようなわかんないような理屈だ。

「わしには子供も孫もいる。みんな大切な宝物や」

僕は黙ってじいちゃんの横顔を注視した。

「でもな、時々こうも思うんや」

運転席の父ちゃんと助手席の夏実は黙って前を見つめていた。

「おまえらより阪神のほうが好きなんちゃうかって」

さすがにドキッとした。目を白黒させながら、ガラスに映る夏実に目をやった。夏実の表情は明らかに曇っていた。父ちゃんは表情こそ変えないものの、さすがに動揺したのか、ウインカーとワイパーを間違えてしまった。

「冗談や、冗談っ。さすがにそんなわけあるかいな！」

じいちゃんは笑いながら前言を撤回した。僕はひとまず胸を撫で下ろした。けど、意外に本音だったりして——。ガコガコ唸るワイパーを見つめながら、心の中でそう呟いた。

「じいちゃんさ、阪神ファンってみんなそんな感じなん？」僕は不意に訊いた。

「どうゆうことや？」

「いや、じいちゃんみたいにならんと阪神ファン失格なんかなって。ほら、ファンでも色んな人おるやん。正しいファンの姿っちゅうか、そういうのってあるんかな」

するると、じいちゃんは赤ラークに火をつけながら言った。

「阪神が好きやったらなんでもええんちゃうか」

車窓から見える夜景が、だんだん明るくなってきた。街の灯りがじいちゃんの横顔を一瞬だけ照らす。皺だらけの目尻が暗い車内に浮かんでは消え、浮かんでは消え。今さらながら還暦すぎの老人なのだと、僕は当たり前の事実に気づかされた。

カーステレオからモーツァルトのセレナーデが流れてきた。セレナーデ第十三番『アイネ・クライネ・ナハトムジーク』。詳しいことはよくわからないが、なんとなくこの夜景にぴったりの曲だと思った。きっと夏実の趣味なのだろう。

赤ラークの紫煙が少し目にしみた。セレナーデに包まれて、夜の向こうに車は走る。僕らを乗せて、ただまっすぐと――。大阪の街はもうすぐそこだ。

帰宅したのは夜の十一時ごろだった。父ちゃんは即座にパジャマに着替え、いつものように黙って二階の寝室に向かった。明日も朝早くから仕事だという。

父ちゃんは毎朝六時ぴったりに起床し、田淵を連れて早朝散歩に出かけることが日課になっている。僕が知る限り、飼い始めてから一度も欠かしたことがない。大雨の日も大雪の日も、嫌がる田淵を無理やり散歩に連れて行く。おかげであの従順な田淵が父ちゃんだけにはあまり懐いていない。それでも父ちゃんはまったく意に介さないのだ。

僕は風呂からあがると、二階の子供部屋に向かった。

「マーって、ほんと音痴だよね」部屋に入るなり、そんな声が聞こえてきた。

絶対、夏実だ。二段ベッドの上を見ると、やっぱり夏実が少女漫画を読んでいた。

「なんで急にそんなこと言うん？」

僕は膨れっ面で二段ベッドの下に潜り込んだ。昔は僕が上で夏実が下だったが、僕の寝相があまりに悪く、何度か落下してしまったため、今は逆になっている。

「さっき唄ってたでしょ。明菜ちゃん」

「えっ、聞こえてたん⁉」

「音楽家の耳をなめちゃダメだって。よーく聞こえたよ、マーの下手くそなアモーレが」

上段から嘲笑が聞こえた。顔が一気に熱くなる。確かに、さっき風呂場で中森明菜の『ミ・アモーレ』を熱唱してしまった。しかも、自分ではちょっと上手いとさえ思っていた。最後の「アーモーレー！」の部分は、かなり自己陶酔して唄いあげていたと思う。

「ええやん、お風呂で唄うぐらい。なっちゃんだって、チェッカーズ唄うやんか」

「あたしはマーみたいに半音ずれたりしないもん」

「そんなんしゃあないやん。僕は音楽習ってないし、別に興味もないんやから」

「嘘ばっかり。マーが隠れてこそこそ、あたしのピアノ弾いてるの知ってるもん」

「そ、そんなんしてへんわっ」

思わず声を荒らげた。夏実は驚いたのか、黙り込んでしまった。

「どうしたの、大きな声出して」

母ちゃんが入ってきた。慌てた素振りはなく、いつもの毅然とした表情だった。

「なんでもない。なっちゃんが悪いねん」僕は不貞腐れ気味に吐き捨てた。

一方の夏実は経緯《いきさつ》をあけすけに母ちゃんに話した。僕が音痴であることよりも、僕が勝手に夏実のピアノを弾いていることのほうが気に食わない。そんな口ぶりだった。

「なんだ、そんなことかあ。別にいいじゃない、マーがピアノ弾いたって。マーだって昔はちょっと習っていたんだから、たまには弾きたくなるのよね」

母ちゃんは優しい標準語で僕らを諭した。夏実は「まあ、いいけど」と言ったきり、その後は再び漫画に没頭した。

夏実がピアノを習い出したのは、母ちゃんの影響だった。母ちゃんも子供のころにピアノを習いたかったらしいのだが、家庭の事情でそれが叶わず、自分の夢を娘に託したようなところがあった。僕が物心ついたときにはすでに家にピアノがあり、いつも母ちゃんと夏実がピアノで遊んでいたことを鮮明に覚えている。当然、僕もピアノに興味を抱いた。一歳しか違わない姉が母と二人で楽しそうにしている。これで影響を受けないほうがおかしい。自分も仲間に入りたいと思わないほうがおかしい。ピアノが好きだったのか、母と姉が好きだったのか。その答えはわからないが、僕がピアノに憧れた時期があったことだけは確かだ。

しかし、挫折したのは早かった。幼稚園のころは夏実と一緒に近所のピアノ教室に通っていたのだが、夏実とのあまりの才能の差に子供ながら圧倒的な劣等感と絶望感を覚えた。

「マーってほんと下手だよね。リズムだっていっつも外してるしさ」

夏実の僕に対する音楽評は、当時から辛辣だった。だから僕はだんだんピアノ教室に通うことが億劫になり、レッスンの時間が迫ってくると原因不明の腹痛に悩まされるようになった。

「男の子が簡単に諦めたり、投げ出したりしちゃダメでしょ」

母ちゃんは弱気な僕に対して、いつも毅然としていた。

「もうピアノは嫌いやねん。全然うまくならへんし、才能ないもん」

本音を言うと、母ちゃんに優しい言葉をかけてもらいたかった。自分を責めるような愚痴を零すことで、慰めてもらおうとしていた。けれど、母ちゃんは気丈でハンサムな女性だった。音楽と文学を愛し、映画『モロッコ』で有名な大女優、マレーネ・ディートリッヒの大ファン。稲田真理《まり》の真理はマレーネから拝借した、そんな妄想を勝手に抱いていた。

かくして、あのころの僕はピアノを辞めたくても辞めることができなかった。どんなに弱音を吐いても、母ちゃんに容赦なく腕を引っ張られ、地獄のレッスンに駆り出されたからだ。

夏実は上手、僕は下手くそ。同じ血が流れているはずの二人が、同じ時間、同じ場所で同じようにピアノに触れているにもかかわらず、この差はいったいなんなのだ。人間は皆平等だという言葉を聞いたことがあるが、それはきっと身分や権利のことであって、能力を示す言葉ではないのだろう。人間にはどうしようもない才能という壁があるのだ。

だから僕はサンテレビの阪神戦中継に心を奪われたのか。テレビの中で威風堂々と佇む荘厳な甲子園球場。数々の伝統を受け継いできた聖地の重みに圧倒され、僕は自分の小ささを思い知った。あるいは掛布雅之の華に目を奪われ、小林繁の美に胸が躍った。阪神は僕を束の間の夢にいざない、そのおかげでピアノのことを忘れることができた。

そして、小学校にあがると街の少年野球チームに入った。母ちゃんは「マーにもやりたいことができたのね」と言って、僕をピアノから解放してくれた。母ちゃんはピアノにこだわっていたのではなく、子供に心から熱中できる何かを見つけて欲しいと考えていたらしい。

　あれから数年が経ち、僕は今ごろになって家族に内緒で時々ピアノを弾いている。母ちゃんや夏実には死んでも聴かれたくないし、また習おうとは思っていないけど、ピアノ自体はとても楽しい。夏実みたいに体全体をゆらゆらさせて、目を瞑りながら優しく唄うように、あるいは華麗に踊るように、ピアノと語り合うことができれば最高だ。そんなことを心の奥底で思い描いているからこそ、さっきの夏実の言葉が胸に突き刺さったのだ。

「下手の横好きでも別にいいわよねぇ。マーは音痴だし、ピアノの才能はからっきしだけど、他に何かあるかもしれないしね。まだわかんないけど」

　母ちゃんは慰めるつもりだったのかもしれないが、僕はますます不愉快になった。母ちゃんは毅然としている反面、思ったことをはっきり言いすぎて、毒舌になるところがある。

「もういい。下でテレビ観てくる」起き上がって、口を尖らせた。

「もう十一時すぎてるのよ。子供は早く寝なさい」

「プロ野球ニュース観てから寝る」

「さっき甲子園で観てきたからいいでしょ。もっとちゃんと勉強しなさい」

「ちゃんとってなんなん？　野球はちゃんとしてなくて、ピアノとか勉強はちゃんとしてるってこと？　いつも目標を持ちなさいって言うくせに、野球はあかんねや」

「誰もそんなこと言ってないでしょ。野球が好きなのはいいけど、今のうちから勉強もしっかりして、大きくなって後悔しないようにしなさいってことよ」

「別に後悔なんかせえへんもん」

逃げるように部屋を飛び出した。なんだか、自分のことがひどく情けなく思えてくる。僕には音楽の才能なんかないし、勉強だって苦手だ。絵や工作も下手だし、水泳なんかほぼカナヅチに近い。唯一熱中できる野球だってそうだ。小学校一年生から始めて、いまだに試合に出してもらったことがない。たぶん運動神経そのものが悪いのだから、いくら練習してもこの先格段にうまくなるなんてことはないだろう。しょせんは、野球も下手の横好きなのだ。

きっと僕にはなんの才能もないのだ。せめて顔がよければ芸能人になれたかもしれないが、僕の顔は十人並みだ。小三のとき、鏡に映った自分とマッチの違いを見て愕然とした。

「なんでもいいから熱中できるものを見つけて、後悔しない人生を送りなさい」

そんな言葉が大嫌いだ。熱中できる何かとは絶対見つけないとダメなのか。後悔とは絶対にしてはいけないことなのか。別にいいじゃないか、何もなくたって、後悔したって。別に死ぬわけじゃないのだから、なんだっていいじゃないか。

後悔しない人生。つくづく理解しがたい大人の台詞だ。

一階の居間で、サイダーをコップに注ぎながらテレビのスイッチをつけた。誰もいない至福の時間。僕は一人が好きなのだ。じいちゃん曰く、「B型だから」らしい。

テーブルの下から、鈴の音が聞こえてきた。覗いてみると、江夏が寝返りを打っていた。長くふさふさした白毛に覆われている暑苦しい江夏にとって、真夏の板間はひんやり冷たく、かっこうのベッドになっているのだろう。江夏は両目を閉じ、恍惚の表情で眠っていた。時々大きな欠伸《あくび》をしては、ごろごろと喉を鳴らしている。あはは、ういやつよのう。きっとこいつも一人が好きなのだろう。僕と同じB型末っ子なんじゃないか。

「ええかげんにしいや、あんたっ」

突然、奥の間からばあちゃんの怒声が聞こえた。

「わかったわかった。堪忍や、堪忍」じいちゃんの声もする。

どたんばたん、ごとんがたん――。大きな物音に江夏が飛び起きた。シャーッと辺りを威嚇する。庭から田淵の遠吠えが聞こえた。どうやら老いらくの夫婦喧嘩が勃発しているようだ。

僕はのそりそろりと奥の間に歩み寄った。部屋を覗くと、烈火の如く怒り狂ったばあちゃんの顔が目に飛び込んでくる。あ、鬼ババアだ。心の中で呟いた。

「巨人が優勝するに決まっとるやろっ」

「いや、今年は阪神も頑張ってるさかい」

「アホかっ。阪神なんか、そのうち連敗地獄にはまりよるわ」

喧嘩の原因はすぐにわかった。ばあちゃんは、じいちゃんとは対照的に大の巨人ファンだ。いわゆるONフリークで、「巨人、大鵬、玉子焼き」を地でいく昭和ひと桁生まれの河内女《かわちおんな》。おそらく、じいちゃんに「今年の巨人は優勝できない」と断言され、怒り狂ったのだろう。

それにしても、たかだか野球ごときで、ここまで激しく口喧嘩するものかなあ――。僕は顔だけで苦笑した。選手たちも、まさかこんなところで阪神対巨人の場外乱闘戦が勃発しているとは夢にも思ってないだろう。まったく、変な老夫婦だ。

その後、じいちゃんは奥の間に居辛くなったのか、僕と一緒に居間でプロ野球ニュースを観賞した。いつものダルマを飲みながら、佐々木信也《ささきしんや》キャスターをぼんやり眺めている。

テレビの中の掛布雅之が三塁付近の砂をペロッと舐めた。

「あ、掛布がまた砂舐めてる」

僕は昔からこれが気になって仕方なかった。いつも掛布は三塁の守備につくとき、素手で砂をならした後、砂のついた手を舐めるのだ。

「じいちゃん、掛布ってあんなに砂舐めてて、体おかしくならんのかな」

僕がそう訊くと、じいちゃんはしたり顔で言った。

「なっとるやろ、そら」

「え、掛布ってどっか悪いの？」

「頭やな」

「は？」

「髪が薄なっとるやろ。あれは砂の舐めすぎや」

「ぜったい嘘や」思わず声のボリュームが上がった。じいちゃんはダルマを飲むと、冗談が多くなる。にやにや笑っているときは、ほとんどが嘘っぱちだ。「じいちゃん、それやったら僕も禿げるわ。いっつも少年野球のとき、掛布の真似して砂舐めてるもん」

「マーはセカンドやから大丈夫や。サードの砂やないと禿げへん」

「そうなんや」

「でも、セカンドはブサイクになんぞ。岡田みたいなひょっとこ顔や」

「うわあ、どっちも嫌やわ」

まともなことはほとんど言わなかったし、孫相手でも怒るときは手加減なしだったけど、じいちゃんにはなんとなく温かさがあった。たとえ僕が悪いことに手を染め、世界中の人々を敵に回したとしても、じいちゃんだけは絶対に僕の味方でいてくれるという、得体の知れない絶対的な安心感があった。きっとそれが血のつながりというやつなのだろう。

いつかの小春日和。僕が母ちゃんに引っぱたかれて庭先で泣いていた昼下がり、じいちゃんは赤ラークを吸いながら、こんなことを言った。

「なんぼ怒ったとしても、母親が子供を嫌いになることはあれへん。なぜならマーは母ちゃんから生まれてきたんやないか。数年前まで、おまえと母ちゃんは二人でひとつの体やったんや。せやから、母ちゃんも自分の体を殴ったみたいで痛いはずなんや」

もうずっと大昔にじいちゃんとばあちゃんから父ちゃんが生まれ、ちょっと昔に父ちゃんと母ちゃんから僕が生まれた。当たり前のことだが、こんなに心強い味方は他にいないだろう。僕ら稲田家は、きっとみんなでひとつの体なのだ。

「あんたら、いつまでテレビ観てんねん。うるさいからはよ寝えっ」

ばあちゃんが鬼の形相で怒鳴り込んできた。どうやら僕が笑いすぎたようだ。

「もうちょっとやから堪忍な」じいちゃんがなだめるのも束の間、ばあちゃんはおもむろにダルマのウイスキーを瓶ごと取り上げた。「ちょ、何すんねん」

「これ飲んどったらいつまでも終われへんやろ」

激しく抵抗するじいちゃんをいなして、ばあちゃんは奥の間に消えていった。

「大丈夫。大丈夫やから、ダルマは勘弁してくれ」

そのあとを追ったじいちゃんの背中はいつもより少し小さく見えた。

「やかましいわ。トラバカは死ね」

「死ねって……。お、おばあさま、それはちょいと言いすぎちゃいまっか」

「ダルマで殴ったろか？」

「ごめんなさーい」

一人残された居間に老夫婦の掛け合いだけが響く。僕はおかしくてたまらなかった。ばあちゃんの前だと急に弱気になり、ペコペコ謝ることが多くなるじいちゃん。だいたい、あれだけ熱狂的な阪神ファンなのに、どうしてわざわざ巨人ファンのばあちゃんと結婚したのだろう。父ちゃんが昭和二十四年生まれだから、陸軍兵士として中国に戦争に行っていたじいちゃんは、戦後まもなくばあちゃんと結婚したということか。今から何十年も前に二人の間にどんな恋があって、どれだけの苦難を乗り越え、それを守り通してきたのか、僕は知らない。阪神ファンの男と巨人ファンの女。一見相容れそうもない二人が愛を育み、稲田家の系譜は現在に続いているのだ。

いつかの秋の阪神・巨人戦。甲子園の浜風を示す旗が珍しく本塁からセンターへなびく季節の変わり目に、じいちゃんは一塁側内野席からたゆたう旗を見上げていた。

「わしはアンチ巨人の阪神ファンが嫌いなんや。阪神が好きやったら、それで充分やろ。確かに巨人は宿敵やけど、わしは野球が好きやから、いいプレーには拍手を送りたいんや」

じいちゃんはいつになく大真面目な顔で僕をまっすぐ見つめた。赤ラークの灰がポタッとじいちゃんの膝に落ちた。だけど、それを指摘しようとは思わなかった。

「せやから、ばあちゃんのことも巨人ファンっちゅうだけで嫌いにはなられへんのや。なあ、マーよ、わかるやろ？　アンチ巨人の阪神ファンって了見狭いと思わへんか？」

不思議だなあ、夫婦って。血のつながりがないことを思えば、しょせんは赤の他人同士だ。それなのに親や兄弟よりも長く同じ家に住み、同じ人生を歩み、最後は同じ墓に眠る。きっと夫婦には、子供には絶対にわからない何かがあるのだろう。

僕はテレビを消した。いつのまにか奥の間の怒声も消え、稲田家は静まり返っていた。見ると、江夏も再び眠りに落ちている。テーブルの上に置かれた赤ラークに興味本位で火をつけた。勇気を出して少しだけ吸ってみる。じいちゃんが僕の中に入ってきた気がした。

「ゴホッゴホッ」

な、なんだ、これは。むせてしょうがない。この味がわからないうちはじいちゃんのことはわからない。そんなことを思いながら、居間の電気を消して、二階に駆け上がった。

子供部屋の前にある寝室から父ちゃんと母ちゃんの声が聞こえた。何やら楽しそうに会話を交わしている。あれだけ寡黙な父ちゃんの声が、心なしかいつもより大きく感じた。

夫婦とは人間の何を試しているのだろう。赤の他人同士の愛の絆。それはともすれば人間の強さなのか、人類の果てない可能性なのか。少なくとも夫婦には夫婦の空気があり、そこに子供の出る幕はない。二組の夫婦が同居する稲田家は、僕にとって不思議なことばかりだ。

一九八五年も十月を迎えると、阪神タイガースの勢いはますます加速した。いつのまにか巨人と広島を振り切り、阪神の二十一年ぶりのリーグ優勝は目前に迫っていた。

そのころ、じいちゃんはあろうことか入院していた。

遡ること、一週間前。少年野球の帰りに畑の前を通りがかった僕は、そこで腹を押さえてうずくまるじいちゃんを発見した。心配して駆け寄る僕をじいちゃんは「大丈夫や」と制し、その後も病院に行かず、家で激痛に耐えるだけだった。もちろん、父ちゃんと母ちゃんは病院に行くよう説得したが、じいちゃんは「病院が嫌い」という子供みたいな理由で医学に抗い続けた。

ところが、業を煮やしたばあちゃんがゆらりと重い腰を上げ、ドスのきいた野太い声で「おとなしく病院行かんと、ダルマ取り上げてまうぞ、おう?」と静かに告げると、じいちゃんはいともあっさり白旗をあげた。かわいい声で「はい」とうなずいたのだ。

その後、じいちゃんを乗せた救急車は、秋風に乗って近くの病院まで疾走した。

「盲腸ですね」

「今ごろ⁉」

医者の思わぬ診断に、家族全員がずっこけた。還暦をすぎて盲腸になる人なんてなかなかいないと、医者も笑っていたほどだ。

とにかく、ひと安心だ。外科手術に成功し、あとはしばらく入院するだけ。高齢のため、治りは少々遅くなってしまうが、それでも数週間で退院できるらしい。

術後二日目、病室のベッドで横になるじいちゃんに僕は安堵の言葉をかけた。

「じいちゃん、よかったなあ。たいしたことなくて」

「いつんなったら退院できるんや？」じいちゃんは少し焦ったような口調だった。

「詳しくはわからんけど、数週間って言うてたで」

「アホか、長すぎるわ」じいちゃんは上体を起こした。点滴の管が外れそうになる。「もうちょっとで阪神の優勝が決まるかもしれんねんぞ。胴上げどうすんねや」

「いや、そう言われても……」

「今年の優勝は絶対に生で見届けるって、ずっと前から決めてたんや。たとえ甲子園やのうてもええ。後楽園でも神宮でも広島でもどこでも行くんや」

「さすがに無理やって。テレビもあんねんから、それで我慢しいや」

「できるかっ。医者呼んでこーい」じいちゃんは部屋中に響くような大声で叫んだ。

すると、病室に主治医が現れた。

「先生、胴上げしたい！」じいちゃんは興奮してわけのわからないことを口走った。「掛布とバース、胴上げすんねん。優勝して、阪神の野球やから、盲腸あかんねん」

笑いそうになった。興奮して日本語がめちゃくちゃだ。さすがの主治医も戸惑っているじゃないか。きっと、こんな暴走老人は初めてだろう。殴ってもいいですよ。

次の瞬間、耳慣れた声が聞こえた。

「大人しくせんか、みっともない」

ばあちゃんが見舞いにやって来たのだ。

「まったく、ええ年してお医者様の手ぇ煩わしよってからに。どうせ、あとは死ぬだけの老いぼれ人生なんぞ。せやから波風立てんと、土の中を生きぃさい」

「土の中って……」じいちゃんが一気におとなしくなった。「でも、でも……」

「じゃかましいわ。殺すぞ？」

ばあちゃんは稲田家で一番毒舌なのだ。

十月十六日、阪神タイガースは二十一年ぶりのリーグ優勝を果たした。

結局、じいちゃんは優勝の瞬間を病室のテレビで見届けることとなった。盲腸のあと、ウィルス性の風邪を併発させ、十一月中旬まで退院がずれこんだからであり、したがって阪神が日本シリーズでも勝利した十一月二日も、病室で味わうはめになったわけだ。

退院間近のある日、僕が見舞いに行くとじいちゃんはベッドで上体だけ起こし、阪神の日本一を伝える新聞や雑誌に夢中で目を通していた。体調もすこぶる良好らしく、すっかり落ち着きを取り戻していると看護婦さんは言っていた。

しかし、僕には入院着のじいちゃんがいつもより年老いて見えた。緩くウェーブがかった白髪も無造作に乱れ、林檎を頬張る横顔がやけに寂しく映った。

「じいちゃん、残念やったね」

「ああ、マーか」

「やっぱ生で見たかった？　阪神の優勝」

「そらそうよ」じいちゃんは新聞をたたんで、赤ラークをポケットから取り出した。病室は禁煙だが、たぶんじいちゃんのことだからこっそり吸っているのだろう。

「実はわし、まだ一回も生で阪神の優勝見たことないねん」

「そうなん⁉」意外だった。じいちゃんぐらい筋金入りの阪神ファンになってくると、過去の阪神優勝を全部見届けていると勝手に思いこんでいた。

「戦前の優勝も何度かあったけど、あんときは野球観戦どころやなくてな。戦争やなんやで今を生きることが大事やったから、たまにしか観られへんかったわ」

じいちゃんは病室の窓を開けて、赤ラークに火をつけた。窓の外では風に晒された晩秋の枯れ木が毅然とした佇まいを見せていた。

「戦後の優勝もそうや。戦後四十年も経ってるっちゅうのに、阪神が優勝したんは今回でたったの三回だけやし、前の二回も仕事のせいで球場に行かれへんかった。昔の稲田家は金がなくて大変やったんや。男はわししかおらんし、農業だけではやっていけへんからって、会社勤めも始めてな。そしたら今度は、時間の融通がきかんようになった」

じいちゃんは赤ラークの灰をトントンと床に落としていた。さすがの子供でもそれが悪いことなのはわかったが、どういうわけか問題視しようとは思わなかった。些細な悪事を不問にするおおらかさみたいなものが、心地良く感じる時もあるのだ。

「だから、じいちゃんはあんなに球場にこだわってたんや」僕はなんとなく呟いた。

「定年になったら大丈夫やって思ってたんやけどなあ。なかなかうまいことといかんな」

「後悔してる？」

「どうゆうことや？」

「じいちゃんは今まで仕事とか病気とかで優勝を見逃してきたんやろ。そりゃあ残念やったと思うけど、今でもそれを後悔してるんかなって」

「めっさ後悔してるわあ」じいちゃんの言葉に、僕は思わず目を丸くした。「だって、そらそうやろう。仕事をサボってでも甲子園に行っといたらなあ、なんて思ったことは今まで腐るほどあんで。今回も病院抜け出せばよかったんちゃうかって、めっさ後悔してんねん」

「へえ、そうなんや」

「マーにひとつ教えとくわ。これからの長い人生、きっとマーには色んなことが待ってる。とにかく、いっぱい後悔せいよ。山ほど後悔して過去を女々しく振り返って、下をトボトボうつむきながら、それでも人は生きてしまうもんなんや」

何が言いたいのかよくわからないけど、とにかく嬉しかった。少し、いや、たくさんほっとした。生きる力がふつふつ湧いてくるなんてことはなかったが、心のモヤモヤはずいぶん晴れ渡った。後悔していい。むしろいっぱい後悔しなさい。あはは。こんなことを口にする大人は初めてだ。じいちゃんは相変わらず妙ちくりんなジジイだ。

その後、僕らは病室で阪神談義に熱中した。

「じいちゃんさ、今年は球場行かれへんかったけど、来年は行こうな。今の阪神はほんまに強いで。掛布とバースと岡田がいんねんから、黄金時代到来や」

「そうや、黄金時代やっ。来年からは優勝ばっかりやぞ」

いつのまにか、窓の外はすっかり暗くなっていた。晩秋の強風が窓を叩くたび、病室にガタゴトと鈍い音が響いた。冬はもうすぐそこだ。

赤ラークとダルマのウイスキーがベッドの脇でほのかに笑っていた。大きな虎党と小さな虎党はこの先の甲子園に確かな光を感じていた。

昭和が終わるころに

九月ごろから日本中の話題を独占していたソウルオリンピックが、ようやく閉幕した。

今回のオリンピックで一躍国民的ヒーローになったのは、男子水泳の鈴木大地《すずきだいち》と男子体操の池谷幸雄《いけたにゆきお》、西川大輔《にしかわだいすけ》だ。特に大阪では地元・清風高校に在学中の池谷・西川の高校生コンビがアイドル顔負けの人気を誇っていた。大阪人はつくづく郷土愛が強いと思う。

それから数日が経ち、オリンピックの喧騒がすっかり落ち着くと、世の話題は昭和天皇の深刻な病状悪化に移行した。そんな中、僕はその日も甲子園球場を訪れていた。一塁側内野席の最前列に一人で席をとりつつも、グラウンドと客席を隔てる柵にしがみついていた。

「四番、サード、掛布」

ウグイス嬢のアナウンスに地鳴りのような轟音が響いた。その瞬間、足元がかすかに揺れる。僕が震えているのではない、甲子園が震えているのだ。

満員のライトスタンドに目をやると、「掛布選手、夢をありがとう」と書かれた横断幕が見えた。他にも「栄光の31番」「俺たちのミスタータイガース」など、思い思いの言葉が独特の異彩を放っていた。秋の浜風は本塁からセンター方向に吹いていた。

一九八八年十月十日、ミスタータイガース・掛布雅之の引退試合だ。

左打席に入る掛布の背中が見えた。バットを構える独特の仕草は昔と何も変わらない。掛布がヘルメットを触った。ユニホームを細かく正すところも昔と一緒だ。これが掛布にとって、現役最後のバッターボックス。そう思うと、胸が痛くなった。少し息が苦しくなった。

前年に引退した宿命のライバル、巨人・江川卓《すぐる》のあとを追うように、掛布雅之は現役引退を決意した。思えば二年前の八六年、中日戦で手首にデッドボールを受けて骨折して以降、掛布の歯車はすべて狂ってしまった。懸命なリハビリから復帰し、なんとか往年の打棒を取り戻そうと死力を尽くしたが、傷ついた肉体はすでに限界を超えていた。

満足に動けない体に強引な鞭を打つことで、無理がたたったのか、違う箇所の故障も続々と併発した。まさに満身創痍。ボロボロになったミスタータイガース。あれだけ華やかだった掛布のプレーは懸河の勢いで色褪せ、僕に数々の感動を与えてくれた掛布の肉体はもはや回復の兆しが見えないほど、無残に衰え果てていた。まだ三十三歳の若さだった。

僕はそれでも掛布を愛していた。最後の打席を瞳のスクリーンに焼き付け、記憶の中に録画していく。時々、視界がかすむのが気になった。そのたびに、まばたきを繰り返す。

最後の打席はフォアボールだった。甲子園の英雄は一度もバットを振ることがないまま、実にあっけない幕引きを演じた。通算八百十九個目のフォアボールを選んだ掛布に、満員の観客から万雷の拍手が送られた。この日ばかりは敵も味方も関係ない。五万人を超える大観衆が英雄との別れを惜しみ、最後を悲しみ、今までの感謝をエールに込めた。

代走が告げられ、掛布がベンチに退くことになった。帽子を取って、客席に礼をする。

「カケフーッ、カケフーッ！」柵にしがみつき、大声で叫んだ。「やめんといてやー。なあ、カケフーッ！　まだできるやろー、なあ、なあって！」

その叫びはタバコの煙と騒音の中に溶けていった。どうしてだ。どうして、こんなに若くして野球をやめなきゃならないのだ。柵につかまりながら、激しい嗚咽を漏らした。中二にもなって恥ずかしいという気持ちはどこかにあったが、目の前の現実が頭を真っ白にさせた。

誰かが僕の肩を叩いた。

「男泣きってやつやな」

そこに立っていたのは、近所の半ライスだった。

「なんでっ」僕は一人で甲子園に来たつもりだったから、予期せぬ偶然に鼻水が噴き出した。陽気な半ライスは「マーくん、中二やのに泣きすぎちゃいまっか」と茶化すように言った。

慌てて涙を拭った。言い返す気力もなく、平静を取り戻そうと鼻を何度もすする。

「でもな、それでええんや。男が泣いてええときもあるんや」

半ライスは春日村で一番優しく、人の気持ちに敏感だ。普段は市役所に勤める真面目な公務員で、年齢は確か父ちゃんと同じ四十歳ぐらいだったと思う。

「米田さんも一人で来たん？」

「珍しいな。半ライスでええのに」

「いや、だってほら、やっぱねーー」

そこで言葉を濁した。中学生になったころから、僕は米田さんを半ライスと呼ぶことに少し抵抗を感じるようになっていた。さすがにまずいでしょ、いつまでもそれは。

「ゲンゴさんとこも来てんで。ほら」半ライスは内野席上方を指差した。

そこには近所のゲンゴさんが座っていた。ゲンゴさんの本名は森田《もりた》健吾《けんご》だ。健吾にいつのまにか濁点がついてゲンゴになったらしい。地元で工務店を経営する職人で、年齢は確か五十代。じいちゃんより年下なのだが、それでもじいちゃんはなぜかゲンゴさんと「さん付け」で呼ぶ。春日村には、地元民しか理解できない独特の空気があるのだ。

ＡＶ男優みたく真っ黒に日焼けしたゲンゴさんは、奥さんと五人の子供を引き連れ、総勢七人の大所帯で賑やかに客席に陣どっていた。五人の子供の内訳は、二十六歳の長男に二十四歳の長女、二十二歳の次女、十八歳の次男、そして僕と同じ中学に通う同級生の三男だ。たぶん、奥さんの歯はボロボロだろう。確認したことはないが。

「あ、タモちゃんも来てるんや」

僕が言うと、半ライスは一瞬不思議そうな顔をしたが、すぐにそれが三男のことだと理解したようだ。小学校からの幼馴染み、森田義和《よしかず》。あだ名は言わずもがな、タモちゃんだ。

僕はタモちゃんが座る客席上方へと、階段を駆け上がった。

「おう、マーも来てたんかい」

タモちゃんは茶色く染めた前髪をかきあげた。全体的に明るさにムラがある汚い茶髪。きっとオキシドールで脱色したのだろう。

「そらおまえ、掛布の引退試合は外されへんやろ」

僕は悪ぶった口調を意識しながら、ディップで固めた頭に手を触れた。サイドが丁度いい具合にガチガチしている。さっき、あれだけ興奮していたわりに髪は乱れていないようだ。

「なんや、おまえ一人け。ジジイはどないしてん？」

「今日はおらん。一人や」

「珍しいな。正三さん、掛布好きやったやろ」

ゲンゴさんが割って入ってきた。酔っぱらっているのか、奥さんの腰に手を回していた。奥さんは照れくさそうに笑っている。予想通り、歯はほとんどなかった。

「好きやったけど、いつも一緒とは限らん」

「ふーん」ゲンゴさんは含みのある笑顔を浮かべ、奥さんと目を合わせた。

「ほな、一緒に帰ろうや。もう終わりやろ」

立ち上がったタモちゃんの顔は僕の視線をはるかに上回った。タモちゃんはここ一年でぐっと身長が伸びた。今や百七十センチはあるだろう。一方の僕はまだ百六十センチぐらいだ。

「このあと、なんかあるんけ？」とタモちゃん。

「いや、別にないけど……」

本当はこのあとも甲子園に残って、掛布の出待ちをするつもりだった。しかし、どういうわけかそれを言い出せない。僕が掛布ファンであることはタモちゃんも知っていることだが、引退試合で大泣きして出待ちまでするほど好きだというのは、なんだか恥ずかしい。誰かのことを好きになったとして、それを素直に口にすることが中学生になってからできなくなった。誰かが見ている前では、堂々と泣けなくなった。本音を喋れなくなった。

結局、僕は掛布の出待ちをすることなく、甲子園をあとにした。ゲンゴさんファミリーに半ライスも加えた総勢九人が、三台の車に分かれて乗り込んだ。

僕とタモちゃんが乗り込んだのは、ゲンゴさんが堂々と飲酒運転をするカローラだ。危険極まりないドライブだったが、なんとか無事春日村に帰ることができた。車の中で、ゲンゴさんはずっと助手席の奥さんの太ももを触っていた。子供が五人もいるのに。

その夜はまっすぐ家に帰らず、そのまま近所のタモちゃんの家に立ち寄った。明日も学校はあるけれど、中二にとって夜十一時はまだ遊び足りない時間だ。

タモちゃんは親から与えられた一人部屋で、うまそうにタバコを吸っていた。初めて見る英語の銘柄だった。ラッキーストライクと読むのか。自信ないけど。

「マーってタバコ吸ったことないん？」とタモちゃん。

「あるに決まってるやん。そんなへビーちゃうけどな」

思わず嘘をついた。本当は昔一度だけじいちゃんの赤ラークを吸って以来、一度も手をつけたことがない。自分の口には合わないと勝手に思い込んでいた。

「くそっ、俺のタバコきれてるわ。一本くれへん？」

僕は白々しい芝居を打って、タモちゃんからタバコを拝借した。

「ラキストはクセあんで」

へえ。ラキストって略すんだ。じゃあ、やっぱりラッキーストライクなのだろう。

「いつもは何吸ってるん？」

「あれ……赤ラーク」

「渋いの吸ってんなあ。あんなんオッサンのタバコやん」

「そ、そうかなあ。色々吸ったけど、俺は赤ラークが一番やで」

「ふーん。マーって、顔に似合わず大人なんやなあ」

そう言われると、ちょっと嬉しくなった。タモちゃんに勝った気がする。

ドキドキしていることがばれないように、平然とラキストに火をつけた。いつかみたいにむせないように慎重に吸ってみる。肺に少量の煙が入ってきたのが自分でもわかった。

セーフ。なんとかむせずにすんだ。しかし、うまいとまでは思わない。僕はラキストの煙をいったん口に含んでは、おそるおそる肺におさめていった。

タモちゃんは近所で評判のマセガキだった。一番上の兄とひと回りも歳が離れている五人兄姉の末っ子だから、必然的に大人びてくるのだろう。しかも、二十六歳の長男は完全な元ヤンであり、十八歳の次男も高校を中退して、今はとび職をしている元ヤンだ。いや、次男は今でも現役のヤンキーか。パンチパーマだし、部屋に特攻服が置いてあるし。なんでも暴走族らしい。

タモちゃんは小学校までは普通の身なりだったが、中一の夏休みに髪を脱色し、制服のズボンを変な形にいじりだした。体育館の裏で喧嘩しているところを何度か目撃したことがある。僕は幼馴染みだからなんとも思わないが、学年ではかなり恐れられている存在だ。「森田は暴走族の弟で、喧嘩がめちゃくちゃ強いから怒らしたらあかん」今ではそんな噂が学校中に広まるぐらいの超不良少年で、一部の同級生からは「タモさん」と呼ばれているほどだ。

「あ、そうや。マーって女いるん?」

タモちゃんは火をつける前のラキストを指でくるくる回しながら言った。

「どうゆうこと?」

「だから、彼女とかいるんかって訊いてんねん」

「いや、そんなん同じ学校なんやからわかるやろ」

中学に入ってから、僕ら男子の間では女子の話題が急増していた。クラスの誰それのことを好きだとか、誰それと誰それが付き合い出したとか、誰それと誰それがキスをしてセックスまでしたとか、そういう色恋沙汰の話だ。当然、僕も興味はあった。恋愛というより、女子そのものに興味があった。陰毛の芽生えと性の芽生えは、密接な関係にあると思う。

しかし実際は、まだ女子とデートしたことも手を握ったこともなかった。深夜に一人でこっそりHな番組を観たり、Hな本を部屋に隠していたり、バーチャルの世界で性の欲求を満たしたりしてはいたが、実物との肉体的交流となると完全に無菌状態だった。

「同じ学校の女なんか、しょうもないと思わへんか?」タモちゃんはそう言うと、開き戸棚の扉を開けた。「中坊の女にチンポはたたんやろ」

タモちゃんが取り出したのは、ダルマのウイスキーだった。僕は敏感に反応したが、表情や言葉には出さず、眼球だけを動かしてタモちゃんの行動を観察した。

「梅女って知ってる？　梅川女学院」とタモちゃん。

「ああ、豊中にある中高一貫の女子校やろ」

「おう。俺さ、今あそこの高一の女と付きあってんねん」

「……」絶句した。なんだと？　つまり、彼女がいるということか。

　タモちゃんはダルマをテーブルに置くと、部屋にある小さな冷蔵庫から氷をいくつか取り出した。慣れた手つきでグラスに放り込み、くわえタバコのまま、そこにダルマを注ぐ。じいちゃんがよくやる行動だ。確かロックという呼び名だったと思う。

「マーも飲むか？」

　僕の視線に気づいたタモちゃんは、ダルマに手をかけた。

「ああ、もらうわ」咄嗟に口をつく。本当は飲んだことがない。

「ロックでええか？」

「ダルマはやっぱロックやろ」

「お、知ってるねえ。正式にはオールドっちゅうんやけどな」

「そうやけど、通称はダルマやで」

「ふふふっ」タモちゃんは鼻だけで笑いながら、別のグラスにダルマを注いだ。茶黄色の液体がコトコトとグラスを満たしていくと、氷が嬉しそうに踊った。

「なあ、その彼女っていつから付きあってるん？」

「夏から。バイトで知りあってん」

「バイトって……。中学でもできるん？」

「ちっこいスーパーとかやったら、年ごまかしてできんで。金欲しかったしな」

「へえ。ほんであれは……。その……」

そこで口をつぐむと、タモちゃんが小首をかしげた。僕は咄嗟に目を逸らし、勢いでダルマに口をつける。うへぇ、まずい。なんだ、この苦い飲み物は。まじいよ、まじいよ。タモさん、やばいよ。じいちゃんは、いつもこんなガソリンみたいなものを飲んでいるのか。

するとタモちゃんが言った。

「もうやったで。そいつと」

思わずダルマを大量に飲み込んだ。やったって何を？

「夏休みの終わりぐらいかな。その女とこの部屋で飲んでたんやけど、ちょうど家に誰もおらんかったからな。そいつも初めてやって言うとったけど、ほんまのとこはわからんなあ。けっこう慣れてる感じやったし、痛がらんかったからな」

一気呵成に語り出すタモちゃんを見つめながら、僕は何度も唾を飲みこんだ。次いで口の中を潤すべく、ダルマをごくごく飲み、ラキストをがんがん吸った。さっきより豪快に肺に吸い込んだが、不思議とむせることはなかった。これがタバコってやつか。

「でさ、おまえに女を紹介したろうと思ってな。もう中二なんやから、そろそろやらんとあかんやろ。俺の女のツレでかわいいのんがいるらしいからさ」

僕は黙って首を縦に振った。なんだかタモちゃんのことがずいぶん大人に見える。目の前にいるのは、僕が小学生から知っているタモちゃんではない。そんな気がした。

「マーよ。やっぱ年上やで」タモちゃんが得意気に鼻をうごめかした。「十六の女とやったら、十四の中坊なんかクソガキに見えてくるわ。特に俺の女はエロエロやからな」

「マジでっ。エロエロって、ど、どんなふうに？」

「ちっ、しゃあないなあ。裏ビデで教えたるわ」

その後、タモちゃんと一緒に裏ビデオを観賞した。モザイクなどで修正されているHなビデオは何度か観たことがあったが、いわゆる女子の宝物を刺身で楽しむのは初めてだった。

なるほど、すさまじい。醤油なんぞいりませんな——。僕らは下品な顔で笑い合いながら、深夜遅くまで女性の神秘に夢中になった。頭のてっぺんから足の爪先まで、全身が得体の知れない何かに強烈に刺激されていく。下半身がじんわり熱くなった。なぜか切ない。

タモちゃんは、中学に入ってからすっかり変わってしまった。僕も少し遅れてだけど、確実に何かが変わりつつあった。それは喜ばしいことなのか、寂しいことなのか。いずれにせよ、僕らはもう子供ではない。立派な中学生になったのだ。

Hなビデオを観ている最中、何度かタモちゃんと目が合った。そのたびに妙な照れくささを感じ、無言で目線を外してしまう。なんだか頭がガンガンしてきた。ズキズキとこめかみが痛んできた。どうやらダルマで酔っぱらってしまったようだ。

午前一時をすぎたころ、ようやく家についた。夜の静寂を破らぬよう、息を殺しながら裏口を開けた。暗く静まり返った我が家が、十四歳の罪悪感を微妙にくすぐった。

洗面所の灯りをつけた。鏡に映るは真っ赤に火照った見慣れぬ顔。じいちゃんはいくらダルマを飲んでも顔色ひとつ変わらないのに、僕はなんてザマだ。酒を飲んで顔が赤くなるということが、なぜか男として恥ずかしいことかのように思えた。

居間に向かうと、奥の間からわずかな光が漏れていた。僕はそろりと奥の間に歩み寄り、ゆっくり引き戸を開ける。すると、近鉄の帽子をかぶるじいちゃんの姿が見えた。

「じいちゃん、それなんなん⁉」

驚いて声をあげる僕に、じいちゃんは「シーッ」をした。そして、横目でばあちゃんが寝ていることを確認すると、今度は田淵にやるようにシッシと手で払った。「出て行け」ということか。よっぽど、ばあちゃんが怖いのだろう。

「なんや、今帰ってきたんか」

居間に場所を移すと、じいちゃんは何かから解放されたような表情を浮かべた。

「うん、タモちゃんちに寄っててん」

「おまえ、酒飲んだやろ」

えっ――。思わず両手で頬を覆った。ほんとだ。顔が熱い。さっき、さんざん冷水で顔を洗ったというのに、いまだに不自然に紅潮したままなのか。

「ふーん、思春期っちゅうやつやな」

じいちゃんは不敵に笑い捨てながら、椅子に腰を下ろした。いつものように赤ラークと百円ライターを取り出し、慣れた手つきで火をつける。その一連が、タモちゃんとはひと味もふた味も違って見えた。積み重ねてきた年月が、些細な仕草に大人の色気を加えていた。

「マーも吸うか？」じいちゃんが赤ラークを差し出してきた。

「いや、俺はいいわ」

咄嗟に顔を横に振った。じいちゃんの前で俺という言葉を使ったのは初めてだった。

「マーは真面目やなあ」じいちゃんはにやにやしながら僕の泳いだ目を挑発してきた。もしかして、さっきラキストを吸ったこともばれているのだろうか。

「なあ、じいちゃん、その帽子どうしたん？」僕はごまかすように近鉄帽に視線を向けた。あらためて見ると、やっぱり近鉄帽をかぶったじいちゃんは不自然だ。

「ん、これか？　ジロベアンにもらってん。あいつ近鉄ファンやからな」

「いや、そういうことやなくて。急に近鉄の帽子なんか……」

「阪神ファンやめてん」

「え？」思わず耳を疑った。赤ラークの煙を目で追ってみる。

「正直、もう限界や。阪神はめちゃくちゃになってもうた。あれから三年、たった三年やぞ。そんなあっちゅうまに、ここまでチームがボロボロになると思うか」

「まあ、そうやけど……」

「阪神が弱すぎるから、わしはもう応援せえへん」じいちゃんはそう吐き捨てると、近鉄帽のツバを目深に下ろした。「何もかも変わってもうたなあ……」

「じいちゃん……」

それ以上、言葉が出てこなかった。火照った顔が徐々に冷たくなっていくにつれ、この三年間の出来事が脳裏に蘇ってきた。

一九八五年の阪神日本一以降、急速に衰えたのは掛布だけではなかった。あれだけ輝いていた時の王者・阪神タイガース自体も、たった三年間ですっかり衰え果ててしまった。八六年こそなんとか三位に留まったものの、翌八七年と今年の八八年は二年連続でぶっちぎりの最下位。大黒柱・掛布の衰えはチームの攻撃力を著しく低下させ、登板するピッチャーはことごとくノックアウトされた。三年前、じいちゃんと二人で「阪神の黄金時代到来や」と騒いでいたことが、今となっては恥ずかしい。掛布も引退し、バースもいなくなった猛虎は、まるで牙を抜かれた虎、あるいはただの野良猫だ。去年も今年も、テレビをつければ負け試合ばかりだ。

当然、じいちゃんの精神は荒れに荒れた。以前、阪神が泥沼の連敗地獄にはまっていたときなどは、怒ってスポーツ新聞を投げ捨てていた。

「マー、行くぞ」とじいちゃん。

「どこへ？」

「球団事務所に殴りこむ」

「あかんてっ」

じいちゃんの頭は完全に沸騰していた。聞けば連敗中、ずっと球団事務所に無言電話をかけていたらしい。やることがせこすぎる。小学生か。

「やかましいわ。黙って素人名人会でも観とけ」

ばあちゃんがじいちゃんの頭をスリッパで殴った。いつもは「スパン」と快音を響かせるのだが、このときは当たり所が悪かったのだろう。「ゴスッ」と鈍い音が鳴り、じいちゃんは頭を抱えてうずくまった。「痛い、痛い」

こうして、じいちゃんの殴りこみ計画は未遂に終わった。

さらに先日、阪神が弱すぎて近鉄ファンのジロベアンに当たり散らしたこともあった。

「近鉄は確かに強いかもしれんけど、人気はないな。誰も近鉄なんか知らんぞ」

じいちゃんはジロベアンが経営するうどん屋で、キツネうどんを食べながら悪態をついた。隣で同じ物を食べていた僕は、咄嗟に顔をしかめてしまう。なんとなく嫌な予感がしたのだ。

「阪神が弱いからって、負け惜しみを言うな」

缶ビールを手にしたジロベアンが僕の隣に座った。息がどう考えても酒臭い。

日曜の昼前は、地元のうどん屋にとってかきいれどきなはずだが、この店はいつも閑古鳥が鳴いている。店自体も狭い、そして古い、さらに汚い。完全な三重苦だ。

「じゃかましいわ。おまえは黙って仕事しとけ」

じいちゃんは幼馴染みのジロベアンを荒っぽい口調であしらった。

「客がおらんのやから、仕事のしようがないやろ。定年ジジイのほうこそ黙っとけ」

「せやったら、客引きでもせんかい」

「アホか。誰がわざわざ近所のジジイが適当に作ったうどん食いにくんねん」

「開き直んなや。まずいうどん、わざわざ食いに来たってんねんぞ」

「あん、まずいやと？　ワレ、言うてええことと悪いことがあるやろ」

「なんや、やるか？」

「おう、表出んかい」

じいちゃんとジロベアンが同時に立ち上がった。やっぱり喧嘩になるのか——。僕は思わず天を仰いだ。すると次の瞬間、ジロベアンがおもむろに店用の上着を脱ぎ捨てた。

「なんや、それ？」じいちゃんは一転して目を丸くした。

ジロベアンは上着の下に「人生いろいろ」と大きくプリントされたTシャツを着ていた。

「最近、島倉千代子《しまくらちよこ》にはまってんねん」とジロベアン。島倉千代子の『人生いろいろ』は、演歌の中では今年最大のヒット曲だ。確か、じいちゃんも好きだったと思う。

「正ちゃん、人生いろいろやで」ジロベアンが続けた。「島倉千代子は男も女もいろいろやって唄っとるけど、野球もそれと同じちゃうか。強いも弱いもいろいろやで」

「まあ、そうやけど……」じいちゃんは脱力したのか、急におとなしくなった。ヘナヘナと腰を下ろし、椅子に座り直す。「なあ、ジロベアン。阪神、どないなってもうたんやろな」

「そのうち強くなるんちゃうか」

ジロベアンもいつのまにか、普段の優しい声色に戻っていた。場の空気が一気に和む。やっぱり二人は幼馴染みということか。聞いたところによると、軍隊でも一緒だったらしい。

「ごっそさん」じいちゃんはいつのまにかキツネうどんをたいらげていた。ポケットから赤ラークを取り出す。食後の一服が最高らしいのだが、中身は空っぽだった。

ジロベアンが黙ってタバコを差し出した。じいちゃんと同じ赤ラークだった。

「すまんの」じいちゃんはジロベアンと目を合わすことなく、もらいタバコに遠慮なく火をつけた。いつもの慣れた仕草で、ゆっくり紫煙を吐き出す。「やっぱうまいわ」

「どっちのことや？」ジロベアンも赤ラークに火をつけながら意味深な表情をした。「赤ラークがうまいんか、それともキツネうどんがうまいんか」

タバコの煙に巻かれたジロベアンの横顔が、じいちゃんと重なって見えた。二人が歩んできた半世紀以上もの歳月には、僕には見えない細かい年輪がたくさん刻まれているのだろう。

じいちゃんは唇を尖らせながら、あさっての方向に言った。

「そんなもん赤ラークに決まってるやろ」

じいちゃんはフンと鼻で笑った。ジロベアンは悪戯《いたずら》っぽく笑った。

きっと二人とも赤ラークが好きなんだろう。けど、じいちゃんはジロベアンの作ったまずいキツネうどんもちょっとだけ好きなんじゃないか。じいちゃんとジロベアンはなんとなく似ていると思う。ジロベアンはツルッパゲだけど。

じいちゃんが近鉄帽をかぶって一週間以上がすぎた十月のある日、僕は学校帰りにタモちゃんの家に直行した。ここ数日、タモちゃんは学校をサボっており、いつも昼すぎに起床すると、夕方まで部屋でゴロゴロしているらしい。僕は根が小心者だからか、学校をサボるまでの勇気を持ち合わせていない。せいぜい学校帰りに遊びに行くぐらいだ。

中学では野球部に入っていた。しかし、野球の才能は依然として開花せず、いまだにフライをキャッチするとき、両手でチューリップの形を作っては十回中七回ぐらい落球してしまう。試合で打席に立ったことも何度かあるが、もちろんノーヒット。こないだはバントも失敗したし、せっかくフォアボールで出塁できたというのに、その直後に牽制でアウトになった。きっと僕の野球センスは眠ったままなのではなく、最初から存在しないのだろう。

かくして最近は、もっぱら練習をサボりがちだ。球拾いばかりだから、嫌になって当然だ。学校をサボる勇気はないくせに、練習はサボる。我ながら中途半端な男だ。

「へえ、自分がマーくんなんや。いつも義和から聞いてんで」

タモちゃんの部屋では不良っぽい見知らぬ女子高生がスウェットでくつろいでいた。なんだかサイズがでかい。以前、タモちゃんが着ていたパーソンズのスウェットだ。

「こいつが、こないだ言ってた彼女。沙織《さおり》っていうねん」

タモちゃんが紹介すると、沙織は黙って右手をあげた。左手でラキストを吸っている。よく見ると沙織の茶髪はひどく乱れ、ベッドのシーツもぐちゃぐちゃだ。さっきまで二人がここで何をしていたのか、童貞野郎でも一発で想像がついた。

「なあ、マーくん。うちの友達で千里《ちさと》って娘《こ》がいんねんけど、会ってみいひん？」

沙織はラキストを灰皿で消し潰しながら、右手で気怠そうに茶髪をかきあげた。たった二歳年上なだけなのだが、沙織がずいぶんお姉さんに見える。

「あ、ああ」僕が戸惑っていると、タモちゃんが割って入ってきた。

「マーに女紹介したるって言ってたやろ。沙織の後輩にかわいい娘がおんねん」

「後輩？」

「梅女の中三。一個上やけど、ええやろ」

沙織が通う梅川女学院は中高一貫のため、高一と中三にも交流がある。高一の沙織は軽音楽部でバンドを組んでおり、そのバンドのベースが中三の千里だという。

「ちょっとおとなしいけど、ちょうど彼氏欲しがってるし、めっちゃええ娘やで」沙織はそう言って、少し前かがみになった。スウェットの襟首の間からふくよかな胸の谷間が見える。

「とりあえず、いっぺん会ってみいひん？　みんなで一緒に遊ぼうよ」

「まあ、いいけど」

僕が快諾すると、タモちゃんが指を鳴らした。

「よし、決まり」

そのまま沙織の膝に頭をのせ、ごろんと寝転がる。テレビのリモコンを探しているのか、タモちゃんの右手はあてもなく宙を彷徨《さまよ》っていた。

次の瞬間、その手が沙織の胸に触れた。僕は激しく動揺したものの、沙織は嫌がる素振りを見せず、されるがままに身を委ねた。タモちゃんは沙織の胸をしばらく揉みほぐしたあと、「あ、間違えた」と言って、そばにあったテレビのリモコンに手をかけた。「あ、タバコ忘れた」みたいな平然とした口調だ。沙織は「間違えすぎやっ」と無垢に笑うだけだった。

「あはは。どうりで柔らかいと思ったわ」

タモちゃんはそう言って、何事もなかったかのようにテレビをつけた。視線を向けると、夕方のニュースをやっていた。

東南アジアの小国では内乱が激化し、アメリカではブッシュという人が大統領選挙で優位に立ち、日本ではリクルート問題とかいうやつで、宮沢喜一《みやざわきいち》という政治家がバッシングされているらしい。しかし、そんなことはどうだってよかった。何が内乱だ。何がリクルート問題だ。そんなのどうにでもなってしまえ。さっきタモちゃんが、沙織の胸を揉んでいたのだ。

夜になると、タモちゃんたちと一緒に近所の公民館に出かけた。閉館後の静まり返った公民館前広場は地元の中高生たちのちょっとした溜まり場になっている。ついさっき沙織が噂の千里を呼び出し、今からここで落ち合うことになったのだ。

ところが、この夜はいつもと様子が違った。

「珍しいな。ジジイらがまだおんのか」

タモちゃんはあからさまに鬱陶しそうな顔をした。公民館の電気がまだついており、中から話し声が聞こえてくる。なぜか今夜に限って、近所のジジイたちが居座っているようだ。館内から大きな歓声が聞こえた。僕らは不思議に思い、中に足を踏み入れた。電気がついているうちは鍵が開いており、誰でも自由に入ることができる。

リラクゼーションルームを覗くと、大型テレビの前ではしゃぐジロベアンの姿が見えた。ジロベアンは近鉄のユニホームを着ている。その他にも、近鉄の帽子をかぶった地元のジジババ連中が大挙していた。もちろん、近鉄帽をかぶったじいちゃんの姿も見逃さなかった。

テレビでは「近鉄VSロッテ」のシーズン最終戦が生中継されていた。

試合は現在八回裏、ロッテの攻撃。近鉄が四―三でリードしていた。

「なんや、おまえらも来たんかい。ほな、ちゃんと応援せい」

タモちゃんを発見した実父のゲンゴさんが、迷うことなく僕らに缶ビールを差し出した。ゲンゴさんの超濃厚なファミリーも全員集合していた。奥さんはもちろん、兄姉全員がすでに酔っぱらっている。奥さんは三日前より、また一本歯が抜けていた。

「ゲンゴさん、義和くんらにビールはまだ早いでっしゃろ」

真面目な半ライスがゲンゴさんをたしなめた。

「アホッ。家でいっつも飲んどるんや。父親がええっつってるんやから、ええやろ」

「けど、一応中学生ですし……」

そのやりとりを聞かず、タモちゃんはすでに缶ビールを受けとっていた。

「タダ酒、タダ酒」タモちゃんは嬉しそうな顔で、僕にも缶ビールを差し出した。素直に受けとった僕は、じいちゃんにちらりと視線を送る。近鉄帽をかぶったじいちゃんは、僕と目を合わせることなく、ただ黙ってテレビを見つめていた。

「よしよし、これで近鉄の優勝や。ざまあみい、西武。清原《きよはら》は大阪の裏切りもんや」

ジロベアンがじいちゃんの肩を叩きながら咆えた。思えば今シーズンのパ・リーグは、近鉄が大旋風を巻き起こしていた。それまでは若き四番・清原和博《かずひろ》を中心に据えた西武が圧倒的な強さを誇っており、リーグを三連覇中。まさに西武黄金時代の真っ只中だった。

ところが、今シーズンは近鉄が急成長。序盤から首位を独走する西武を近鉄がピタッと二位で追いかけるという展開が続き、終盤の十月に入ってからは西武と近鉄がゲーム差一、二を争うまさにデッドヒート。日ごと目まぐるしく、首位が入れ替わっていた。

ジロベアンが言うには、近鉄がこの試合に勝てばリーグ優勝が決まるらしい。しかし負けはもちろん、引き分けでも西武が優勝するという。近鉄ファンのジロベアンが興奮するのも無理はないが、春日村の公民館が多くの人々で賑わうのは少し不思議だった。

「なんでこんな盛り上がってるん?」沙織が素っ頓狂な声でタモちゃんに話しかけた。

「パ・リーグって、なんか地味やん。うち、野球は阪神と巨人しかわからんで」

僕も同意見だった。正直、パ・リーグなんかに興味はない。それは決して偏見ではなく、一般論だろう。いずれにせよ、ここまで多くの人々が熱狂する試合ではないはずだ。

しかし、それから数分が経過すると、僕らは夢中になってテレビを凝視するようになった。握った手のひらにじんわり汗がにじむ。それだけ好勝負が展開されていたのだ。

テレビの中のマウンドに、どこかで見覚えのある細身のピッチャーが立っていた。近鉄の阿波野秀幸《あわのひでゆき》というらしい。阿波野は踊るようなフォームから鞭のように左腕をしならせた。

「あっ」その瞬間、テレビの前で皆一様に同じ言葉を発し、同じ顔をした。乾いた打球音が無情に鳴り響き、テレビの中の白球が美しい弧を描いていく。一瞬、時間が止まった気がした。目の前がセピアに色褪せる。ほどなくして、白球は左翼席に突き刺さった。

四対四。近鉄にとっては痛恨のホームラン。優勝目前の近鉄を嘲笑うかのように、ロッテが土壇場で同点に追いついたのだ。

打たれた阿波野はマウンドでがっくり肩を落とし、力なく膝に手を突いていた。背番号14番がなんとなく泣いているように見える。野球の神様は気まぐれだ。

「嘘やろ……」

タモちゃんが小さな声を漏らした。それ以外はやけに静かなまま、館内の時計の針だけが着実に、そして非情に動いていた。ジロベアンは言葉を失い、唇を震わせていた。

じいちゃんが赤ラークに火をつけた。次いで、ダルマの小瓶に直接口をつける。喉を潤す「ごくり」という音が、まるで旋律のように僕の耳に響いた。

「あ、千里が来た。ちょっと出てくるわ」

窓の外を見ていた沙織はタモちゃんに元気よくそう告げると、小走りで部屋を出て行った。

僕はこの期に及んで少し動揺した。いよいよ千里が来るのだ。

その後、試合は四―四の同点のまま、九回表の近鉄の攻撃に突入した。

「まだ試合は終わってへん。ここで勝ち越して、ロッテの息の根を止めたるわい」

いつのまにか、ジロベアンはすっかり元気を取り戻していた。ゲンゴさんと半ライスも、ジロベアンを励ましつつ、依然として近鉄の優勝を信じていた。

「おい、マー。こっち、こっち」タモちゃんの声がした。

見ると、部屋の入口にタモちゃんと沙織、そして初めましての美少女が立っていた。

「マーくん、千里！」

沙織がアホみたいに大きな声で千里を紹介した。半ライスやゲンゴさんをはじめ、みんなが一斉に入口に視線を向ける。じいちゃんとも目が合った。僕は急激に恥ずかしさを覚え、ざわつく周囲から逃れるように、慌てて入口に駆け寄った。

「タモちゃん、ちょっと外出ようや」

「ええやん、ここで。近鉄も気になるし」

「あかんて。みんなおんねんから外で話そうや」

「うちも試合終わるまでここでええよ。なあ、千里もええやろ？」

沙織が能天気にそう言うと、千里の細い声が聞こえた。

「うん、ええよ。野球好きやし」

一瞬だけ目に映った千里は、想像していた以上に小さく細い、黒髪の少女だった。それ以上のことは何もわからない。雰囲気だけ感じとるのが精いっぱいだった。

「へえ、千里ちゃんって野球好きなんや」

タモちゃんは気さくに千里と話しているようだ。さすが、すでに初体験を済ませただけのことはある。僕は女子と一緒にいるだけでこんなにドギマギしているというのに、タモちゃんはなんてナチュラルな男なのだろう。おまえは石田純一《いしだじゅんいち》か。

「千里、遅くなったけど彼がマーくん。ちゃんと挨拶しいや」

そう言って、沙織が僕の手を引いた。情けないけど、沙織の手が触れただけで僕は微妙に緊張してしまった。

「どうも」初めて千里と正対した。顔の筋肉が硬くなっているのが自分でもわかる。

千里は、照れくさそうに笑うだけだった。ケバケバしい沙織と違って化粧っけはまるでなく、どこか凛《りん》とした香りが漂う、目が大きな色白の女の子。艶やかな黒髪をポニーテールの要領で結わえており、細いうなじとくっきりした鎖骨がやけに浮き上がって見えた。

おくれ毛が頬にかかっていた。笑うと少し八重歯が光った。僕の背中に電流みたいなものが走った。いつのまにか照れくささを忘れ、僕は千里に見とれていた。

「近鉄、がんばれ！　最後の意地を見せたらんかい！」

ジロベアンの大声が、僕を現実に引き戻した。再びテレビに目を向けると、四対四の同点のまま、延長十回表の近鉄の攻撃に入っていた。なんでも、この回が最後の攻撃らしい。ここで点が入らなければ近鉄の勝利はなくなり、そこで西武の優勝が決定するという。

ジロベアンは最前列でじいちゃんと並んで座りながら、祈るようにテレビを見つめていた。

ゲンゴさんファミリーや半ライスも、近鉄の最後の攻撃を見守っていた。タモちゃんと沙織、そして千里までも無駄話をやめ、テレビに視線を移している。千里の横顔は顎のラインが美しく、ピンと通った鼻筋にはどことなく気品が漂っていた。

延長十回表の近鉄の攻撃は、無得点のままあっけなく幕を閉じた。これによって近鉄の優勝の可能性が消え、西武のリーグ四連覇が決まったわけだ。

「あー○▲※■ぇ」

ジロベアンが解読不能な声を漏らした。言葉にならない悔しさや悲しみ、怒り、絶望感。複雑に絡み合った人間の感情は、決して言葉で表せるものではないのだろう。

近鉄の優勝がなくなった。それがジロベアンのような大の近鉄ファンにとってどういうことなのか、わずか十四年しか生きていない僕には想像もつかない。その気持ちを理解できるのは、きっと長年阪神を愛してきたじいちゃんだけなのだろう。

「かわいそう」そんな飾り気ない感想を漏らしたのは千里だった。

「でも、これが野球なんよ」僕が言うと、千里は小さくうなずいた。

これが千里と交わした初めての会話だった。さっきまであれだけ緊張していたのに、このときばかりは驚くほどあっけなく、そして自然に近鉄の悲劇を嘆き合うことができたのだ。

一九八八年十月十九日、午後十時五十六分。「ロッテVS．近鉄」の最終戦は四―四の引き分けで終了した。試合時間四時間十二分。最終順位は一位西武、二位近鉄だ。

ジロベアンが気の抜けたような甲高い声で言った。

「ようやった、みんな」

その後、ジロベアンは落ち込む素振りを見せず、どこまでも明るく振る舞いながら一人で帰っていった。なんでも明日もうどん屋の仕込みがあるらしい。

公民館から歩き去っていくジロベアンを、玄関口からなんとなく見つめた。夜の闇の向こう側に、徐々に消えていくツルッパゲの後頭部。それが時折、晩秋の月灯りに照らされ、そのたびに何かのライトのように点滅する。まるで揺れ動く心境と重なるかのように。


「これから四人で遊びに行こう」

野球の放送が終わると、タモちゃんが早々と提案した。

沙織はもちろん、千里もあっさり快諾する。明日も学校だというのに、みんな大丈夫なのだろうか。どう見ても不良のタモちゃんや沙織はともかく、千里はわりと普通っぽいぞ。

「あたし、親いないねん」千里がいきなり切り出してきた。

「え、そうなん？」僕は目を丸くする。

「正確にはお母さんはおるんやけど、今は梅田で仕事してるから、夜は親がおらんってこと。

ちっちゃいころに両親が離婚したから、お母さんとアパートで二人暮らしやねん」

「へえ、そうなんや」

「だから家に帰ってもつまらんし」

「ああ」相槌が曖昧になった。僕は千里のことを勝手にお嬢様だと思い込んでいた。気品漂う清楚な外見と中高一貫の私立梅川女学院に通っているということがすべての理由だった。

「千里のオカンはめっちゃ働きもんやもんな。いっつも家におらんもん」

そう言う沙織は、タモちゃん曰く生粋の金持ちらしい。なにしろ月の小遣いが高一にして十万円だとか。そういえば、最近のタモちゃんも金遣いが荒くなっている。

「じゃあ、千里ちゃんちに行けへん？」タモちゃんがとんでもないことを言った。「俺んちは家族多いからうっといねん。千里ちゃんちやったら、誰もおらんからええやん」

女慣れしたタモちゃんの提案はどこまでも大胆だ。僕だったら思いつきもしないだろう。

意外なことに、千里はその提案も快諾した。タモちゃんと沙織が同時に指を鳴らす。当然、僕も大賛成なのだが、それをうまく表現できず、ひたすらタモちゃんの目を見つめた。

公民館を出ると、広場の喫煙所で赤ラークを吸うじいちゃんと出くわした。

「なんや、マー。遊びに行くんか」じいちゃんはいつもと変わらぬ口調だった。

「う、うん。じいちゃんは？」

「これ吸ったら帰るわ。もうみんな帰ったしな」

実はずっとじいちゃんのことが気になっていた。数日前の夜、阪神と絶縁宣言をして以降、近鉄帽をかぶり続けているじいちゃん。阪神の不甲斐なさに嫌気が差したままなのか。

「おい、マー。行くぞ」タモちゃんの声が聞こえた。

「先に行ってて。あとで電話するから」僕は咄嗟に言った。

「電話って、おまえ、千里ちゃんちに行くねんで」

「あ、そうか。でも……」

「ええよ。電話番号教えるから、あとで電話して」

困惑する僕に、千里は平然と自宅の電話番号を書いたメモを渡してきた。「よかったやん、電話番号」沙織がめざとく冷やかした。「そんなんちゃうって」僕は慌てて否定した。

その後、タモちゃんたちは自転車を強引に三人乗りして、千里のアパートのほうに消えていった。なんでも、春日村から一駅先の江坂《えさか》に住んでいるらしい。

「行かんでええんか？」

公民館からの帰り道、じいちゃんは何度も僕にそう訊いてきた。僕はそのたびに「あとで行くからええよ」と答えるのだが、何度も同じことを訊くのが老人の習性だ。

「近鉄、惜しかったなあ」話題を変えるようにじいちゃんに話しかけた。「ロッテって、最下位やろ？　そんな弱いチームに優勝を阻止されたら、ジロベアンもたまらんで」

するとじいちゃんがゆっくり口を開いた。

「ベベタにはベベタの意地があるんやろうな」

「意地？」

「あれがセ・リーグ最下位の阪神やったらどうや？」じいちゃんは歩きながら赤ラークに火をつけた。「相手は優勝争いしている巨人や。巨人の優勝を阪神が阻止するんや」

「なんか、ぞくぞくすんなあ。巨人の悔しがる顔が目に浮かんでくるわ」

「それがベベタの意地や。弱者が強者に一矢報いる。プロ野球の醍醐味や」

じいちゃんは得意気に紫煙をくゆらせた。僕は思わず頰の筋肉を緩め、安堵の息を吐く。

「じいちゃん、やっぱ阪神ファンやん」

「ん？」じいちゃんは赤ラークを指で挟みながら、何やら口を尖らせた。僕はそれ以上多くを語らず、ただじいちゃんと同じ方向を見つめていた。晩秋の月は煌々と輝いていた。

二丁目の交差点から二分ほど歩いた。お寺の角にぽつんと立っている公衆電話のガラスが誰かに割られていた。じいちゃんは地面に飛び散るガラスの破片を慎重によけている。

「掛布、どうやった？」じいちゃんが突然言った。

「えっ」虚を突かれた。「ど、どうって？」

「結果はニュースで知ったわ。最後はフォアボールやったらしいな」

「うん、バットを一回も振らんかったわ」

「そうか」

それ以降、じいちゃんは黙り込んだ。僕は沈黙を嫌い、必死で話題を探す。

「俺……自分の名前、気に入ってんねん」なんとなく切り出した。「稲田雅之。掛布雅之からとったんやろ？　じいちゃんがつけてくれた名前や」

じいちゃんは掛布の引退をどう思っているのだろう。僕が知る限り、いつだってじいちゃんは掛布を愛してきた。掛布は阪神ファンの誇りだと、じいちゃんは口癖のように言っていた。そんな掛布が引退したのだ。本当なら、僕よりずっと胸が苦しいはずだ。

「掛布の引退試合……。俺、めっちゃ泣いてもうた。球場の柵にしがみついてさ、わんわん泣いてるとこ、米田さんに見られたもん」僕はじいちゃんの本音を探るように、掛布への想いを打ち明けた。「でも、引退セレモニー短かったなあ」

すると、じいちゃんはポケットからダルマの小瓶を取り出し、ラッパでひと口飲んだあと、呟くように言った。「わしも行きたかったなあ」

やっぱり。大きく息を吸った。掛布の引退試合は、そもそもじいちゃんと一緒に行く予定だった。チケットを取ったのもじいちゃんだった。しかし前日になって、じいちゃんは突然ボイコットした。二年連続最下位という阪神の不甲斐なさに、勝手にストライキを行ったのだ。

「さっきのジロベアンを見てたら、やっぱわしには無理やなって思ったわ」じいちゃんはそう言うと、苦笑するような表情で続けた。「近鉄は確かによう頑張った。劇的やった。けど、わしは近鉄のことをあそこまで愛されへん。やっぱ阪神やないと夢中になられへん」

僕は黙ってじいちゃんの横顔を見つめた。

「確かに今の阪神はボロボロや。掛布とバースが抜けて、もう三年前の日本一のときとは完全に違うチームや。二年連続最下位やぞ。世間じゃダメ虎やって言われ出したわ」

じいちゃんは近鉄帽に手をかけ、勢いよく脱ぎ去った。ペチャンコになった白髪のオールバック。いつもの緩いウェーブが、このときばかりはストレートになっていた。

「けど、わしはやっぱ阪神が好っきゃねん」じいちゃんが街灯に照らされた。吹っ切れたように澄み渡った表情をしていた。「甲子園ができた年に生まれて、六十年以上も応援してきたんや。わしの体にはタイガースイエローの血が流れとる。やれストライキやって近鉄の帽子をかぶっても、やっぱ阪神やないとあかん。甲子園やないと血がたぎらんねん」

じいちゃんの言葉に少し胸が熱くなった。

「にわか近鉄ファンなんてもうやめや。断食も今日で終わり」

「断食⁉」

「ん、言ってなかったか？　ここんとこずっと断食しててん」

「なんで？」

「ハンストや。どんどんチームを弱くさせとる球団に抗議してんねん」

呆れた。老いぼれファン一人が断食したところで、いったい何が変わるというのだ。

「球団に抗議の電話しててな。来年Aクラスに入らんと、このままハンスト続けんぞって」

「このままって……。じいちゃん一年ぐらいメシ食わんつもりやったん？」

「さすがに死ぬかな？」

「絶対死ぬわ、アホッ」

「やっぱりそうやんなあ」じいちゃんは子供みたいにケラケラ笑った。「やめや、やめ。ハンストなんか今日で終わりや。家帰ったら、塩ラーメン食おーっと」

「アホくさ」

「まあ、そう言うな。それぐらい阪神を愛しとるっちゅうこっちゃ」

「それやったら素直にそう言うたらええのに。こっちは心配してたんやで」

「すまんすまん。なんか意地になってもうててん」

「なんの意地やねん」

僕は溜息をついた。しかし、胸のつかえがとれたような清々しい気分だ。じいちゃんはやっぱり阪神ファンだ。何かのファンというのは、そう簡単にやめられるものではない。それはきっと、家族への気持ちに近いものがあるのだろう。どんなに裏切られても、苦しめられても、傷つけられても、体中に流れている血液が家族の顔を、声を、匂いを求めている。僕が中二にもなって、いまだに〝じいちゃん子〟から抜け出せないのも同じ理屈だと思う。

「掛布、早すぎるよなあ。まだ三十三歳やで。わしからしたら子供やん」じいちゃんは近鉄帽を指でくるくる回しながら続けた。「さよなら……やな」

月に向かって高々と近鉄帽を放り投げた。一瞬明るく光った近鉄のロゴが、そのまま闇に消えていった。どこに落ちたのか、音だけではわからなかった。

じいちゃんは近所迷惑を気にすることなく、声高らかに叫んだ。

「ミスタータイガース、万歳！」僕は呆気にとられ、じいちゃんの行動を黙って見つめることしかできなかった。「ミスタータイガース、万歳！　ミスタータイガース、万歳！」じいちゃんは月夜に向かって両手をあげ、何度も同じ言葉を繰り返した。

「ミスタータイガース、バンザーイ！」

気づくと、僕も同じ行動をとっていた。二人で万歳を繰り返す。これが中秋の名月なら願いごとが叶うという。晩秋の月は僕らの願いを叶えてくれるのか。それともミスタータイガースの功績を称えるだけで、その役割を終えてしまうのか。

「掛布、おまえはようやった！　おまえは偉大な四番やった！」

そう叫ぶじいちゃんの横で、僕も負けじと咆えた。

「掛布、今までありがとう！　31番、おつかれさま！」

掛布雅之が引退した。それまでは悲しみが先にたって、どうしても受け入れることができなかった事実。僕は今、掛布への想いを思う存分ぶちまけることで、ようやく31番の栄光を思い出のアルバムにしまおうとしている。じいちゃんもきっと同じ気持ちなのだろう。

家に帰ると、居間で夏実が音楽番組を観ていた。チェッカーズが新曲を唄っている。

高校受験を控えた中学三年生。双子同然で育ってきた年子の姉は、最近どうやら化粧を覚えたようだ。洋服の趣味も昔と変わってきた。夏実も十五歳の乙女なのだ。

深夜一時をすぎたころ、ようやく千里のことを思い出した。とはいえ、こんな夜中に電話をかける勇気はなく、悶々と時間をうっちゃることしかできなかった。

じいちゃんは久しぶりに家で阪神帽をかぶった。居間で夏実に絡みながら、ダルマをがぶがぶ飲み、赤ラークをぱかぱか吸う。夏実は赤ラークの煙を何度も手で払った。じいちゃんはおもしろがっているのか、それでも執拗に夏実に煙を吹きかけた。

あはは。うっといな、このジジイ。僕はなんだかおかしくなり、色んなことがどうでもよくなってきた。まあ、いいか。明日タモちゃんに謝れば、今夜のことは許してもらえるだろう。千里にはまた今度会わせてもらえばいい。めちゃくちゃかわいかったし。

外からチャリンチャリンという音が聞こえてきた。きっと江夏の首輪の鈴が鳴っているのだろう。続いて田淵がグオングオン咆えだした。夜になると、江夏はしばしば家を飛び出し、庭先で遊びまわる。田淵にちょっかいを出すこともあるのだ。

一九八八年も年末になると、昭和天皇の病状がいよいよ深刻になった。そして年が明けてまもなく、昭和が終わった。時代が変わっていく。新しい元号は平成だという。

翌八九年は八〇年代最後の年だ。手塚治虫《てづかおさむ》が亡くなり、美空《みそら》ひばりも死んだ。消費税が導入され、米ソの冷戦が終結し、ベルリンの壁が崩壊した。激動の昭和が終わり、新たな時代がざわざわと動き出していく。九〇年代がまもなく始まろうとしていた。

土砂降りのキス

三学期早々の一月十七日、多国籍軍がイラク空爆を開始した。

「湾岸戦争が勃発しました。みんなもこの現実をきっちり受け止めましょう」

高校のホームルームで、担任教師が重々しく言った。得体の知れない緊迫感が大股歩きで襲ってくる。僕は思わず身震いした。暖房が効いた教室の中だというのに、背筋が寒くなる。戦争という言葉を聞いて、脳が無条件に察知したのは我が身の危険だった。

ところが数日が経過しても、日本は平和そのものだった。

正直、拍子抜けだ。遠く海の向こうでは凄惨な殺戮が繰り返されているというが、あまり現実感がない。確かにテレビでは何度も空爆シーンが映し出されていた。しかし、どれもゲーム画面のようで恐怖を感じることはなく、いつもと変わらない平凡な日常を送っていた。

春になると、湾岸戦争は停戦した。それも数日後に友達から聞いて知った。その後は自衛隊初の海外実務となるペルシャ湾派遣が世間を賑わしたが、それも僕にとっては興味のないニュースだ。去年バブルとやらが崩壊して以降、日本が不景気になったらしく、小さな建設会社でサラリーマンをしている父ちゃんのボーナスが今後大幅にカットされるということのほうが、僕はもちろん、稲田家全体にとってもビッグニュースだった。

「これからは家計も厳しくなるから、外食なんかめったにできないわよ」

最近、母ちゃんはよくそんなことを口にする。高校三年になった夏実は私立の女子高の音楽科に通っているのだが、そこの学費は大阪府下でもかなり高額な部類に入るらしく、普段は寡黙な父ちゃんも夕飯時に愚痴を零すことが多くなった。

しかし、母ちゃんは夏実のピアノだけはやめさせるわけにはいかないという。

「物心ついたときからピアノを弾いている夏実にとって音楽は習いごとじゃないの。夏実の人生の一部、日常の一ページなの。お父さんは夏実から人生を奪う気？」

なんとなく、母ちゃんの言っている意味はわかる。夏実から音楽を奪うということは、すなわちじいちゃんから阪神を奪うようなものであり、それは父ちゃんや僕にとって、毎日の水や御飯を奪うようなものなのだろう。どれだけ貧困に窮しても、これを奪われては死ぬしかない。人間にはそういう不可欠なものが、ひとつぐらいはあるものだ。

一方の僕は、稲田家にとって経済的な息子だ。学費が安い平凡な公立高校に進学し、のんべんだらりと二年になった。進学校でもなければ、生徒の大多数がヤクザになるような不良高校でもない。なんのとりえもない市井《しせい》の男女が通う、中の下ぐらいのランクの高校だ。

用具代や怪我の治療費など、何かと金がかかる野球部に入ることもしなかった。中学校の三年間、結局レギュラーどころかベンチに入ることすら一度もできなかったのだから、このへんで野球に見切りをつけるのが賢い選択だろう。野球は遊びで充分だ。

とはいえ、他にやりたいことができたわけでもなかった。だいたい、まだ高校二年だ。将来のことを考えるには早すぎる。そんなことより高校生活を楽しみたい、青春を謳歌したい。

夏休みになると、僕は春日村から一駅先にある江坂の焼肉屋でバイトを始めた。稲田家では小遣いの額が特に決まっておらず、何か金が必要なときがあれば、その都度、自己申告しては母ちゃんの決済をもらうという、仮払いみたいな制度が定着していた。

したがって、最近は何か欲しい物があったとしても、素直に母ちゃんにおねだりできなくなった。それもこれもバブルとやらがはじけたからだ。毎日、「家計が厳しくなる」としつこく聞かされていた僕は、それならばバイトで金を稼ごうと思いたったのだ。


八月のある日、夕方五時に焼肉屋のバイトを終えた僕は、まだ陽が高い江坂の街を汗だくで歩いていた。江坂は大阪府吹田市の中で一、二を争う繁華街だ。キタやミナミに比べると街の規模は小さいものの、様々な店舗が乱立しており、活気に満ちている。

駅近くのファストフード店に立ち寄ると、店内から声が聞こえた。

「マーくん、こっちこっち」見ると、奥のテーブル席で一歳年上の千里が、コーラを飲みながら手招きしていた。コーラはふたつ。千里が僕のぶんも買ってくれたのだろう。

「バイトどうやった？」

　席に座るなり、千里は身を乗り出して訊いてきた。

「どうやったって？」

「ほら、昨日はロースとカルビの区別がつけへんって、悩んでたやん」

「ああ、今日も怒られたわ。カルビ頼んだ客にロース出してもうてん」

「アホ。あかんやん」

「でもさあ、正直、俺にとってはカルビもロースも一緒やけどな。いちいち細かいこだわりもたんと、黙って食えって思うわ。どっちもうまいやん」

「値段が違うねん、値段が。カルビのほうが高いやろ」

「うちはどっちも一緒やもん。どうせ、そんなええ肉使ってへんし」

「めっちゃ適当やな、あんた」

　千里は顔をしかめると、茶色く染めた長い髪の一束を指でつまみ、くるくるっと弄んだ。

　僕はそんな千里の仕草に見とれてしまった。千里は高校三年になってから髪を明るく染め出したのだが、いわゆる不良少女にありがちな小汚い茶髪と違って、どことなく艶と品がある。このところ、服装もぐっとお洒落になり、化粧も格段にうまくなった。なんでもアメリカ村に足繁く通い、話題のセレクトショップや人気ヘアサロンの常連になっているという。

ふーん。アメリカ村ねえ。口の中で呟いた。名前はよく聞くが、一度も行ったことがない。本当にそんなにお洒落なのか。僕もいいかげん、近所の床屋は卒業するべきかもしれない。

「マーくん、もう六時になるけどええの？」と千里。

「なんで？」僕は赤ラークに火をつけ、気のない返事をする。

「もうすぐサンテレビで阪神戦始まるやん。今日は巨人戦やろ」

「ああ、別にええよ。どうせ巨人の先発は斎藤《さいとう》やから、打てるわけないもん。昨日も桑田《くわた》に完封されたし、明日は明日で槙原《まきはら》やろうから、三連敗決定やで」

「うわあ、諦め早いなあ。これやからダメ虎信者はあかんねん」千里は屈託なく笑った。

今年の阪神も、例年と変わらず弱かった。今から四年前の一九八七年に最下位の六位に沈んで以降、翌八八年も連続最下位、翌八九年はひとつ順位が上がっただけの五位、そして去年の九〇年はまたも最下位と、阪神は長期低迷を続けており、今年こそはと捲土重来を期したものの、いざ開幕してみると、いきなり五連敗。その後も阪神は清々しいほど黒星を積み重ね、六月には怒濤の十連敗を達成。いったい、どこまで負ければ気がすむのだ。

かくして阪神は、八月の時点でやっぱり最下位だった。特に首位・巨人にはてんで歯が立たず、さすがの僕も巨人戦を観る気力を失っていた。阪神にハンデが欲しいぐらいだ。

「俺も変わったもんやなあ……」そう呟くと、千里が突然噴き出した。「なにがおかしいん？」口を尖らせながら、指に挟んだ赤ラークを口にする。

「いや、こんなん言うたらあかんかもしれんけど、マーくんってあんまりタバコ似合わへんよなあ。なんか外見とギャップありすぎるわー」

「なんやねん、それ」

「だって、マーくんって童顔で小柄やから、子供がタバコ吸ってるみたいに見えるんやもん。今でも中学生に間違えられたりするんやろ？」

「アホか。そんなんないわ」ムキになって赤ラークの火を消した。「じゃあ、もう吸わん」すねるようにコーラのストローを吸う。千里はまだにやにやしていた。

　高校二年になってから、僕は日常的にタバコを吸うようになった。銘柄はじいちゃんと同じ赤ラークだ。といっても自分の小遣いで買っているわけではなく、じいちゃんがいつも赤ラークをカートン買いしているため、それを内緒でぱくっているだけだ。

　午後七時ごろ、僕らは店を出た。外はさすがに暗くなっており、駅前に停めていた自転車からは、二人乗りするときに使う鉄の棒状のステップ、通称・ロッカクが盗まれていた。

「うわっ、ロッカクやられた。くそ、やっぱ外しとけばよかったー」

僕は怒りと後悔に苛まれながら、仕方なく自転車を押しながら歩いた。

「それ、片手で押されへんの？」隣で千里が訊ねてきた。

「え、押せるけどなんで？」そう答えて、右手一本で押す。

すると、千里の手が僕の左手に触れた。ゆっくり手をつなぐ。千里が照れくさそうな笑みを浮かべた。僕は何も言わなかった。ただ千里の手のぬくもりを全身で感じるだけだった。

江坂駅から歩いて十五分ぐらいのところに千里の住むアパートがある。僕はアパートの前まで千里を送り届けると、部屋の電気に目をやった。どうやら、まだ母親が家にいるようだ。

「お母さん、仕事何時からなん？」なんとなく訊いてみる。

「九時ぐらいには出て行くと思う。店が十時からやねん」と千里。

「ふーん」

「残念でした」

「何が？」

そう言って、ポケットから赤ラークを取り出すと、千里は何やら不敵な笑みを浮かべながら僕の前に二、三歩進み出て、ほどなくして振り返った。

「部屋にあがりたいんやろ？」

思わず固まった。言葉が出てこない。動揺を悟られまいと赤ラークの箱をとんとん叩き、一本だけ取り出してみる。しかし、すぐに我に返って、再び箱の中にしまった。

千里はその一連を目ざとく観察し、からかうように両手を頬にあてた。

「ああ、マーくん、やっぱさっきのこと気にしてるー」

「え？」

「ええよ、別に吸っても。男の子ってみんなそんな感じなんやろ？」

「いや、それは知らんけど……」

「あたし、お父さんも男兄弟もおらんから、男の子のことはようわからんねん。けど、前に沙織先輩が言ってた。男の子って、みんなそんなもんやって」

「そんなもん？」

「教えない」

「なんやねん」

「また今度ね」

千里は僕にゆっくり歩み寄り、右手を差し出した。僕は素直にその手を握る。

「ちゃうちゃう。手えあけて」千里はその手をこじあけ、かわいく折りたたまれた黄色の便箋を手のひらに置いた。「帰ってから、読んでな」

千里の唇がいつもより艶っぽく感じた。僕は黙って手のひらを見つめる。女の子らしく複雑に折りたたまれた便箋。これ、どうやって開ければいいんだろう。

そして、千里はアパートの中に消えていった。残された僕は赤ラークを一本だけ吸って、気持ちを落ち着ける。すると、今まで暗かったアパートの一室に突然電気がついた。

あそこが僕の彼女の部屋だ。


その後は自転車を立ち漕ぎしながら家路を急いだ。夏の夜風が顔にあたり、扇風機みたく心地いい。途中で立ち寄ったコンビニで、今日発売の「少年ジャンプ」を買った。店を出るや否や、「ドラゴンボール」を少し読んでみる。よし、今週もおもしろそうだ。

そこで、いったん「少年ジャンプ」を閉じることにした。楽しみはあとにとっておきたい。僕はそのまま自転車に乗り、再び家路を目指した。しかし、ちょっと漕いだところでやっぱり気になった。「ドラゴンボール」ではない。千里からもらった便箋のことだ。

やぶ蚊がたかる街灯の下で、折りたたまれた便箋を丁寧に開いた。

「今日は付き合って十六ヶ月記念！」

水色の水性ペンで書かれた丸い文字が、真っ先に目に飛び込んでくる。

千里は僕と付き合うことになって一ヶ月目から、毎月こうやって記念の手紙を贈ってくれている。最初はせいぜい数ヶ月で自然消滅するだろうと思っていたが、千里はかなり根気強い性格のようで、付き合って一年以上になる今も変わらず、それを継続しているのだ。

　手紙の内容は他愛のないことばかりだ。直近の一ヶ月を振り返って、自分の身の回りにどんなことがあったとか、僕との間にどんなことがあったとか、まるで備忘録のように綴っているだけだ。もっとも、それでも僕はありがたかった。彼女の言葉はなんだって宝物だ。

　千里と付き合い出したのは高校一年の春からだ。中二の秋にタモちゃんに紹介してもらって以降、仲の良い友達同士として二人で遊ぶことは何度もあったが、高校入学を機に関係をはっきりさせなければと、愛の告白を決意した。もちろん、僕一人でそんな大それたことを考えられるわけがない。受験さえすれば誰でも合格できると噂されている、私立のアホ高校に進学することになったタモちゃんから、しつこく背中を押されたのだ。

　タモちゃんがまだ沙織と付き合っていることも奏功した。千里の高校の先輩である沙織を使えば、いくらでも千里の情報を入手することができるからだ。

　沙織によると、千里は僕のことを好意的に思ってくれているという。タモちゃんも「告白成功率九十パーセント」と太鼓判を押してくれた。だから、僕は千里に告白することを決意した。情けないのは百も承知だが、そういう周囲の暗躍と成功の確証がないことには、僕の勇気は目を覚まさない。勝てる試合に確実に勝つというのが自分の生き方だ。

　かくして去年の四月、近所の公園で千里に告白し、ＯＫの返事をもらった。生まれて初めての彼女ができた瞬間、少しドギマギしたことを覚えている。照れくさくて大変だった。

その後、晴れて恋人同士となった僕らは、どちらからともなく手をつなぎ、その公園から伸びる遊歩道に植えられた桜並木の下を歩いた。ピンクのカーペットのずっと先に、タモちゃんと沙織の背中が見えた。さっきまで僕が告白するのを公園の影から覗いていたのだろう。二人は仲睦まじそうに肩を寄せ合い、タモちゃんは沙織の腰に手を回していた。

次の瞬間、突然二人は立ち止まり、互いに向き合った。何やら激しい口論となり、あろうことかタモちゃんが沙織を殴った。その後、沙織はダッシュでその場を立ち去り、二人は一年半の付き合いに終止符を打つことになった。別れの原因は、タモちゃんの浮気だという。

付き合い出して以降、僕は千里と今まで以上にたくさんの会話を重ねた。母子家庭の千里は想像以上に寂しがり屋で、意外なほどにお喋りだった。いったん打ち解けると、おとなしそうな外見に似合わず、ずっとぺらぺら喋りたおしている。そのことについて千里本人は「あたしに口がついているんやなくて、口にあたしがついてんねん」と自虐的に笑っていた。

高校で軽音楽部に入ってバンドを組んでいるのも、陽気な沙織と一緒にいると楽しいという理由かららしい。ベースを担当しているのも特にこだわりがあるわけではなく、ヴォーカルの沙織に「あんたは顔がベースっぽい」と決めつけられ、素直にしたがっただけだとか。とにかく千里は寂しいのが大嫌いで、いつもみんなと笑い合っていたいという。

「ええよなあ。マーくんとこは大家族で」

千里にそう言われたことで、僕は初めて稲田家が他に比べて恵まれた環境にあることに気づいた。普段、千里は家でほとんど母親と会話していないという。だからといって母親のことが嫌いなのではなく、単純に梅田で夜通し働いている母親と一緒にすごす時間がないのだ。

千里はお箸の使い方が下手くそだ。いつもバッテンになってしまうのだが、それはきっと母親にちゃんと躾けられなかったからだろう。千里は焼き魚の食べ方も下手くそだ。いつもぐちゃぐちゃになってしまうのだが、それはきっとじいちゃんに教えられたことがないからだろう。一方の僕は知らず知らずのうちにどちらもうまくなっている。焼き魚の食べ方なんか今まで気にしたことがなかったが、千里にいつも感心されるのだ。

「マーくんが優しいのはきっと家族が温かいからやと思う。ええなあ。ほんまに羨ましいわ。あたしなんかいっつも寂しいもん」

そんな言葉を聞くたびに、僕は少し胸が痛くなる。他人に優しいと言える千里はきっともっと心優しく、素直な女の子なのだろう。寂しいことを寂しいと認め、羨ましいことを羨ましいとはっきり口にできるのは、心に澱みがないからだ。タモちゃんの影響なのか、年を重ねるごとに少しずつひねくれていく僕も、千里といると不思議なほど素直になれる。千里の前では本当の自分でいることができる。だから僕は、千里のことが好きなのだ。

千里の手紙を読み終えると、元通りに折りたたもうとした。しかし、どうしても元通りにできない。以前、夏実も同じ折り方をしていたが、あれはいったいどう折ればいいのだろう。

結局、途中で諦めた僕は便箋を普通の四角に折り、ジーパンの尻ポケットにしまった。

手紙によると、千里は最近花を買ったらしい。しかし花の名前がわからず、勝手にかすみ草と決めつけているとか。あはは。名前ぐらい訊いてから買えよ。そういや、母ちゃんが好きなさだまさしの曲にそんな歌詞があったな。確か『歳時記』という曲だったと思う。

江坂から自転車を飛ばすと、ものの十分程度で春日村に突入した。さっきまでのビル街が嘘のように、一気にひなびた田舎町が顔を見せる。通行人はほとんど顔見知りだ。

とはいえ春日村の風景も、ここ数年で変わってきた。正式名称・春日町が通称・春日村であるゆえんは、その一帯だけが吹田市のニュータウン開発からおくれをとっており、昔ながらの田園や竹林が残っていたからなのだが、ここにきて開発の手が伸びてきたのだ。

僕は自転車を漕ぎながら、建ち並んだマンション群に目をやった。昔、タモちゃんとよく遊んだ池や田んぼがなくなり、竹藪が切り崩されて新しいマンションが建設されている。

寂しいなあ。口の中で呟き、感傷に浸った。すると、工事中の看板に父ちゃんが勤める建設会社の名前を発見した。おのれ、父ちゃん。春日村を変えているのはおまえなのか――。

時代のうねりはますます激しくなり、僕らが住む世界を容赦なく変えていく。変わらないのは依然として弱い阪神と、そんな阪神を懲りずに応援するじいちゃんだけだ。

数日後の夜、じいちゃんはジロベアンのうどん屋で泥酔していた。

「情けねえっ！」大声で嘆くじいちゃん。「監督が吉田から村山に代わっても、阪神はなんにも変わらへん。岡田も真弓《まゆみ》もずいぶん衰えてもうて、見てられへんわ」

「なあ、じいちゃん。もう帰んで。酔っぱらって迷惑かけたらあかんって」

僕は高校の制服のまま、じいちゃんの手を引っ張った。しかし、じいちゃんはテコでも動かず、店内に流れるサンテレビの阪神戦にこだわっている。

「ほっとけ、アホッ。まだ試合やっとるやないか」

「そうやけど、阪神のボロ負けやんか。六回終わって八―〇やで？」

「野球は筋書きのないドラマじゃ。まだまだ逆転できるわい」

「でも、こっちから家まで五分ぐらいやで？　少なくともその間に逆転すんのは無理やろ。店に迷惑かかってるんやから、いったん家に帰ってから観たらええやん」

するとと、カウンター越しの厨房に立つジロベアンが大きくうなずいた。「そうや。マーくんの言う通りや」おもむろにリモコンに手を伸ばし、容赦なくテレビを消す。

「おい、何すんねん」

憤慨するじいちゃんを、ジロベアンは冷静な口調でたしなめた。

「正ちゃん、悪いな。今日は飲みすぎやからこのへんにしとこうや」

「ふん、ちょっと近鉄が強いからって大人ぶりよって」

そう言うと、今年六十七歳になるじいちゃんは千鳥足でテレビの主電源を押した。

「おい、正ちゃんよ。わざわざマーくんに迎えに来てもらったんやから、今日はおとなしく帰りい。家で続きを観たらええやろ」ジロベアンはうんざりした顔で溜息をついた。

今から三十分ほど前、僕が学校から帰宅すると、母ちゃんに「さっきジロベアンさんから電話があって、おじいちゃんが店で酔っぱらってるらしいから迎えに行ってあげて」と言われたのだが、いざ来てみると、じいちゃんは僕の予想をはるかに上回るほど荒れ狂っていた。

なんでも阪神戦が始まったと同時にダルマを飲み出したじいちゃんは、阪神が無駄な失点を重ねるごとにどんどん酔っぱらっていき、挙句、うどんが入った器を周囲に放り投げたという。さらにそれが、ことごとく他の客に当たったたから始末が悪い。貴重な一見客たちが怒って帰ったらしく、さすがのジロベアンも堪忍袋の緒が切れたというわけだ。

「ええかげんにせい。ワレがおったら客けえへんやろ」ジロベアンが声を荒らげた。

それでも、じいちゃんはまったくひるまない。「ジロベアン、近鉄はええなあ。トルネードの野茂《のも》が大活躍やないか。新人が育つチームにわしらの気持ちはわからんやろ」

「じいちゃん、わかったから帰ろうや」僕は再びじいちゃんの手を引いた。しかし、それでもじいちゃんの嘆きは止まらず、依然テレビから視線を外そうとしなかった。

「ここ四年間、阪神は六位、六位、五位、六位って三回もベベタや。今年もここまでぶっちぎりのビリやぞ。毎年優勝争いしてる近鉄ファンにこの気持ちがわかるか？」

「そんなん言われても知らんがな」

「ジロベアン、おまえこないだ阪神はＰＬ学園より弱いって言うとったな。ああいう冗談は今のわしらには通じひんぞ。ほんまにＰＬに負けるかもしれんねんから」

じいちゃんは僕とジロベアンが呆れるのを無視して、延々と阪神の愚痴を零した。

やがてジロベアンは諦めたかのように店仕舞いを始めた。結局、じいちゃんは試合終了までテレビにかじりつき、阪神の大敗を見届けたのだった。


また数日後の甲子園。僕はじいちゃんと二人で試合前の客席に陣どり、先発ピッチャーの投球練習を眺めていた。この日の阪神の先発は、仲田幸司《なかだこうじ》という左ピッチャーだ。仲田はアメリカと日本のハーフで、アメリカ名はマイケル・フィリップ・ピーターソンというらしく、マイク仲田の愛称で阪神ファンから特に親しまれている投手だ。

投球練習中、マイク仲田が客席に飛び込みそうになるほどの大暴投をかました。

「ボケこらっ、マイクー！　おまえは野球でけへん子かあーっ！」客席のじいちゃんが汚い野次を飛ばした。「おまえ、練習で暴投するってどんなけカスやねん！　ノーコンにもほどがあるやろ！　やる気ないんやったら死んでまえ、アホーっ！」

「じいちゃん、ちょっと言いすぎやって」

僕は咄嗟にじいちゃんを制した。確かにマイク仲田は伸び悩みが続くノーコンピッチャーだった。フォアボールも多ければ、大暴投も珍しくない。しかしその一方で球はめっぽう速く、端整なマスクと美しいピッチングフォームもあいまって人気は抜群。じいちゃんも「マイクはコントロールさえ良くなれば、阪神を背負って立つ大エースになるはずや」と、マイク仲田の潜在能力を高く評価しており、かつての阪神の大エース・江夏豊と同じ本格派の左ピッチャーという理由だけで、マイク仲田に「江夏二世」の称号を与えていた。

「ワレこらっ、マイクー！　おまえ、何年江夏二世って期待させる気やー！　今日も打たれくさったら、しばきたおすど！　大阪歩かれへんぐらいに顔面ゆがましたるわ、ボケー！　ようさんゼニもろてんねんから、ええかげんまともなピッチングせんかーい！」

ここ最近、じいちゃんの野次はずいぶん汚くなった。毒の強いジョークというより、ただの誹謗中傷と醜い罵声を浴びせるばかり。期待されながらも一向に開花できないマイク仲田に憤慨する気持ちはわかるものの、いくらなんでも言いすぎではないか。

見ると、じいちゃんの足元に赤ラークが何本も落ちていた。まだ火が残っている。

「危ないって」僕は慌てて火を踏み消した。

じいちゃんの横顔が歪んで見えた。最近、ますます品位がなくなった気がする。

次の瞬間、じいちゃんはくわえていた赤ラークをそのまま地面に吐き出した。

「あちっ」誰かの声が聞こえた。もしや火が当たったのか。

見ると、僕と同い年ぐらいの男が鬼の形相でじいちゃんを睨みつけていた。身長百八十センチ以上はありそうな筋肉質の金髪ヤンキー。背後には同じく不良っぽい坊主頭とパンチパーマもいた。

「おい、ジジイ。何さらしてんねん。火傷してもうたやろ」

金髪は眉を吊り上げて、じいちゃんに凄んできた。

「ああ、当たったんかい。そりゃ、すまんのう」

じいちゃんは何食わぬ顔で金髪に軽く謝ると、それ以上気に留めることなく再び赤ラークに火をつけた。すると、そんなじいちゃんのふてぶてしい態度がヤンキーたちの逆鱗《げきりん》に触れた。三者三様、顔を激しく歪めながら、じいちゃんにますます絡んできたのだ。

「おい、なんやその態度は。こっちは火傷してんぞ」

「ワレ、ほんまに悪い思とんけ。身ぐるみはがしたろか」

「ジジイ、なめくさっとったら殺してまうど。大阪湾来んかい」

金髪たちは口々に啖呵を切り、じいちゃんの胸倉を掴みあげた。しかし、じいちゃんはそれでも動じることなく、依然ふてぶてしい態度を貫いた。僕はすっかり怖気づいて狼狽しているというのに、なんとまあ図太い神経の持ち主なんだ。

「悪かったたって言うとるやろ。タバコの火がちょっと当たったぐらいで、そんな大袈裟な火傷するかいな、アホが」じいちゃんが強気に居直ると、金髪はますます怒り狂った。

「なんやと、こらっ。表出んかい」

「スタンドは表じゃや。喧嘩するんやったらここでやったるわい」

「おう、やったろやないか」

金髪はもはや引けなくなったのか、興奮した顔で拳をぽきぽき鳴らした。背後で坊主頭とパンチパーマも睨みを利かせている。誰がどう見たって、じいちゃんが不利だ。

「じいちゃん、やめとこうや」僕は小声でじいちゃんを止めた。「こんなとこで喧嘩したらあかんって。もう歳なんやから、ちゃんと謝ろうや」

しかし、それもまったく効果がなかった。じいちゃんは金髪たちに負けじと、ボクサーみたいなファイティングポーズをとっている。恐れを知らない老人は、つくづくタチが悪い。

「やめときって」僕は今にも殴りかからんとするじいちゃんを背中から羽交い絞めにし、金髪に頭を下げた。「すいません。じいちゃん、酔っぱらってるんです」

　金髪たちはいかにも強そうな外見だった。たとえ年齢が同じぐらいであっても、喧嘩が強そうなヤンキーには無条件で敬語を使うというのが僕の処世術だ。

「なんやワレ、ジジイの孫け？　いちびっとったら、ワレもまとめて埋めたんぞ」

　いやいや、いちびってないから勘弁してください。顔だけで訴えた。僕はトラブルが大嫌いなスーパー平和主義なのです。好きな鳥は鳩なんです。平和の象徴なんです。

　すると、じいちゃんが金髪に向かって啖呵を切った。

「おい、孫は関係ないやろ。なめとったら、どつきまわしたんど！」

　あわわわわ。やめてやめて、じいちゃん、やめて。もう六十七歳なんだから、喧嘩なんかしたらまずいって。だいたい、どうしてここまで強気でいられるのか。ダルマで酔っぱらって気が大きくなっているといっても、相手は若いヤンキー三人組だぞ。どう考えても相手が悪い。まともに喧嘩したら、あっというまにボコボコにされるのは目に見えている。

　すると、じいちゃんがいつになく低いトーンで言った。

「ふん、団塊ジュニアの恵まれたガキどもが。なんぼ老いぼれたとしても、おまえらみたいなガキに元陸軍のわしがびびるわけないやろ。だいたい、タバコの火が当たったやと？　そんなちっこい火傷で、男がガタガタぬかすな。戦時中の火傷はもっと悲惨やぞ」

それを聞いて、ハッとした。そうだ、じいちゃんは戦争経験者だ。タバコの火傷なんか屁でもないような、生きるか死ぬかの瀬戸際を生き抜いてきた男にとっては、チンピラとの喧嘩なんか怖くもなんともないのだろう。戦争という非常事態の中で生死の狭間を体験した男は、ここぞというときに一番強い。喧嘩の強さとは腕力ではなく、心の強さなのだ。

金髪たちも明らかにひるんでいた。じいちゃんの迫力に怯えたというより、戦争という言葉を出されたことで、自分の小ささを思い知ったのではないか。僕らの世代はどれだけいきがったところで、しょせんは戦争を知らない子供たちだ。根性にリアリティーがない。

周囲を見渡すと、いつのまにか野次馬が集まっていた。「喧嘩や、喧嘩や」と口々に騒ぎ立てている。次いで、数名の警備員も割って入ってきた。これによって、さすがのじいちゃんも停戦を余儀なくされ、ヤンキーたちも拳をおさめるしかなくなった。じいちゃんは「青少年に喧嘩を売った不良老人」として、警備員たちにこっぴどく注意を受けた。

試合が始まり、阪神の先発ピッチャー・マイク仲田は一回表で早々とノックアウトされた。いつものノーコンがまたも発病し、ワンアウトをとっただけで五失点。じいちゃんがマイク仲田にかけていた期待は、この日も無残に砕け散った。

マウンドを降りるマイク仲田に、じいちゃんは辛辣な罵声を浴びせた。

「アホ、ボケ、カス！　うんこ、おしっこ、下痢まみれ！」

子供みたいな野次だった。周囲の客も眉をひそめていた。僕はじいちゃんの隣で小さく吐息をついた。正直、ちょっと疲れてきた。いいかげん、下品な野次はやめてほしい。

誰かがじいちゃんに暴言を吐いた。

「じゃかましいわ、クソジジイ！」

声の主はさっきの金髪だった。よく見ると缶ビールを飲んでおり、顔が少し紅潮していた。アルコールが入ったことで、再び怒りがぶり返してきたのか。

今度はさっきのように啖呵の切り合いが前哨戦になることはなかった。アルコールの勢いに加え、阪神の不甲斐なさに双方とも苛立っていたのだろう。

「なんじゃと、こらあ！」と叫びながら、じいちゃんが金髪に殴りかかったのだ。

しかし、そのパンチはあっさり金髪にかわされ、じいちゃんは勢いあまって足場のバランスを崩してしまう。「いてえっ」そんなじいちゃんの顔面に、金髪は容赦なくパンチをぶち込んだ。続いて、坊主頭がじいちゃんの腹部に膝蹴りをお見舞いする。

「老人虐待、老人虐待！」

僕は必死で叫んだ。いくらじいちゃんに非があろうが、老人に集団で暴力を振るうなんて非道徳的だ。しかし、金髪たちはよっぽど腹を立てたのだろう。ひとつひとつの攻撃に迷いがない。まるで同じ不良少年と喧嘩しているかのように、遠慮なく袋叩きにしていく。

「痛い、痛い」じいちゃんは亀のように丸まりながら、金髪たちのリンチを受け続けた。

僕は勇気を出して止めに入ったが、あっけなくパンチパーマに返り討ちにあってしまった。一発、二発と殴られ、顔面が変形していくのが自分でもわかる。口から血が出てきた。瞼が腫れているのか、視界が小さくなった。気づけば僕らは、客席で大乱闘劇を演じていた。

じいちゃんが甲子園の警備室に入るのは、いつだったか鼻血を出して倒れて以来、今回で二度目のことだ。喧嘩がおさまると、僕とじいちゃんは二人揃って警備員に事情聴取され、二人揃ってこっぴどく怒られ、二人揃って怪我の手当てを受けた。警察沙汰にしなかっただけでもありがたいと思え、そんなお灸もきつく据えられた。ごもっともです、ほんと。


しばらくして、いつかの鼻血事件のときと同じように、父ちゃんが甲子園まで車で迎えに来てくれた。ただし、今度は夏実を伴っておらず、母ちゃんが一緒だった。

帰りの車の中で、助手席に座る母ちゃんが言った。

「おじいちゃん、もう歳なんだからあんまり心配かけないでくださいね。正直、騒動を起こされるたびに家族はみんな恥ずかしい思いをしているんです。夏実なんか、もうおじいちゃんと一緒にいたくないって、今日も来たがらなかったんですから」

相変わらず、きついことをはっきり言う人だ。運転中の父ちゃんはいつもと同じように黙ったままだが、表情は明らかにうんざりしていた。

「誰も心配してくれなんて言うてへんわ」僕と並んで後部座席に座るじいちゃんが、憎まれ口を叩いた。「わしが何をしようが勝手やないか。こちとら何十年も阪神を応援しとんねん。なんぼ弱くてもずっと応援しとんねん。それがわしの人生やねん」

「それと喧嘩は関係ないじゃないですか。阪神を応援するのはおじいちゃんの勝手ですけど、他人様《ひとさま》に迷惑かけるのは褒められたものじゃありません」

「なんやと？」じいちゃんが口を尖らせた。ばつが悪くなるといつもそうだが、赤ラークに火をつけ、ダルマをラッパで飲む。「ったく、これやから東京から来た嫁は……」

「お酒もタバコもほどほどにしてください。もう若くないんですから」

「ふん、やめるぐらいやったら死んだほうがマシや」

「死ぬと余計なお金がかかるんですから困ります。今は不景気なんですから」

「おい、言いすぎちゃうか⁉　誰のおかげで稲田の家に住んどんねん！」

じいちゃんが声を荒らげると、ミラーに映る母ちゃんが片目を歪めた。ばあちゃんと違って母ちゃんの毒舌は、時にじいちゃんを本気で怒らせることがある。

「心配されんでもまだまだ生きたるわい。わしの人生に他人ががたがた抜かすな。トラバカにはトラバカにしかわからん魂があるんじゃ。なあ、マーよ」

すると、母ちゃんが一気に声を荒らげた。

「マーを巻き込まないでください！　この子まで荒《あら》くれていったら、いったいどうしてくれるんですか！　マーもこれからはおじいちゃんと少し距離を置きなさい！」

さすがにひるんだのか、じいちゃんは一転して黙り込んだ。小さく舌打ちをして、窓をゆっくり開けると、赤ラークの煙を外に吐き出した。

僕は複雑な気持ちだった。確かに最近のじいちゃんは少し面倒だ。あのジロベアンでさえ、こないだの泥酔事件以降、なんとなくじいちゃんとの会話が減った気がする。

隣を見ると、じいちゃんが赤ラークの吸殻を窓から投げ捨てていた。なんだかなあ。昔からマナーの良い人ではなかったけど、最近ちょっとエスカレートしていないか。

「ねえ、マー、聞いてるの？　あんたはタバコなんか吸ってないと思うけど、間違ってもおじいちゃんみたいになっちゃダメだからね。わかってる？」と母ちゃん。

「わかってる。俺もちょっと疲れたし」

言った瞬間、少し後悔した。じいちゃんはどんな顔をしているのだろう。

カーステレオからペドロ&カプリシャスの「ジョニイへの伝言」が流れてきた。好きな男と別れることになった女は、傷心しているにもかかわらず、それを悟られまいと気丈に街をあとにする。母ちゃんが昔から好きな曲だ。僕も自然と唄えるようになっている。

間奏中、じいちゃんの小さな声が聞こえてきた。

「賽は投げられたか……。わしの場合はサイやなくてサジかもしれんな」

じいちゃんの横顔に目をやった。かすかに唇が動いていた。

「わしは大丈夫や。阪神の胴上げを見るまでは絶対に死なれへん」

それはひょっとして僕に言っているのか――。踊り子の女が、ジョニイという名の男を心配させまいと、伝言を頼んだように。


それ以降、僕とじいちゃんとの間に露骨な距離ができた。

たとえば、深夜のプロ野球ニュースがそうだ。昔のようにそれを一緒に観ながら語り合うことがなくなった。じいちゃんは夜十一時を回ると、奥の間の寝室から出てこなくなったのだ。

また、甲子園に一緒に行くこともなくなった。じいちゃんは相変わらず一人で足繁く通っているようだが、僕は千里と一緒に甲子園に行くことが多くなった。

半ライスが言うには、じいちゃんは公民館にも顔を見せなくなったらしい。昼間の畑仕事は継続しているようだが、それ以外は何をしているのかわからないという。

九月、僕は千里から十七枚目の便箋をもらった。一ヶ月前、千里が勝手にかすみ草と決めつけた花はすでに枯れており、今はエスカレートして家庭菜園に凝っているという。

夏休みが終わって以降も、僕らは毎日会っていた。といっても特別なデートをしているわけではなく、公園やファストフードといった金のかからない場所で延々お喋りをするだけだ。

夕方ごろ、高校から帰ってきて私服に着替えると、千里のアパートまで一目散に自転車を走らせる。そして先に帰っている千里を呼び出すわけだが、千里の母親は夜通し働いているため、夕方は寝ていることが多く、そう簡単にチャイムや電話を鳴らせない。そこで僕は、アパートの二階にある千里の部屋の窓に向かって、適当に拾った小石をコツンとぶつけることにしている。千里はその音を聞くと窓を開け、階下を覗く。そこで僕らはようやく御対面となるわけだ。

いやはや、ほとほと不便だ。常時携帯できる通信手段みたいなものがあったらいいのに。

しかし、それでも僕は幸せだった。千里と同じ時間を過ごせるなら、他に何もいらないと思っていた。いや、もとい。本音を正直に打ち明けると、ひとつだけ悩みはあった。

それは千里とまだキスもしたことがないということだ。

今まで何度も妄想だけは膨らませていた。真剣に試みようと計画を練ったこともあった。だけど、どうやってそういう雰囲気に持ち込んでいいのかわからない。以前、思いきって夕モちゃんに相談しようとしたことがあったが、その直前にこんなことを言われてしまった。

「俺、こないだ女子大生をはらましてもうてさ。子供堕ろすのにえらい金かかってもうたわ。マーも気いつけよ。避妊はどうしてんねん？」

タモちゃんは僕と千里がすでに大人の関係であると、勝手に思い込んでいた。沙織と別れて以降も色んな女と遊んでいるタモちゃんのことだ。そう思っても不思議ではないだろう。

僕も僕で、ついタモちゃんに見栄を張ってしまった。

「ちゃんとゴムしてるよ。当たり前やん」

ああ、男同士って厄介だ。今どき、付き合って一年以上のカップルがキスもしていないなんて、そんな恥ずかしい悩みをどうして遊び人のタモちゃんに打ち明けられようか。

結局、僕は悩みを誰にも打ち明けることができず、九月を終えてしまった。

それにしても、千里のほうはどう思っているのだろう。あまりに奥手すぎる彼氏に、いいかげん嫌気がさしていたりして。ああ、恐ろしい。ふられたらどうしよう。

十月、千里は高校を卒業したら東京に行きたいと言った。

僕より一つ年上の千里は現在高校三年生で、いわゆる受験生だ。なんでも沙織とのバンドに本気で取り組んでみたくなったらしく、東京でプロとして勝負したいという。

「でも、お母さんが東京に行くなら、せめて最初は大学進学でって言うねん」

千里はいつもの夜の公園で僕にそう打ち明けた。この公園は真ん中に大きなひょうたん形の池があり、その畔に並ぶ屋根付きの古い木製ベンチはぼくらの縄張りみたいになっている。

「しかも、うちは裕福じゃないから国公立にしい、やって。そんなん絶対無理やん。東大とか一橋とか横浜国立とかやで？　そんな頭あったら、ベースなんかやらんって」

話を聞く限り、千里の母親はわりと学歴重視なのか。夜の仕事をしながら女手ひとつで千里を育ててきたシングルマザーだけに、自分の娘には苦労をさせたくないと思っているのかもしれない。わざわざ学費の高い中高一貫の私立の女子高に通わせているだけのことはある。

千里はそんな母親に不満が多いようだった。

「自分だって高卒のくせに、あたしには大学出てって言うねんで。けど、私立はあかんって、そんな条件きつすぎるわ。あたし、大学行く気なかったから勉強なんかしてへんもん」

「お母さん、千里のこと心配なんやろうなあ」僕は曖昧になだめてみた。

「そんなんちゃうって。あたしが国立にうかる成績やないことぐらい、お母さんも知ってるはずやもん。結局、あたしを東京に行かしたくないだけやって」

「いや、だから千里と離れて暮らしたくないってことちゃうの？　大学出て将来がどうのこうのっていうより、ただ単純に寂しいからやろ」

「そんなん言われたって、あたしも子供ちゃうからさ。本気でバンドやるんやったら、大阪よりも東京のほうがチャンス多いに決まってるやん」

「まあ」

「それにあたしはずっと一人みたいなもんやから、一人暮らしなんか余裕やわ」

「確かに」

「マーだって、いつまでも親と一緒に住むの嫌やろ？」

「えっ、ああ……」正直、考えたこともなかった。生まれたころから、僕は家族に囲まれて生きてきた。家族といることが当たり前で、一人になったことなんかほとんどない。だから、遠く東京で家族と離れて暮らすということが、想像もつかないのだ。

そんなことを考えながら、赤ラークを一本取り出し、ゆっくり口にくわえた。「それで、どうすんの？」なぜか少し不安になり、千里の顔を覗き込みながら訊いてみる。

千里は静かな池の水面を見つめていた。そして小さく息を吐くと、ほどなくして言った。

「とりあえず受験はするけど、もし落ちても東京には行こうと思う。お母さんの援助がなくてもバイトすればええし。沙織先輩もおるから、なんとかなるやろ」

心が激しく波打った。動揺を悟られまいと、あさっての方向を見つめる。赤ラークに火をつけながら、つまってもいない鼻を何度もすすった。

「東京……行くん？」

「うん、行く」

半年後、受験の合否にかかわらず、千里は東京に行く。確か新幹線で三時間弱。母ちゃんの実家が東京にあるから何度も行ったことはあるが、片道一万三千円ぐらいはしたと思う。当然、僕に払える金額ではない。千里が東京に行ったら、僕らはいったいどうなるのだろう。

千里がベンチから立ち上がった。ゆっくり池の柵に歩み出る。

「ごめんな、マーくん。離れ離れになってまうと思う」

「……」何も言えなかった。千里の背中をボーッと眺めてしまう。

「マーくんのこともちゃんと考えたで。考えたんやけど、やっぱあたしはやりたいことができたから……。バンドでプロになりたいねん。彼氏やったら応援してくれるやろ」

そりゃあ、応援はする。応援はするけど、僕らはどうなるんだ。どうすればいいんだ。たとえば僕が一年遅れて東京に行ったとしよう。けど、それでも来年一年間はどうするんだ。

千里は僕に背を向けたまま、水面を泳ぐカルガモ親子に向かって言った。

「遠距離恋愛やな」

心臓が急激に高鳴った。あたりはやけに静かだった。

「お互いの気持ちが続くなら、それでもやっていけると思う」

僕もたまらず立ち上がった。「無理やったら？」そのままゆっくり千里の横に歩み出る。柵に手をかけ、カルガモを見下ろすと、千里は無情な言葉を発した。

「無理やったら……それまでってことやん」

思わず千里に目をやった。相変わらず綺麗な鼻筋だった。

「マーくんは無理せんでええからね。あたしが勝手に決めたことやし、だからマーくんを縛りたくないねん。他の女の子に乗り換えられてもしゃあないって思ってる」

「なんでそんなこと言うん？」ショックだった。無意識に声のトーンが上がる。「それやったら俺も東京行くわ。たった一年やろ？　俺はそれぐらい待ってるから、千里も待っててや」

「けど……」

「っていうか、ちょっと冷たないか？　あんたも東京来いとか言うたらええやん」

「そういうこと言いたないねん！」千里が語気を強めた。厳しい視線を向けてくる。「だって、マーくんが東京に行くって言っても、それはあたしだけのためやろ？　男がそんなんでどうするん？　何か夢があって、それで東京に行きたいって言うんやったら、あたしも応援するけど、マーくんはそんなんちゃうやん。ただ、追いかけてくるだけやん」

絶句した。心臓が止まった感じもした。

「マーくんの人生なんやから、あたしのことばっかにとらわれんと、ちゃんと自分のやりたいことを見つけてほしいねん。たとえその結果が大阪にいることで、それで離れ離れになって別れたとしても、あたしはそっちのほうがええと思うねん」

自分の人生。夢。やりたいこと――。僕にはそんなものまるでない。

「あんたもこれからはそういうことちゃんと考えてや。今はええかもしれんけど、このままやと将来つまらん大人になんで。そうなってから後悔しても遅いで」

つまらない大人。後悔――。頭の中でぐるぐる駆け巡る。

「あたしは後悔したくないから絶対東京に行くねん。もしそれであんたと別れたとしても、もしそれで失敗して路頭に迷ったとしても、絶対に後悔せえへん自信がある」

そこで僕はようやく言葉を吐いた。

「わかった……」

無意識だった。艶のない声が夜の空に溶けていく。視線は宙を彷徨《さまよ》い、啼きながら飛ぶ鳥がにじんで見えた。蒼い月が悲しく、罪深く、揺れて揺れておぼろげに遠のいていく。

千里が静かな池の水面に小石を投げた。したたかに水を打つ音が響くと、カルガモを襲った波紋はゆっくりと輪を広げ、やがてかすんで消えていった。竹林の向こうにオレンジ色の物体が浮いていた。もしかしてＵＦＯじゃないか。千里も気づいているのだろうか。

その後、焦りと不安が限界に達し、僕は恥を承知でタモちゃんに相談した。高校生になってから、タモちゃんの部屋は庭に建てられたプレハブ小屋に変わっていた。

僕は千里との一件をすべて告白し、最終結論としてこう言った。

「キスしたい」

情けないが、結局はそこなのだ。将来の夢とか卒業後の進路とか、そういう先々の計画なんかよりも、とにかく今の現状をなんとか打開しなければ。

来春、千里が東京に行くのは仕方ない。その後のことはそれから考えるとして、まずは千里が大阪にいる半年間で、僕らの関係を一歩先に進める必要がある。時間がない。早くキスをしないと、二人の関係が壊れてしまう気がする。いや、正直もっと先のことまでしないと、安心して東京に行かせることができない。根拠はないが、そうとしか思えないのだ。

「まさか、そこまでマーがヘタレやと思わんかったわ。くくく……」タモちゃんは予想通り、僕の奥手ぶりを馬鹿にした。「いやあ、セックスはまだしもキスもしてへんとはなあ。いやあ、マーらしいっちゃあ、マーらしいけど、それにしてもまだチェリーやったとは……」

返す言葉がなかった。馬鹿にされることは覚悟の上だったが、いざ本当に馬鹿にされると腹が立つというより恥ずかしくなる。顔がみるみる熱くなってきた。

「間違いなく終わったな」

タモちゃんは落ち込む僕に追い打ちをかけてきた。

「遠距離恋愛なんて続くわけないやろ。マーは我慢できるかもしれんけど、千里ちゃんは一人暮らしすんねんで。もし大学生になったとしたら、勉強もせんと毎日合コン三昧や。暇も体力もありあまっているうえ、浮き足だった見知らぬ男女が飲めん酒を無理に飲んで騒ぐんや。で、そういう男どもの中にたいてい一人ぐらいは好感度の高い緒方直人《おがたなおと》みたいな奴がおる。めちゃくちゃ男前ってわけやないけど、なんか安心してしまう爽やかボーイや」

僕はタモちゃんの話を呆然と聞いた。

「そんで千里ちゃんは緒方直人と仲良くなることになっとる。で、酔ってるわけやから介抱してやるとか、そういう口車に乗せられることにもなっとる。その後は、その緒方直人のアパートに行くことにもなっとる。そしたら、もうあっというまにエロい関係が成立することになっとるんや。東京で一人暮らしをする解放感と多少のアルコールが、千里ちゃんを少女から大人に変えることになっとる。それ以降の二人がどうなるかは、ちょっと考えたらわかるやろ？」

頭の中は真っ白だった。質問に答えることを脳が拒否していた。

「一人暮らしなんてもんはな、月六万ぐらいで借りられるラブホテルみたいなもんや。毎日学校行かんとイチャイチャイチャイチャしよんねん。勉強せんと互いの体を貪り合うことになっとんねん。ほんで若い二人は、そういう淫らな行為をなんて呼ぶと思う？」

タモちゃんは立て板に水のごとく続けた。

「恋や。それが恋やと勘違いすることになっとるんや」

タモちゃん曰く、それは千里が大学受験に失敗して、東京でフリーターになったとしても、緒方直人が的場浩司《まとばこうじ》になるだけで、他は何も変わらないという。とにかく高校を卒業したての免疫のない男女にとって、セックスは麻薬らしい。毎日安いアパートの一室でアホみたいに裸ですごし、それがいつのまにか中毒になって、大阪に置いてきたプラトニックな彼氏のことなど忘却の彼方。すなわち、僕が千里にふられることは逃れられない運命というわけだ。

「悔しかったら、おまえもさっさと千里ちゃんとやってまえ」

タモちゃんはラキストを吸いながら、千里と男女の関係になることを勧めた。千里が大阪にいるうちに肉体関係を結び、その後の運命は神仏に任せるべきだ。何もせずに未来を憂いているだけでは視界が晴れることはない。考えるな動け、というわけだ。

「Hしたらしたで、千里ちゃんも変わるかもしれんしな」とタモちゃん。

「どういうこと？」

「女っちゅう生き物はほんまにわからんぞ、マーよ。今までは純情やと思っていたのにHした途端、キャラが変わるってこともようあるんや。もしかしたら千里ちゃんの眠っていた女の本能が目を覚まして、マーの体の虜になってまうかもしれん」

「そしたら？」

「大学に落ちたら東京行きをやめるか、もしくは東京でマーを待つようになるか……」

「どうすればいい⁉」

「とりあえずキスやな。キスさえかませば、あとは早いで」

タモちゃんはニヤリと笑うと、恋愛講義を始めた。なんでも、最初のキスが一番難しいらしい。そこさえクリアすれば、あとは九十パーセント以上の確率で最後までいけるという。

僕はメモの用意をした。タモちゃんが推奨する「初めてのキスマニュアル」を真剣に学ぶ。なんだかタモちゃんのことが、個別指導の家庭教師に見えてきた。

そのプランではいつもの公園でキスをすることになっていた。あの公園は夜になるとそれなりに雰囲気が出るため、タモちゃんもお勧めらしい。

最初はいつものベンチに座って、お喋りするだけでよいが、問題はここからだ。

「やっぱベンチに座る距離をつめて、肩を抱くとか？」

僕がそう言うと、タモちゃんは秒殺で却下した。

「アホ。そんなんしたら千里ちゃんは不意を突かれて、拒否反応を起こすわ」

「そっかあ」

「それにおまえにそんな勇気があるとは思えんな」

「確かに」

「いいか、マー。ここで大事なんは女に『あれ、いつもと様子が違うな？』って少しでも違和感を抱かせることなんや。ベンチでお喋りしてそのまま家に帰るのが、おまえらのいつものパターンなんやったら、まずはそれを崩してみればいい」

　僕は一言一句メモをとった。

「お喋りしたあと、しばらく黙り込んでこう言うんや。……ちょと歩こうかって」

「なんで？」

「そう言って、おまえが立ち上がって公園を歩き出したら、千里ちゃんは不思議がりながらも一緒についてくるやろ。その間、千里ちゃんは何を考えていると思う？」

「たぶん……。今日はどうしたんやろうとか、なんか様子が変やなとか、そういうことを考えるんちゃうかな」そう答えると、タモちゃんは指をパチンと鳴らした。

「それや、それが違和感や。まずはそういうことを考えさせるんや。しかも、おまえがどんどん公園の暗がりに歩いていってみい。千里ちゃんも薄々勘づいてくるわ。これはもしかしてマーがキスしようとしてるんちゃうかって。……それが心の準備ってやつや」

「なるほど」

「で、そうなったらさすがのマーでも、キスしやすい状況になるやろ。あとは木陰でそっと顔を寄せたら、千里ちゃんは準備万全で目を瞑ることになっとる」

「はい、先生！」思わず挙手をした。

「稲田くん！」タモちゃん先生もノリノリだ。

「どうやって顔を寄せたらいいんですか？　雰囲気を作るまではたぶん簡単かと。けど、その木陰のところで顔を寄せるっていう行為は、僕には少々ハードルが高すぎます」

「ピアスや」

「えっ」

「千里ちゃん、ピアスしてるやろ？」

「あ……」千里を思い出した。そういえば、いつも千里は左耳にピアスをしている。

「女っちゅうのは身に着けているものを褒められると喜ぶことになっとる。ましてや彼氏に褒められると、ちゃんと自分のことを見てくれているって、余計にときめくことにもなっとる。せやから、『そのピアスかわいいな。よう見せて』って言うんや。そしたら？」

「顔を近づけられる！」

そうだ。ピアスはいちいち取り外すのが面倒だから、よく見ようと思ったら僕が顔を近づけなければならない。なんとまあ、自然な流れだ。これなら顔を寄せることができるだろう。

「完璧やん」

僕はタモちゃん推奨の「初めてのキスマニュアル」の完成度の高さに脱帽した。心の中で勝手にタモリ式と命名する。よし。家でもう一度復習しよう。

するとタモちゃんは右手を差し出して言った。

「はい、五千円」

タモリ式はすでに商品化されていたのだ。


十一月の土曜日、いよいよ作戦を実行に移した。

千里と二人でいつもの公園に出向き、暗くなるまでベンチでお喋りした。最近のもっぱらの話題は、千里の大学受験についてだ。なんでも千里は東京都立大学に志望校を絞ったとか。千里曰く、国公立でも比較的入りやすいという。千里にとって大学はあくまでも東京に行くための手段でしかないわけで、学校名や学部などはどうでもいいことみたいだ。

「東京都立大って、東大って略せんなあ」大学のことなど考えたこともなかった僕は、そんなつまらない冗談を叩くのが関の山だった。それに今夜はキスのことで頭がいっぱいだ。ひとしきり受験についての話をしたら、とりあえず千里を公園散歩に誘い出さなければ。

夜八時をすぎたころ、突然雨が降り出した。最初はボツボツ、パラパラだった雨は次第に激しさを増し、あっというまに本降りになってきた。

幸いにも、僕らが座っているベンチには屋根があった。傘は持ってこなかったが、しばらくはここで雨を凌ぐことができるだろう。けど、そんな思いとは裏腹に、僕はキスのことで気が動転していたのか、「ちょっと歩こうか」と切り出してしまった。

「なんで⁉」千里は目を丸くした。この土砂降りの中、何が楽しくて傘もささずに散歩なんかしなきゃいけないのだ。顔にそう書いてあった。

もちろん、おかしなことを口走った自覚はあった。あったのだが、不測の事態に対する代替案を用意していなかったため、シナリオ通りの言葉しか浮かんでこなかった。ああ、機転が利かない自分が恨めしい。雨の日のパターンも、タモちゃんから教わればよかった。

結局、引っ込みがつかなくなり、一人でベンチを飛び出した。

いつのまにか晩秋の夜は、ずいぶん冷え込むようになった。冷たい雨に打たれていると、いよいよ冬の到来を感じる。吐く息も白くなってきた。

激しい雨の中、びしょ濡れになって公園の木陰へ歩を進めた。途中で振り返ると、雨に打たれた千里の姿が見えた。僕のわけのわからない行動を違う意味で不思議に思ったのか、千里は両手を傘にしながら、小走りに追いかけてくる。

木陰に着くと、少しだけ雨を凌《しの》ぐことができた。とはいえ、すでに全身びしょびしょだ。

千里と同じ美容院でせっかくスタイリングした自慢のセンター分けも、風呂あがりみたいになっていることだろう。一方の千里も僕ほどではないが、全身から水が滴り落ちていた。僕は目の前に立つ濡れ髪の女に、ただならぬ艶っぽさを感じていた。

「あんた、急にどうしたん？　こんな土砂降りの中、歩き出すなんておかしいわ」

千里が心配そうに言った。

「別に」僕は口を尖らせる。

「風邪ひくよ」

そんな千里の声が聞こえたかと思うと、次の瞬間、ピンクのハンカチが僕の頬を撫でた。視線を上げると、心臓が破裂しそうになった。千里の唇が飛び込んできたのだ。

「痛いっ」

千里が小さな声を漏らした。僕はハンカチを持つ千里の手を強く握り締めていた。視線がピアスに向いたが、タモリ式のことはすっかり脳裏から消えていた。

その後、いったいどれぐらいの時間が流れただろう。僕は千里の長い睫毛に、ずっと心を奪われていた。途中、少し息が苦しくなった。鼻がつまっているのかもしれない。慢性鼻炎の夏実みたいな人は、キスをするときどこで呼吸をするのだろう。

「目ぇあけてすんなや」

「ごめん」

交わした会話といえば、それぐらいだった。

雨足は次第に落ち着き、僕らが唇を重ね合う音がにわかに聞こえ出した。それが妙に照れくさく、お互いケラケラ笑い合うと、前歯が何度も当たってしまった。

帰り道、僕は千里を自転車のうしろに乗せ、坂道を下った。

いよいよ加速していく自転車は雨上がりの冷たい夜風を切り裂き、濡れた体がみるみる乾いていく。僕は今にも飛び立ちそうな爽快感を味わいながら、背中の千里に言った。

「こないだのUFO見た？」

「UFO？」

「ほら、前に千里が東京行くって話した日、オレンジ色の光見えたやん」

「あ、見た見た。絶対あれUFOやんな」

「やっぱ千里も気づいてたんや。なんで言わんかったん？」

「そりゃ、あの状況でUFOの話でけへんでしょ。空気読まんと」

「そうやんなあ。俺も同じこと思ってたわ」

「UFOもタイミング悪いなあ」

長い坂道が心地良かった。僕と千里の関係が少し変わった気がした。

自転車を漕ぎながら、赤ラークをくゆらせた。じいちゃんの真似をして、吸殻をポイと捨ててみる。「ポイ捨て禁止」千里の声が聞こえた。振り返ると、顔は笑っていた。

千里を送り届けたあと、一人で家に着くと、唇の感触が鮮明に蘇ってきた。

指で唇を触ってみる。そして何度も自分の唇を舐めてみた。

翌朝もまだ感触は残っていた。ボーッとしているうちに時間はどんどんすぎていく。僕は急いで制服に着替え、居間のテーブルに用意されたトーストに苺ジャムを塗った。久しぶりに見たじいちゃんは、いつもの席に座りながらスポーツ新聞を読んでいた。

「マー、ジャム塗りすぎちゃうか？」

じいちゃんはそう言うと、何も塗っていないトーストを口にした。

「ええねん。ジャム多いほうがうまいやん」

「そうやけど」

「じいちゃんも塗る？」

「わし、糖尿やからあかんねん。こないだ医者に言われたんや」

「ふーん。知らんかった」

じいちゃんは糖尿病になったらしい。そりゃあ、あれだけ暴飲暴食を続けていたら、当然の結果だろう。けど、全然知らなかったな。家族のみんなは知っているのだろうか。

「まあ、せいぜい気いつけえや」トーストを食べ終えると、じいちゃんを残したまま、そそくさと家を出た。そんなことより、今日も学校終わりで千里に会えるのだ。

東京ラプソディ

最近、深夜ラジオがつまらなくなった。去年の十月に大阪で人気絶頂のお笑いコンビ、ダウンタウンが関西ローカルのラジオ番組を降板し、本格的に東京に進出したからだ。

聞くところによると、東京では今ごろになって「ダウンタウンという大阪から来た若手漫才コンビがおもしろい」と評判になっているという。大阪ではもう何年も前から圧倒的な人気を誇っていたというのに、首都・東京は案外遅れている。去年から全国ネットのゴールデンタイムで放映が始まったダウンタウンのコント番組が、今までにない斬新な笑いだと注目を集めているらしいけど、あんなの昔から大阪ではよくやっていたことじゃないか。

正月明けの冬休みの夜、僕は自室でダウンタウンの弟分である今田《いまだ》耕司《こうじ》と東野《ひがしの》幸治《こうじ》の深夜ラジオを聴きながら、心の中で愚痴をこぼしていた。数日後には三学期が始まるが、冬休みの宿題にはまったく手をつけていない。今田・東野も悪くはないが、まだ若いからかダウンタウンのおもしろさには敵わない、この二人はもうしばらく関西のローカル芸人のままだろう、などと一丁前にお笑い評論家にでもなったつもりで、深夜の独り遊びを満喫していた。

そんな中、不意に腹が鳴った。まったく、十七歳の胃袋はわがままだ。晩飯のとき、調子に乗って御飯を四杯もおかわりしたというのに、まだ食い足りないのか。

時計を見ると、深夜一時をすぎていた。いつものサイクルなら、そろそろ夜食の時間だ。

「塩ラーメン食おーっと」独り言を呟き、居間に向かった。

居間の電気は消えていた。江夏の鈴の音だけが、かすかに鳴っている。たぶん、今夜も部屋のどこかでいつものように寝返りを打っているのだろう。

ガタン――ッ！　突然、暗闇から大きな物音が聞こえた。

「誰っ⁉」慌てて居間の電気をつけると、思わず目を剥いた。じいちゃんがダルマの小瓶を抱えながら、床に転んでいたのだ。「何してんねんっ」

「なんや、マーか。おどかしよって」とじいちゃん。転んだといっても軽い尻餅程度だったようで、ケツをさすりながら、すぐに起き上がった。「よかったあ、無事で」じいちゃんはダルマもさすっている。「あとちょっとしか残ってへんから、こぼしたらえらいとこやったわ」

「ダルマより体のほうを心配しいや」

「おまえが急に物音立てるから悪いねん。ばあさんが起きてきたんかと思って、びびってもうたやろ。そら、足元のバランスも崩しまっせ」

「ふーん」

僕はなんとなく状況を察した。最近のじいちゃんは糖尿病のため、ばあちゃんにダルマをセーブするよう忠告されている。しかし、どうしても我慢できなくなったときは、こうして夜中に内緒で独り酒をしており、さっきはそれがばれそうになって焦ったということだろう。

確かに最近のじいちゃんは、以前に比べ口数と食事の量が減った気がする。

「ジジイは糖尿なんやから、草だけ食うとけ」

ばあちゃんにそう釘を刺されると、じいちゃんは黙ってしたがった。

「おじいちゃんは糖尿なんだから、お酒は控えてください」

母ちゃんにそう注意されると、じいちゃんは遠慮なくダルマを飲んだ。もっとも、その後ばあちゃんに見つかってスリッパで殴られていたが。

トイレの回数もやたらと増えた。しかも、じいちゃんが小便をしたあとのトイレは、どういうわけか異様に臭い。これも糖尿病のせいだと、母ちゃんが言っていた。

「なあ、じいちゃん、糖尿ってしんどいん？」なんとなく訊いてみた。

「うん？　別にどうっちゅうことないわ」

「でも病気なんやろ？」

「医者がそう言うとるだけで、わしは病気やと思ってへん。医者っちゅうのはあれやな。病気を治すんやのうて、見つけるのが仕事やからな」

「ダルマも飲んだらあかんのん？」

「量は減らしてるけど、飲んだらあかんってことはない。わしはなんも変わらんぞ」

なーんだ。やっぱり、たいしたことなさそうだ。今年で六十八歳になる老人だけに少し心配していたが、この強気な口ぶりを聞く限り安心していい気がする。だいたい、癌や白血病だったら話は別だが、糖尿病ってなんとなく平凡な病気っぽいし。

最近口数が減った気がしていたのも、それは病気のせいではなく、僕がじいちゃんとあまり会話をしなくなったからだろう。なにしろ去年の十一月に千里とファーストキスをして以降、僕はますます千里に夢中になったため、家にいる時間がめっきり減っていた。

今春、千里は大学入試の合否にかかわらず、大阪の街を出ていくという。すなわち、あと三ヶ月も経たないうちに、僕は千里と離れ離れになってしまうわけだ。そんな圧倒的な現実を冷静に直視しようとすると、胸の奥から得体の知れない不安と焦りが込み上げてくる。

だから冬休みに入ってからの僕は、いつも千里の顔を見ていないと、千里と会話を交わしていないと、心が落ち着かなくなっていた。千里が受験勉強で忙しいことは百も承知だが、それでも求めてしまう。自制できない僕が悪いのではなく、時間があるのが悪いのだ。

「勉強せなあかんから、マーくんと会う時間も減らさんとね」

千里はシビアな言葉を吐きながらも、実際は僕の求めに付き合ってくれた。

夜の公園で寒風に凍えそうになりながらも、いつまでも続く僕の抱擁に千里は身を委ねてくれた。僕は千里を抱きしめることで束の間の安心感を覚えた。口にはしなくとも、千里はやっぱり僕と離れることを寂しいと思っている。シビアな物言いとは裏腹に、内心は僕を愛してくれている。確認したわけではないが、勝手にそう納得することができた。

ところが、年が明けると千里と会う回数が大幅に減った。もうすぐ、大学入試センター試験が始まる。さすがに勉強に追い込みをかけなくてはまずいらしい。

かくして一月中旬のセンター試験までは、千里と会わない約束をした。

すると、途端に家族の動向が頭に入ってきた。じいちゃんの糖尿病が一気に現実感を増す。今春に高校を卒業する夏実も、すでに音楽大学に進学が決まっているという。

まったく知らなかった。我が稲田家は、いつのまにそういう流れになっていたのだ。父ちゃんは大丈夫なのか。学費とかちゃんと払えるのか。

千里のセンター試験はさんざんな結果だったらしい。これで事実上、東京都立大への進学はなくなったわけだが、千里は意外なほど落ち込んでいなかった。

「バイトしてお金貯めなあかんね」

千里はフリーターとして東京に行く決意をしており、今度は東京への引っ越し資金を稼ぐために、翌日から怒濤のアルバイト生活をスタートさせた。

したがって、二月以降も千里と会う時間は少ないままだった。千里は学校が終わると、毎日夜十一時までファミレスで働き、日曜日も朝から晩までバイト三昧の生活だ。違う高校に通っている以上、ゆっくり千里と会える日などまるでなくなった。

そこで僕は、毎晩千里がバイトを終える時間にバイト先のファミレスまで迎えに行き、家まで送り届けることにした。最近の千里の話題は東京での新生活のことばかりだ。東京のガイドブックやタウン情報誌などに頻繁に目を通し、春以降の生活に胸を膨らませている。

「東京行ったら、沙織先輩が一緒にライブやろうって言っててんねん。あたし、まだまだべース下手くそやから、頑張らなあかんわ」

千里の瞳はキラキラ輝き、表情は夢と希望に満ちていた。それは真冬の夜空の下で、白い吐息よりも強い存在感を放ち、どこまでも眩しく見える。千里と付き合って約二年。その間、誰よりも長く、誰よりも愛情深く、千里のことを見つめてきたつもりだ。だから今の千里がどういう心境なのかなんて、僕には手にとるようにわかるのだ。

一方の僕は千里と違い、今この瞬間の幸せに必死でしがみついていた。刻一刻と迫る別れに不安と焦りを募らせながら、それでもどうすることもできず、日毎めくられていく残酷なカレンダーを黙って見すごすだけだ。今まではどこか絵空事だった東京と大阪の遠距離恋愛が、最近はいよいよ現実のものとなって、僕の胸を締めつけた。未来に希望を抱く年上の女と、過去と現在にしがみつく年下の男。二人の歯車が少しずつ狂い始めるのは、自然の理《ことわり》なのかもしれない。

きっと今の千里の中では、僕の存在はずいぶんかすんでしまっているのだろう。僕のことが嫌いになったとか愛情が薄れたとか、そういう類のことではないのかもしれないが、彼女が思い描いている未来予想図に、僕のページはないのかもしれない。たとえ抱き合っていても、キスをしていても、千里がどこか遠い人のように感じられ、焦燥感が湧いてしまう。

「なあ、千里。俺のこと好き？」

そんな確認じみた情けない台詞が、口をつくことも多くなった。そのたびに千里は笑顔でうなずいてくれるのだが、それもなぜか乾いて見える。「ほんまに？　ほんまにそう思ってるん？」何度もしつこく確認してしまう。かっこ悪いけど、どうしても不安を抑えることができない。

恋愛とは本当に不自由だ。誰かのことを愛しているという、ただそれだけで、心のコントロールがまったくつかなくなり、自分の思う通りに心と体が動かなくなる。まるで無数の糸に縛られた操り人形のように、千里への愛情が僕の心身を縛りつけ、頭で考えるよりも先に、心と体が勝手に動いてしまう。僕はそのたびに自分で自分の頭をはたいた。自責に駆られ、恋の盲目を嘆いた。しかし恋する操り人形にとって、きっと無数の糸は必要不可欠なものだ。縛りつける何かから解き放たれると、途端に立っていることさえ許されなくなるのと同じように、僕も千里から解き放たれると、もう二度と立ち上がることができなくなるのだろうか。

三月の初頭、僕はいつものようにバイト終わりの千里をアパートまで送り届けた。別れ際、千里から二十三枚目の便箋をもらった。昔に比べ、少し枚数が減った。家庭菜園も先月でやめたらしい。今月中旬にはいよいよ卒業式だ。

翌日も、バイト終わりの千里とアパートまでの道を歩いた。そのアパートがある住宅街の暗がりにさしかかると、あたりは一気に静かになる。僕はなにげなく小石を蹴った。小さな木の枝を拾って、子供みたいに壁をツツツーッとやる。そして、千里に切り出した。

「卒業式終わったら、二人で旅行せえへん？」

最後の悪あがきみたいなものだった。二人の間にできた心の隙間を埋めるためには、それぐらいのことしか思い浮かばない。千里が東京に行く前に二人で初めての旅行をして、一年間は忘れることができないぐらいの強烈な思い出を彼女の脳裏に刻む。そうすれば、ずっとキス止まりだった僕らの関係も、もう一歩先に、いや最後まで進むのではないか。

しかし、千里はそれをやんわり断った。

「ごめん。今月は色々と忙しいから。引っ越しもあるし……」

「そうか」

それ以上は食い下がらなかった。なんでも今月は旅行どころか、二人でゆっくりデートする時間もとれないという。母親の反対を押し切り、一切の援助を受けずに東京で一人暮らしするためには、まだまだ金を稼がなければならない。いざとなったらお嬢様の沙織が金を貸してくれると言っているらしいのだが、千里はそれを拒否していた。

「東京の住所とか電話番号とか決まったら教えるわ。けど最初は忙しくて、あんまり電話できんかもしれんねん」と千里。

「大丈夫」僕は乾いた声で言った。

「落ち着いたら連絡するし、ゴールデンウィークにでも遊びにきいや」

「うん」

このとき、僕は千里との温度差をはっきり感じた。ゴールデンウィークなんて先のことはわからない。要するに、もうすぐ僕らは東京と大阪に離れてしまうということだ。

アパートに着いたところで、僕は千里を抱きしめ、深いキスをした。千里は一瞬目を閉じ、僕を受け入れたあと、ほどなくして両手で僕の体を押した。

「ごめん。今日は疲れてるから、早めに寝たいねん」

千里はそのままアパートの二階に駆け上がり、自宅のドアの向こうに消えていった。

三月の末、千里が大阪を発つ前日に、タモちゃんは言った。

「結局、童貞のまま行かせるんかい」

わかっている。わかってるよ、そんなこと。僕だって、それは気になっていたんだ。

「今からでも千里ちゃんちに行って、押し倒せや」

無理だよ。今日は明日の荷造りで忙しいって言ってたもん。

「アホやな。このままやったら、ほんまに別れることになんど」

うるさいな。そんなのまだわかんないじゃないか。

「他の男にやられてまうぞ」

「そういうこと言うなや！」僕が声を荒らげると、タモちゃんが目を丸くした。「そんな簡単に別れてたまるか！　おまえに言われんでもなんとかするわ！」

僕は捨て台詞を吐くと、逃げるようにタモちゃんの部屋を飛び出した。

外に出ると、空気中を飛び交う花粉が、容赦なく僕の目と鼻を襲ってきた。くしゃみと鼻水が止まらない。目が痒《かゆ》くなり、涙がにじんできた。泣いているんじゃない。花粉症なのだ。

翌朝、千里は大きな荷物を抱え、江坂の駅にやって来た。いまだに東京行きを快く思っていない母親は、仕事に出たっきりだという。僕らは二人で電車に乗り、新大阪駅に向かった。

車内では、千里に話しかけることができなかった。千里もずっと黙っている。

満足な会話もしないまま、あっというまに新大阪に到着した僕らは、新幹線のホームでも無言のデートを続けた。重い空気に耐えかね、赤ラークに火をつける。少し手が震えた。

「じゃあ、そろそろ行くね」

東京行きの新幹線がホームに到着し、千里はぎこちない笑顔を見せた。

「うん、気をつけて」僕は言葉少なに、千里の頭をそっと撫でた。

その後、千里は少しの躊躇《ためら》いもなく、驚くほどあっさり新幹線に乗り込んだ。最後のキスや抱擁もなく、別れを惜しむような表情も一切見せない。そして千里はそそくさとホーム側の窓際の席に座り、窓の外の僕に手を振った。僕もゆっくり右手を上げる。必死で笑顔を繕った。鼻がつまっているため、口で息を吸う。目も痒いが、涙は溢れてこなかった。

新幹線の発車を告げるベルが鳴り響いた。ほどなくしてドアが閉まり、千里は遠く東京へと走り出した。あっけない。口の中で呟く。現実はこんなものなのか。映画やドラマでしばしば目にする恋人同士の別れの光景など、しょせんはフィクションでしかないのだろう。

千里が東京へ旅立ったあと、春日村に帰ってきた僕は、満開に咲き誇る桜の下をとぼとぼ歩いた。思えば、こうやって桜をまじまじ見るのは、この春初めてかもしれない。千里がいなくなっただけで、こんなにも目にする景色が変わるのか。

しばらく歩くと、犬の田淵を散歩に連れているじいちゃんと、ばったり出くわした。

「なんや、マー。泣いてるんか？」

じいちゃんは僕の目を見るなり、心配そうに言った。その瞬間、くすんだ白髪を彩るように、桜の花びらが一枚だけ、じいちゃんの頭上に落ちてくる。桃色の花弁は白髪のゲレンデを緩やかに滑り落ち、やがて耳元で止まった。

「ちゃうちゃう。花粉がきついねん」

僕は苦笑いしながら、何度も目をこすった。

本当の意味で遠距離恋愛のつらさが襲ってきたのは、それからのことだった。

四月以降、久しぶりに経験する千里がいない日々。高校に入ってから当たり前のように一緒にいた恋人が、突然いなくなった寂しさとはここまで大きいものなのか。

時間がすぎるのが異様に遅く感じた。夜の静寂がどこまでも重かった。千里と付き合うまでの僕は、どうやって時間をうっちゃっていたのだろう。千里から解き放たれた僕はやっぱり操り人形だ。自由になったにもかかわらず、一人で立つことさえできなくなった。

現在、千里は東京の巣鴨《すがも》という街で、沙織が住むマンションに居候しているという。あれだけ毎日バイトを頑張っていたというのに、一人でアパートを借りられるだけの金も貯められなかったのか。東京の家賃事情は、いったいどうなっているのだろう。

四月も中旬になると、ようやく千里と電話でゆっくり話す時間ができた。それまでも教えられた電話番号に何度か電話していたが、そのたびに千里は家にいなかったり、家を出る間際だったりで、満足に話すことができなかったのだ。

「今、沙織先輩と池袋のライブハウスでバイトしてんねん」千里の声はやけに明るかった。「そこのライブハウスはレコード会社の人とかもめっちゃ来るし、時々他の人のライブのバックをやらせてもらったりもできるし、何かと都合ええんよ」

「へえ」千里の明るさが胸を締めつけ、相槌に力がこもらない。僕は千里のいない寂しさに毎日苦しんでいるというのに、この差はいったいなんなのだ。

「マーは元気にしてるん？」

「まあ、それなりにね」僕は適当に返事をして、すぐに千里の近況に話題を戻した。「休みの日は何してるん？　東京観光とか、もうしたん？」

「休みの日は、レコード会社に送るデモテープを作ってるから、観光なんか全然してへんわ。デビューするためには、もっとオリジナル曲を増やさなあかんから、大変やで」

「ふーん。そうか」

「あ、そうそう。あたし髪切ったで」

「そうなん？」

「思いきってショートにして、色ももっと明るくした。今はほぼ金髪やで」

「へえ……」

なんだかショックだった。千里が髪を切ったからではない。千里が僕の知らない姿になり、僕の頭の中の千里がこの世からいなくなったような気がしたからだ。

金髪ショートの千里か――。頭の中でイメージしてみた。東京のバンドガールとしては普通なのだろうが、僕にとっては妙に違和感がある。誰だ、その女は。

結局、自分のことは何も話さず、千里の近況報告ばかりを聞いたまま、束の間の電話は終わった。正直、千里に話すような近況など、僕にはまるでない。高校三年生になったといっても、相変わらずバイトしかない生活。千里も特に深くは詮索してこなかった。

ゴールデンウィークになり、僕は「東京に行く」と千里に連絡した。しかし、千里はゴールデンウィーク中もライブハウスが忙しいらしく、僕の相手はできないという。

「ちょっとでも会う時間ないん？」僕は食い下がった。

「あったとしてもちょっとやし、そんなんで東京に来てもらうの悪いわ」

「俺は別にそれでもええんやけどなあ。バイトしてるから金はあるし」

「あかんって。そんな無駄遣いしたら」

「俺が自分で稼いだ金を自分の使いたいように使うのは、浪費ちゃうやろ」

「マーは高校生やからまだわからんかもしれんけど、お金はほんまに大事やで。もっと大切に使い道を考えていかんと卒業してから困るって」

「なんでそんなん言うん？」

僕は胸につまった何かを吐き出すように言った。それでも千里は意に介することなく、

「夏休みまで我慢しいや。そしたら時間作ったるから」と突き放した。

電話を切ったあと、僕は悶々とした。千里は完全に僕を子供扱いしている。千里は確実に僕より大人になっている。フリーターのくせに。金髪ショートのくせに。

それからというもの、ますます千里と連絡がとれなくなった。失意のままゴールデンウィークは疾風のようにすぎ去り、梅雨を迎えたころには気が狂いそうになっていた。

僕の苦しみは、千里と会えない寂しさだけではなかった。たまに電話で話すたびに感じる千里との心の距離。それは東京と大阪との物理的距離、すなわち約六百キロよりもはるかに遠く感じた。夢に向かって邁進し、日々大人の階段を上っていく千里と、高校卒業後の進路さえおぼつかない僕。小学校のころから何も変わっていないじゃないか。

夏実は音大生になり、ますますピアノに力を入れていた。タモちゃんはいつのまにか高校を中退し、違う人生を歩み出していた。なんでも、京都にある料亭で板前修業をしているらしい。どういうわけか、突然料理の道に目覚めたようで、最近では狙った女を見つけるたびに「一流の和食料理人になるのが、俺の夢やねん」と得意げに語るようになっていた。

コンビニで立ち読みした雑誌に「夢を追う男がかっこいい」「一度きりの人生なのだから、後悔しないように自分らしく生きよう」といった文字が踊り、大事《だいじ》MANブラザーズバンドのヴォーカルという人が「夢を叶えるためには、どんな困難があっても、負けないことと逃げ出さないことが大事」と語っていた。カラーページなのに、なぜか白黒の写真だった。

重たい雨は連日のように降り注ぎ、街を暗く染めていく。それはともすれば、僕の心も湿らせていく。いつしか僕は、千里に電話することも躊躇うようになった。

確かに千里の声は聞きたいけれど、どうせ今日も電話に出ないだろうし、あの無機質な留守電の機械音を聞くだけで辟易してくる。それに話すこともあまりない。こないだ久々に話せたときも、沈黙ばかりが流れ、五分と電話が続かなかったのだ。

しかし、そんなやりきれない日々の中にも一筋の光はあった。

一九九二年の阪神タイガースが、今までの低迷が嘘かのような快進撃を見せていたのだ。

一九九二年の阪神は開幕から絶好調だった。去年までは無名選手だった亀山努《かめやまつとむ》と新庄剛志《しんじようつよし》という二人のニュースターが、彗星のごとく甲子園にあらわれ、打って、守って、走っての大活躍。さらに、それまで期待に応えられずにいた若手投手陣も軒並み成長し、一気に投手王国を形成。あの弱かった阪神が、夏の時点で堂々首位争いを繰り広げていたのだ。

おかげで僕は、鬱屈した気持ちをずいぶん晴らすことができた。阪神が強いと、テレビの試合中継がますます楽しみになる。試合に勝ったら勝ったで、その夜のプロ野球ニュースがさらに楽しみになる。阪神が優勝争いをしているだけで、僕の頭の中はペナントレースのことでいっぱいになり、遠距離恋愛の寂しさを紛らわすことができた。

今では千里と電話するのも、一週間に一度ぐらいになった。そして、それは阪神が勝ち進んでいくにつれ、二週間に一度になり、三週間に一度になるのだろう。それが千里への愛情の薄れなのかどうかはわからないが、最近の僕の脳は勝手に千里より阪神を選んでいる気がする。現状を冷静に受け止めることを、脳が勝手に拒否しているのだろうか。

それにしても、阪神とは不思議な球団だ。今まであれだけ僕らの期待を裏切り、無垢な心を傷つけ、日常を弄んできたというのに、ちょっと強くなっただけで、すべてを水に流そうと思えてしまう。それだけ阪神には、人心を振り回す深遠な魅力があるということだろう。

「おっしゃああ！　猛虎の完全復活や！」

復活したのは阪神だけではない。去年ぐらいからめっきり元気を失っていたじいちゃんも、居間のテレビに流れる阪神戦中継を観ながら、往年の絶叫を取り戻していた。

「おじいちゃん、そんなに叫んだらまた血圧上がりますよ」

母ちゃんの小言も、絶好調のじいちゃんにはまったく通用しない。

「アホッ。この状況で血がたぎらん奴はトラバカちゃうわい」

じいちゃんはすぱすぱ赤ラークを吸い、ダルマを水のように飲んでいく。糖尿病から併発した高血圧も患う六十八歳の老人であることを考えると、ほとんど自殺行為だ。

とはいえ、僕はなんとなく嬉しかった。体が悪いことはわかっているが、やっぱりじいちゃんはこうでなくっちゃ。いくら医者が騒いだところで、この通りじいちゃんはがんがん酒を飲み、阪神の勝敗に一喜一憂している。もしかしたら病気自体が何かの間違いだったのではないかと疑いたくなるほど、最近のじいちゃんは蘇生したようにエネルギッシュなのだ。

僕も再びじいちゃんと甲子園に行くようになった。二人で語らう阪神談義も復活した。時にライトスタンドで騒ぎながら、時に内野席で語らいながら、阪神の勇姿に刮目《かつもく》する。壊れかけていた六十八歳と十八歳の関係は、たかだか阪神が強くなっただけで簡単に修復された。

強くなった阪神の最大の原動力は、今までじいちゃんに散々罵倒されてきた、あのマイク仲田だった。今シーズンのマイク仲田は開幕から絶好調。一躍エースの咆哮《ほうこう》をあげたのだ。

「マイク……。ほんまに立派になったなぁ」

じいちゃんは今にも泣き出しそうな目で、テレビの中の小高いマウンドに立つマイク仲田を見つめた。今年のマイク仲田はスライダーを新たに覚えただけでなく、コントロールが格段に良くなった。表情にも自信が漲り、端正なマスクがますます引き締まって見えた。

「じいちゃん、よかったなあ。今やマイクは完全にエースやで」

僕も感慨深い気持ちだった。長年その潜在能力を信じて疑わず、何度ボロボロに打たれても懲りずに応援してきた甲斐があった。

「人間、変われば変わるもんやな。マイクはやっぱり江夏二世やで」

じいちゃんの言葉に、僕は黙ってうなずいた。

「ちょっと遠回りしたけど、マイクはやっぱり江夏二世やで」

じいちゃんは赤ラークに火をつけながら、同じ言葉を繰り返した。

「わしの目に狂いはなかったんや。マイクはやっぱり江夏二世やで」

その後、じいちゃんは江夏二世を十回以上連呼し、テレビの中のマイク仲田は見事な完投勝利をあげた。最後の一球。甲子園のマウンドで躍動するマイク仲田。すべてを見届けたじいちゃんはゆっくり息を吐き、急いでトイレに走っていった。

マイク仲田を中心に亀山努、新庄剛志というフレッシュなニュースターたちが勢いと彩りを加えた、一九九二年バージョンの新生・阪神は夏以降も快進撃を続けた。

そして九月中旬、ペナントレースも残り十数試合となったころ、阪神は野村克也《のむらかつや》監督率いる二位ヤクルトに三ゲーム差をつけ、なんと首位に立っていた。

ある日の広島戦でサヨナラホームランを放った茶髪の若武者・新庄剛志が、ヒーローインタビューで「目標は優勝です」と高らかに宣言した。その言葉を笑う者は誰もいない。ここまできたら、僕もじいちゃんも阪神の優勝を信じて疑わなかった。ここ数年間の屈辱が走馬灯のように蘇り、強くなった阪神ナインに感無量の視線を送っていた。

しかし、ここから阪神は思わぬ苦戦を強いられることになった。

九月二十二日からの巨人二連戦。初戦の先発はここまで十三勝八敗一セーブと大車輪の活躍をしてきた江夏二世ことマイク仲田だったが、まさかの大乱調で〇対八の大敗。翌日は先発の湯舟敏郎《ゆふねとしろう》が巨人打線を一安打に抑える好投を見せたものの、攻撃陣が巨人投手陣の前に沈黙し、〇対一で惜敗。我が阪神タイガースは、この土壇場で二連敗を喫してしまったのだ。

プレッシャーという名の影が、チーム全体を覆い始めているのか。僕はそんな悪い予感を振り払おうと、気丈なじいちゃんの言葉を聞いた。

「マーよ、二連敗がなんや。次のヤクルト三連戦で三連勝すれば、阪神にマジック六が点灯するやないか。まだまだ阪神が有利な状況なんや」

じいちゃんの希望的観測は、子供のころから僕を無性に勇気づけてくれる。どんなに厳しい状況でも、いつも前向きに生きてきたじいちゃん。だから、じいちゃんは強い。そんなじいちゃんの孫なのだから、きっと僕も強いはずだ。そして、そんな僕らが愛する阪神はもっともっと強いだろう。今の僕らにできることは、精いっぱい応援することだけだ。

ヤクルト三連戦が始まった。初戦の阪神は三日前に先発したばかりのマイク仲田をリリーフに投入するも、五対九の完敗。翌日も二対三のサヨナラ負け。打たれたのは、二夜連続でリリーフ登板したマイク仲田。この五日間で、実に三度目のマウンドだった。

その後、阪神はそれまで経験したことがない優勝へのプレッシャーの中で勝ったり負けたりを繰り返し、なんとか単独首位の座を守ったまま、いよいよシーズン終盤の十月を迎えた。

「明日から天王山や！」

じいちゃんの鼻の穴が三倍ぐらいに膨れ上がった。明日から東京の神宮《じんぐう》球場で二位ヤクルトとの二連戦が行われる。ここで連勝すれば阪神が優勝に王手をかけるのだ。

「マー。明日一緒に東京行くぞ」とじいちゃん。

「えっ、明日って平日やで？」僕は目を見開いた。

「学校なんかさぼってまえ。受験より阪神のほうが大事やろ」

確かにじいちゃんの言う通りだ。いくら大学受験を控えた高校三年生とはいえ、今の僕の惨めな成績では合格できる大学なんてあるわけがない。だったら、ちょっとぐらい学校を休んだところで、何が変わるってものでもないだろう。それより数年間に一度あるかないかの貴重な阪神の優勝争いを、生で観戦するほうがはるかに重要かもしれない。

かくして僕は、じいちゃんの提案にのった。もちろん、母ちゃんが反対するのは目に見えているため、家族には内緒にしておく作戦だ。

翌朝、僕はいつものように学校に出かけ、昼ごろ仮病を使って早退した。

そして、そのまま新大阪の駅に向かい、駅のトイレで着替えをすませたあと、新幹線のホームで、同じく内緒で家を出てきたじいちゃんと落ち合った。学校をさぼった罪悪感と東京に向かう高揚感で、心臓の鼓動が速くなっていた。僕らはこれから東京に出発するのだ。

じいちゃんは東京行きの新幹線に乗るなり、ダルマをラッパでがぶがぶ飲み、名古屋をすぎたあたりで早くも眠りについた。隣の僕はそれを確認するや否や、赤ラークに火をつける。じいちゃんの前でタバコを吸う勇気はまだないため、今までずっと我慢していた。

ふと、車窓の景色に目をやった。広大な田園風景が凄まじいスピードで流れていく。終点の東京まで、あと一時間ちょっとか。きっと夕方五時前には、原宿近くにある神宮球場に到着するだろう。試合開始は確か六時すぎだったと思う。余裕のあるタイムスケジュールだ。

入場券は持っていなかった。じいちゃん曰く、神宮球場の周辺にはダフ屋が腐るほどたむろしているため、彼らから買えば、間違いなく入場できるらしい。少し割高になるが、父ちゃんの財布からたんまり一万円札を抜いてきたから大丈夫だとか。相変わらず、めちゃくちゃなことをするジジイだ。ばれたらまた、こっぴどく怒られるのだろう。

じいちゃんは豪快ないびきをかきながら、新幹線の座席で何度か寝返りをうった。その様子があまりに子供じみていて、僕はおかしくてたまらなかった。

「がんばれ、マイク……。おまえは江夏二世や……」

じいちゃんの寝言が聞こえた。きっとマイク仲田が快投する夢でも見ているのだろう。

今夜の先発はきっとマイク仲田だ。ここ数試合少し調子を落としているが、それでもここまできたら、マイク仲田と心中するしかない。マイク仲田のおかげで、今年の阪神はここまで勝ってきたのだ。大事な試合は、問答無用でエースに任せるしかないのだ。

新横浜をすぎると、車窓の景色がずいぶん都会的に変わった。高層ビルは大阪にもたくさんあるものの、なぜか東京のビルはハイセンスに見える。母ちゃんの実家に遊びに行くたびに、僕はいつもそんなことを感じていた。

今夜、千里は何をしているのだろう。池袋のライブハウスにいるのか、それとも巣鴨のマンションにいるのか。見慣れない景色を眺めていると、千里のことが久しぶりに頭に浮かんだ。僕らはまだ、はっきり別れの言葉を交わし合ったわけではなかった。

予定通り神宮球場に着いた僕らは、レフト側外野席のチケットをダフ屋から二枚購入した。加藤茶《かとうちゃ》から笑顔を奪ったような顔をしたダフ屋は、最初一枚三万円という法外な値段を要求してきたが、じいちゃんが迫真の演技で、

「わしはもう長くないんや。冥土の土産に阪神の天王山を見さしてくれ。今年優勝でけへんかったら、わしはもう死ぬしかないんじゃ」

と泣き落としにかかると、加藤茶は観念したのか、一枚一万円で売ってくれた。

神宮球場は超満員だった。ヤクルトの本拠地だというのに、明らかに阪神ファンのほうが数が多い。東京にもこれだけのトラバカがいるのか。今まであまりに阪神が弱すぎて、肩身の狭い思いをしてきた彼らは、七年ぶりの優勝争いを繰り広げる阪神に積年の思いをぶつけているのだろう。外野席から球場を見渡すと、まるで無数の蜂がざわざわうごめいているかのように、神宮の杜を黄色く染めている。東京在住の働き蜂たちは、七年ぶりに働くチャンスを与えられたのだ。

いよいよ試合が始まると、阪神のエース・マイク仲田とヤクルトのエース・岡林洋一《おかばやしよういち》との白熱した投手戦となった。両エース一歩も譲らぬまま、〇対〇で迎えた七回裏ヤクルトの攻

撃。マイクは簡単に一死をとったあと、ヤクルトの四番・広澤克己《ひろさわかつみ》を迎えた。

「ここは大事やで、マイク。一点を争う試合のときに一番注意せなあかんのはホームランや。一発のある広澤みたいなバッターは、特に警戒せなあかん」

背番号34のマイク仲田ユニホームを着たじいちゃんが、独り言を呟いた。

試合開始当初は、ダルマをぐいぐい飲みながら黄色のメガホン片手に派手な応援をしていたじいちゃんだが、五回ぐらいからはダルマに一切口をつけず、祈るように試合を観戦していた。大声をあげることもしなくなった。七回表のジェット風船も飛ばさなかった。阪神帽を目深にかぶり、鋭い目で神宮のグラウンドを見つめているだけだ。

小高いマウンドに立つマイク仲田は、カウント二―一から捕手・山田勝彦《やまだかつひこ》のサインに小さく首を振った。それが何を意味しているのか、僕にはわからなかった。隣のじいちゃんにそっと視線を送る。じいちゃんはこめかみに汗をかいていた。

ようやく、サインが決まったようだ。マイク仲田はいつもの美しい投球動作に入り、渾身の力をこめて左腕を鞭のようにしならせた。

「あ……」

それ以上、言葉が出てこなかった。隣のじいちゃんが思わず立ち上がった。

「あかん!」

マイク仲田は指先からボールを離した瞬間、自分で自分の頭を抱えた。広澤のバットが容赦なく火を噴く。白球はフルスイングの餌食となり、バックスクリーンへ一直線。〇対〇の均衡を破る非情なホームランとなり、スコアボードに一点が刻まれた。

広澤がダイヤモンドを回っている間、じいちゃんは呆然と立ち尽くしたまま、微動だにしなかった。僕も座ったまま身動きがとれず、うずくまるマイク仲田の姿を見つめた。神宮球場につめかけた働き蜂たちは皆一様に意気消沈している。ヤクルトファン名物のビニール傘だけが遠くで無情に踊っていた。東京の夜空には、星がひとつも輝いていなかった。

結局、試合は一対〇でヤクルトが勝った。熟練の野村監督率いるヤクルトはやっぱり強い。エース同士の壮絶な投げ合いは、たった一球の失投で勝負を決したのだ。

試合後、神宮球場を出た僕とじいちゃんは、翌日の第二戦も観戦することを決めた。負けたまま、おめおめと大阪に帰ることは許されない。明日勝てば、まだ阪神の優勝の目は残されている。明日こそヤクルトをぶっ倒し、大阪に凱旋してやる。きちんと話し合いをしたわけではなかったが、二人の心中は見事に重なっていた。

「じいちゃん、今夜はどこに泊まるん？」

僕がそう訊ねると、じいちゃんは何やら口角を上げた。

「なんにも決めてないねん」

「まじでっ」

「勢いで東京来たから、そこまで考えてなかったんや。まあ、どっか泊まれるホテルでも探したらええやろ。金はたんまりあんねんから」

呆れた——。これが六十八歳の老人のやることか。大学生みたいじゃないか。僕は先行き不透明な東京の夜に激しく動揺した。

その後、僕とじいちゃんは渋谷に向かい、駅近くにある大きなホテルに飛び込んだ。

しかし、そこは一泊二万円以上もする高級ホテルだったため、宿泊費を二人ぶん支払うと、どう考えても金が足りなくなる。じいちゃんはホテルのフロントスタッフの前で堂々と費用の計算を始めた。この時点での全財産は六万五千円なり。そのうち帰りの新幹線代が二人で約二万八千円、明日の試合のチケット代が二人で約二万円ということを考えると、残りは一万七千円しかなくなる。しかも明日もナイターのため、試合終了が夜の九時をすぎて、新幹線の終電に間に合わなくなるのは目に見えており、つまり一万七千円で二泊もしなければならないのだ。

「マー。金が足りん」

じいちゃんは無念そうに呟いた。唇がぷるぷる震えている。じいちゃんの前に立つ、ぴっちり横分けの男性フロントスタッフは、あからさまに迷惑そうな顔をしていた。

僕は深い溜息をついた。少し金が足りないならまだしも、あまりに足りなすぎる。

それに、かかる金は宿泊費だけじゃないだろう。二人ぶんの飲食代、都内での交通費なんかはいったいどうする気だ。酒やタバコも必要だろうし、そんなこんなも計算にいれると、二人で二日ぶんの宿泊費に一万円ぐらいしか使えないという計算になる。

慌てて、自分の財布の中身をチェックした。哀しいかな、五千円しか入っていない。じいちゃんは僕の新渡戸《にとべ》稲造《いなぞう》を目ざとく見つけると、軽い舌打ちをした。

「なんや、おまえもしょぼいのう。もっとバイトせいや」

むかつくジジイだ。父ちゃんの財布から金を抜いてきたような奴にだけは言われたくない。だいたい、何が「金はたんまりある」だ。明らかな計算ミスじゃないか。

結局、そのホテルを諦めた僕らは、別の格安ホテルを探して渋谷を徘徊した。時刻はすでに午後十時を回っており、腹が減って仕方なかったが、そこは我慢するしかない。先に宿泊場所を見つけないことには、食事にかけられる費用も割り出せないのだ。

僕はじいちゃんから無理やり六万五千円を強奪し、これからは自分で管理することにした。どんぶり勘定男には何も任せる気になれない。もっと自分がしっかりしなければ。

渋谷の円山《まるやま》町というところで、一泊の値段が二人で七千円という激安ホテルを発見した。

ここなら二人で二泊しても計一万四千円だ。僕の五千円も入れると残り八千円もあまるため、なんとか二人ぶんの食事代も賄えるだろう。

けど、ここはちょっとなあ――。悩む僕とは対照的に、じいちゃんは積極的だった。

「おい、マー。何を悩んでんねん。ここでええやないか」

「いや、でも……」

「ええやん、入ろうや」

じいちゃんはためらう僕の手を無理やり引っ張った。僕はそれに思わず抵抗し、「嫌やー」「やめてー」と大きな声をあげてしまう。しかし、それでもじいちゃんは「ええやん、ええやん」としつこく連呼し、結局強引にホテルに連れ込まれてしまった。

そこはラブホテルだった。

じいちゃんはどこまで自覚しているのかわからないが、十八歳の僕には一目瞭然だ。

さっきホテルの入口の前で揉めていたとき、通行人たちが僕らに異様な視線を送ってきていたが、彼らの目にあの光景はどう映ったのだろう。ただの同性愛ならまだしも、六十八歳と十八歳の男同士である。犯罪がどうとか、そんな法律の問題をはるかに超えてしまった異質すぎる人間の性。道徳感や倫理感すらも破壊されてしまうようなエレキでパンクな老人と少年の非日常的光景に、さぞかし脳内が錯乱したに違いない。ああ、恥ずかしい。

ラブホテルに入るなり、じいちゃんはバスルームに入った。ソファーでくつろぐ僕の耳に、シャワーの音がこだまする。はあ。いったいなんなんだ、この展開は。

僕は溜息をつきながら、バスルームに目をやった。マジックミラーのため、じいちゃんの裸体が丸見えだ。うげえ。吐きそうになる。じいちゃんは何も気づいていないのか。だとしたら奴は天才だ。いや、天然だ。

僕にとって、これが人生初のラブホテルだった。それがまさかじいちゃんとになるとは、夢想だにしていなかった。完全な汚点だ。絶対、誰にも言うもんか。

しかし、それでも心がソワソワしてしまうから不思議だ。ふかふかのダブルベッド、氷柱《つらら》のようなシャンデリア、暖色の照明、有線から流れてくる洋楽。興味本位で室内を散策し、あたりの空気を吸い込むだけで、無性に下半身が切なくなるのはなぜだろう。

テレビをつけると、Hなビデオが大音量で映った。慌てて音量を下げ、じいちゃんが出てこないか気にしながら、目を見開いて観賞する。やばい。ますます妙な気持ちになってきた。僕はテレビを消して、生まれて初めてのダブルベッドに寝転がった。適当に手を伸ばすとコンドームを発見し、天井を見上げると自分の姿が見えた。天井が鏡張りなのだ。

へえ。ラブホテルってこうなっているんだ――。僕はゆっくり目を閉じた。瞼の裏に千里の顔がぼんやり映る。股間から何かが生まれたような気がした。

風呂から上がってきたじいちゃんは、ダルマをラッパでひと口飲んだかと思うと、すぐさまベッドに横になり、そのまま睡眠を貪った。もちろん何もなかった。当たり前だ。

僕はじいちゃんのいびきをBGMに、ソファーでコンビニ弁当を食らった。せっかく東京まで来たのに味気ないと思う部分もあったが、金がないならしょうがない。それに元来、僕はあまり食べ物に頓着しないのだ。コンビニ弁当であろうが、カップラーメンであろうが、腹が満たされればなんだって一緒だ。食べ物にこだわる人間は、それだけで卑しく見える。

弁当は二人ぶん買ったが、じいちゃんは手をつけなかった。なんでも食欲がないらしい。確か新幹線に乗って以降、ダルマばかり飲んで、食べ物は口にしていない気がする。タバコとウイスキーしか摂取していない、糖尿病で高血圧の老体。冷静に考えると心配だが、見た感じ元気そうだから大丈夫なのだろう。僕は深く考えることなく、赤ラークを吸った。

翌日の神宮球場。「阪神VS.ヤクルト」の二戦目は、昨日にも増して超満員だった。

この時点で両チームとも六十六勝六十敗で同率首位に並んでおり、この試合に勝ったほうが優勝に大きく近づく非常に大事な一戦だ。僕とじいちゃんは、昨日と同じく加藤茶から高額チケットを二枚購入し、レフト側の外野席に意気揚々と陣どった。

試合は阪神先発の右腕・中込伸《なかごみしん》の好投もあって、阪神がヤクルトをリードしていく展開となった。九回表が終了した時点で、阪神が三対一とリード。このまま九回裏のヤクルトの攻撃を凌《しの》ぎ切れば、阪神の勝利となり、七年ぶりのリーグ優勝が見えてくるというわけだ。

　ところが、野球の神様は気まぐれだった。この土壇場にきて、今まで好投を続けてきた中込が突如として乱れ、九回一死一、三塁のピンチを招いてしまったのだ。

「中込はもう限界や。そろそろピッチャー交代せな」

　じいちゃんはそう言って、背番号99の中込ユニホームを脱ぎ、鞄から背番号34のマイク仲田ユニホームを取り出した。

「マイク、昨日投げたやん」僕が訊ねると、じいちゃんはきっぱり言った。

「ここまできたら、連投もクソもあらへん。他に信用できるピッチャーがおらんねんから、あとツーアウトぐらいエースのマイクでいくんちゃうか」

　じいちゃんはそんな持論を展開しながら、マイク仲田ユニホームに袖を通した。若くとも充実した投手力で躍進してきた今シーズンは、ピッチャー交代のたびに登板するピッチャーのユニホームを着るというのが、じいちゃんの応援スタイルになっていた。

　しかし投手交代を告げる阪神・中村勝広《なかむらかつひろ》監督が、ここでリリーフに指名したのはマイク仲田ではなく、四日前に完封勝利をあげた二年目の若手投手・湯舟敏郎だった。

「ええっ、湯舟なん⁉」

驚く僕とじいちゃんの声を掻き消すように、神宮球場全体が轟音に包まれた。連投の疲れが隠せないマイク仲田に配慮しての継投なのだろうが、よりによってリリーフに不慣れなうえ、まだ二年目の若手投手を指名するとは――。

「中村のボケェェ。なんで、湯舟やねん！」じいちゃんが思わず叫んだ。「ここまでマイクにこだわってきたんやから、勝っても負けても最後までマイクにこだわれや！　それで打たれたとしても、誰もマイクを責めへんわ！」

いかにもマイク仲田が大好きな、じいちゃんらしい台詞だ。新人のときからずっと「マイクは江夏二世や」と期待し、マイクが成長すれば阪神は強くなると信じてきた、大正生まれの頑固ジジイ。マイクにかける想いは、誰よりも強いのだろう。

しかも皮肉なことに、その湯舟が大乱調だった。解せないながらも、しぶしぶ背番号15の湯舟ユニホームに着替えたじいちゃんの目の前でいきなりフォアボールを連発し、まずは押し出しで一点を献上した。これで三対二。阪神はヤクルトに一点差にまで迫られ、さらにワンアウト満塁という、ワンヒットでサヨナラ負けという大ピンチを背負った。

「ピッチャー、びびってんちゃうぞ！　強い気持ちで投げんかい！」じいちゃんは一転して湯舟を叱咤《しった》した。「ここを抑えたら優勝できるんや！　あとツーアウトとったら優勝できるんや！　わかってんのか、ボケェェ！　根性見せろやーっ！」

僕もじいちゃんの隣で、つばきを飛ばしながら叫んだ。

「がんばれえ！　あと、ちょっとや！　最後の力振り絞れーっ！」

ここで中村監督はピッチャーを湯舟から中西清起《なかにしきよおき》にスイッチした。それに伴い、じいちゃんも背番号19の中西ユニホームにまたもチェンジした。まったく、慌しすぎる。隣の僕もさすがに驚いた。このジジイ、いったい何着持ってきているんだ。

果たして、勝利の女神はどこまでもサディストだった。

じいちゃんと僕の必死な応援もむなしく、リリーフ登板した中西がヤクルトの打者にタイムリーヒットを浴び、阪神は非情な逆転サヨナラ負けを喫したのだ。

三対四――。優勝に王手をかけたのは勝者、ヤクルトだった。

神宮のグラウンドにサヨナラ勝ちを喜ぶヤクルトナインの輪が広がった。一方、敗れた阪神ナインはうなだれながらベンチに帰っていく。あまりに残酷な光と影のコントラストがはっきり映し出され、僕とじいちゃんはすっかり言葉を失ってしまった。

「帰ろっか……」

外野席で立ち尽くす僕は、隣でへたり込むじいちゃんに聞こえるように呟いた。

じいちゃんはうずくまったまま、何も言葉を発しなかった。

「じいちゃん、阪神の負けや。帰ろう」

それでもじいちゃんはうずくまったままだった。

「まだ終わってへんって、じいちゃん。残り試合を全勝すればまだわからんやん」

僕は励ますように、じいちゃんの肩に手を置いた。

「帰ろう。甲子園に帰ったら、まだわから――」

その瞬間、じいちゃんの嗚咽が聞こえた。

「ひっくひっく、うえっうえっ……」

「じいちゃん?」

思わず息を吸った。それは確かにじいちゃんの声なのだが、うずくまっているため、表情がわからない。見たところ、じいちゃんの肩は小刻みに震えていた。鼻をすする音も何度か聞こえてきた。僕はそれ以上、言葉をかけられなかった。神宮のグラウンドに投げ込まれた大量の空き缶やペットボトルを眺めながら、痛ましい戦の跡を胸に刻んでいた。

その後、黙って立ち上がったじいちゃんは、阪神帽のツバを一段下げた。僕はじいちゃんの背中をぽんぽん叩く。すると、じいちゃんはわずかに口を緩ませた。

「マー。疲れたわ」

じいちゃんの唇は乾きすぎて、うっすら血がにじんでいた。

神宮球場を出て、駅まで二人で歩いた。いちょう並木は恋人同士に人気のデートスポットらしい。確かに大阪の街にはない洗練された雰囲気だ。これが東京なのだろう。じいちゃんは赤ラークを吸いながら猫背気味に背中を丸め、いちょうのカーペットを早足で歩いた。僕はその少しうしろを歩き、じいちゃんの背中をぼんやり眺めてみる。久しぶりにじいちゃんの背中をまじまじ見た気がした。昔に比べずいぶん丸く、小さくなったものだ。阪神が負けたからなのか、それとも歳をとっただけなのか。

子供のころ、じいちゃんにおぶってもらった日のことをなんとなく思い出した。当時のじいちゃんの背中は、とてつもなく大きく感じた。阪神が強くなると、あのころみたいにまた大きくなるのだろうか。僕はじいちゃんがポイ捨てした赤ラークの吸殻を珍しく拾った。

再び昨日のラブホテルに到着すると、じいちゃんは二日連続で何も口にせず、ベッドに直行した。神宮球場でさんざんダルマを飲んでいたため、すでにかなり酔っぱらっていたのだろう。じいちゃんの寝顔は生気を失ったように青白く、いびきのリズムも不規則だった。

「じいちゃん、ほんまになんも食べんでええん？」

そう何度か声をかけたが、じいちゃんは何も答えず、深い眠りについたままだ。

さすがに心配になって、母ちゃんに電話した。母ちゃんは案の定、無断で東京に行ったことを怒っていたが、だからといって今さらどうすることもできないからか、「無事だったら、それでいいけど」と不問にした。もっとも、帰ったらこっぴどく説教されるだろうが。

じいちゃんの件を相談すると、電話がばあちゃんに替わった。

「阪神が負けたときはいつもそんなもんや。心配せんでええわい」

ばあちゃんの言葉に、僕はいとも簡単に安心感を覚えた。家族の言葉はつくづく魔法だ。

その後、安心したのはいいものの、僕はまだ眠れそうになかった。なんとなく赤ラークを取り出し、天井の鏡に向かってぼんやり紫煙をくゆらせる。

勢いで学校をさぼり、無計画にやってきた東京ツアーも今夜で最後だ。肝心の阪神は二連敗に終わり、もはや七年ぶりの優勝は風前の灯になってしまった。意を決して大阪を発ったというのに、なんて無残な結果なのだろう。悔やんでも悔やみきれない東京のラブホテルだ。

「よし」無意識に呟くと、僕はおもむろにタバコの火を消した。そそくさと身支度を整え、じいちゃんを起こさぬよう、こっそりホテルを出る。最後の東京の夜。悔いを残さないためにも、どうしても行っておきたい場所があるのだ。


渋谷駅から山手線に乗り、池袋に向かった。目指す場所は池袋駅西口にあるという、ライブハウス『ＴＳＵＢＯＭＩ』だ。千里がバイトしている店は確かそこだったと思う。

池袋駅西口を出ると、驚くほどすんなり店を発見することができた。西口から歩いて五分程度の路地の一角だ。もしや、けっこう有名なライブハウスなのか。勇気を出して通りすがりの人に尋ねてみたところ、すぐにここを教えてくれたのだ。

店の外観は、なんだか怪しかった。汚い雑居ビルの地下一階で、暗く狭い階段を降りなければならず、世間知らずの高校三年生にはいささかハードルが高い。

僕は階段の降り口で立ち尽くし、『TSUBOMI』と乱暴に手書きされた年季の入った看板を眺めながら、何度も唾を飲み込んだ。階下からは騒音まがいの音楽が聴こえてくる。

しばらくすると、いかにもバンドマンらしき風貌の男たちが階段を上ってきた。長い金髪もいれば、モヒカンもいた。派手な化粧を施した顔にはピアスが無数に光っており、腕にはタトゥーまで入っている。うわあ、本物のヘビメタだ――。心の中で呟いた。

それは過去十八年の人生でまったく交わることがなかった、いや存在を実感することさえなかった異世界の男たちだった。姉の夏実の影響で昔から音楽に興味はあったが、ここまでジャンルが異なると、夏実と同じ音楽家とは到底思えない。

あの千里が本当にここで働いているのか。僕が入店することさえ躊躇ってしまうような独特の空間。平たく言うと、店に入ることだけで怖いと思ってしまうような世界で、千里は日々をすごしているのか。そんなことを考えていると、なんだか無性に寂しくなった。

理由もなくアスファルトに痰を吐いた。乱暴に赤ラークを吸い、火の消えていない吸殻を指で弾いて捨てた。なんだかなあ、この感じ。僕はアホになったのか。

いったん深呼吸してから、いよいよ階段を降りた。入口のドアに近づくにつれ、音楽がどんどん大きくなってくる。もうここまできたら立ち止まるのはやめよう。とにかく僕は千里にひと目会いたいのだ。池袋にやってきた時点で、賽は投げられたのだ。

初めてのライブハウスは予想以上に狭く感じた。ステージではわけのわからない男性バンドが何やらやかましいオリジナルロックを演奏しており、客たちは酒を飲みながら思い思いに音楽のある空間を満喫していた。とにかく暗い。やたらとうるさい。こんなんじゃ千里を見つけることなんて不可能じゃないか。僕はいきなり心が折れそうになった。

見様見真似でバーカウンターに出向き、カクテルを注文した。以前、タモちゃんに教えてもらったモスコミュールだ。あれなら甘くて飲みやすいし、ちょっとお洒落な感じもする。僕はモスコミュールを受け取り、店の一番隅にある小さなテーブルについた。

死ぬほど居心地が悪かった。周りの常連客らしき若者たちが、みんな僕のことを笑っているように見える。東京のお洒落な若者が集うライブハウスとは不釣合いな垢抜けないガキ。そんな滑稽すぎるミスマッチに、彼らはとっくに気づいているのだろう。

僕はなるべく周りを見ないように、肩をすくめながらモスコミュールと赤ラークを交互に口に含んだ。酒と音楽を味わう余裕なんてまったくなかった。店中に流れる大音量のロックが、ただの騒音にしか聞こえない。不快指数は最高潮だ。

千里——。

そう喉まで出かかった。客のテーブルにカクテルを運ぶ金髪ショートの女性店員の顔が、天井から降り注ぐライトに照らされ、はっきり浮かんで見えたのだ。

慣れた手つきでテキパキと仕事をこなし、常連客と楽しそうに談笑するお洒落な女性店員。それらの動作が至って自然で、かつ都会的に見えたため、最初は別人かと思った。けど、あれは千里に間違いない。間違いなく、僕のファーストキスの相手だ。

次の瞬間、僕はなぜか店を出ようと思ってしまった。とてもじゃないけど、声をかけられる雰囲気ではない。およそ半年ぶりに目にした金髪ショートの千里は、僕の知っている千里ではなくなっている気がした。こんなガキ臭い大阪の童貞高校生に、あんな垢抜けた東京の女は無理に決まっている。こんな猥雑なライブハウスであんなにも自然に振る舞えるとは、おそらく金髪ショートの千里は僕にとって見知らぬ大人の女に違いない。

千里がこっちに歩いてきた。情けないけど、思わず下を向いた。咄嗟に赤ラークをズボンのポケットに隠し、慌てて両手で顔を覆う。こうすれば酒に酔って少し休んでいる客に見えなくもないだろう。僕は覆った手の指の隙間から、そっと千里の動向を目で追った。

どうか気づかないでくれ。いや、どうか気づいてくれ——。

千里は僕のテーブルをゆっくり通りすぎていった。すれ違う瞬間、その残像がスローモーションみたくなって、瞳のスクリーンに何度も再生された。ゆっくり、ゆっくり、僕を通りすぎていく千里。その直後、僕の心に緞帳のような幕が下ろされる。そんなイメージだった。

背後で千里の声が聞こえた。他の女性店員と話しているようだ。

「さっき店長が言ってたんだけど、今日はもうステージあくんだって」

「じゃあ、あたしたちもやっていいの？」

「うん、お客さん少ないから、自由にしていいって」

「マジ⁉　やったじゃん」

もう一人は、間違いなく沙織の声だ。聞く限り、二人とも完全に東京弁になっている。僕はそんなことにさえ、深い悲しみを覚えた。とにかく千里が遠すぎるのだ。

悔いはないと思った。遠距離恋愛は非情だ。もはや千里とは、すべてにおいて距離ができてしまった。前から薄々わかっていたが、今夜のことで現実をはっきり認識できた。

もう帰ろう。ここは僕がいる場所ではない。さようなら、千里。

僕は千里と沙織にばれないよう、こっそり店を出る決心をした。出入口にゆっくり歩を進める。すると店を出る間際、ステージでガールズバンドの演奏が始まった。

ボーカルが沙織、ベースは千里だった。他のメンバーは初めて見る男ばかりで、みんな哀しくなるぐらいかっこいい。僕は出入口のドアノブに手をかけたまま立ち尽くした。

ほんの半年前まで毎日のように一緒にすごし、共に笑い、時に苦しみ、あらゆる感情と想い出を共有してきた僕の初めての彼女。ステージから流れる耳慣れない音楽をBGMにしながら、そんな彼女との数年間が僕の頭の中でゆっくり蘇ってきた。

初めて出会った五年前、彼女は「バンドをやっている」と楽しそうに言った。付き合うようになってからも、彼女は何度も「音楽が好きだ」と言った。「高校を卒業したら、バンドでメジャーデビューしたい」と言ったのは、確か去年の今ごろだった。

そこから彼女は東京に行くために地道な努力を重ね、現実に至る。僕の彼女は変わってしまった。しかし、それは当たり前のことだ。彼女は自分が望んだ道をひたすらまっすぐ突き進み、人生の新しいステージに立っているだけなのだ。

「ああっ」確かな言葉が見つからず、適当な声を出した。

一度大きく屈伸運動をして、ステージの千里に最後の視線を送った。

不思議と涙は出てこない。スポットライトを浴びる千里の姿が素直にかっこいいと思った。心の底から千里が輝いて見えた。いいなあ、千里。すごいなあ、あいつ。千里の眩しさに僕はたまらず目を瞑り、そのまま勢いよくドアノブを引いた。これで何もかも終わりにしよう。

外に出ると、雨が降っていた。夜空が泣いているように見えた。

傘はなかった。雨に打たれながら、途方に暮れた。終電もないし、タクシー代もない。始発まで適当に時間を潰すしかないだろう。早朝ホテルに戻れば、どうせじいちゃんはまだ寝ているはずだ。ジジイのくせに早起きじゃないんだから。

池袋の雨足はいよいよ強く、そして冷たくなっていく。僕はファミレスを探して、夜の街をとぼとぼ歩いた。東京の秋は大阪よりも肌寒く感じた。


かくして、じいちゃんとの東京ツアーは阪神の無念の敗北を見届けただけに終わり、僕に限っては、それと同時に千里との関係の終焉も痛感する残念な結果となった。

大阪に帰ってきてからというもの、僕は今までにも増してアホのような怠惰な日々を送り、じいちゃんも再び口数が少なくなった。あれ以来、じいちゃんの食欲減退は一向に回復せず、ただでさえ萎んでいた背中もますます小さくなった気がする。

十月十日の甲子園。ヤクルトはまたも阪神を撃破し、リーグ優勝を決めた。阪神は六十七勝六十三敗二分の二位に終わり、僕とじいちゃんの夢ははっきり打ち砕かれた。

「阪神、残念やったけどしゃあないで。また来年や、じいちゃん」

居間でスポーツ新聞を読むじいちゃんに、僕は励ますような声をかけた。

じいちゃんは優勝を逃した阪神にかつてないほどのショックを受けたのか、プロ野球のシーズンが終わった十一月以降も寂しげなままだった。糖尿病が悪化したのか、高血圧が顕著になったのか、とにかく病院に行く回数と薬を飲む回数も著しく増えていた。

　以前のじいちゃんは、ばあちゃんにどやされながら複数の薬を不承不承飲んでいたところがあった。しかし、最近は毎食後に自ら積極的に飲むようになった。ばあちゃんは「やっと素直になった」と安心しているようだが、僕はそれがかえって心配だ。粗暴でやんちゃな暴走老人じゃないと、じいちゃんがじいちゃんでなくなるような気がしてならなかった。

　あの東京ツアー以来、あの無残な阪神の敗北以来、じいちゃんは明らかに変わった。阪神の未来に絶望を感じたのか、あるいは自分の未来について何かを悟ったのか、いずれにせよ、何か根の深い心境の変化、人生の転機が確かに感じられたのだ。

「もうあかんのちゃうか」

　居間のテレビでプロ野球ニュースを眺めながら、じいちゃんはそう呟いた。

「何があかんの？」僕は妙な不安を感じた。

「阪神……。もうしばらく優勝はないんちゃうか」

「なんで？」咄嗟に顎をしゃくった。「なんでそんなこと言うん？　確かに今年は優勝逃したかもしれんけど、それでも二位やったし、去年までと比べたら復活の兆しは見えてるやん」

「いや、なんとなくや。なんとなく、今年優勝争いをしたことで数年ぶんの運を使い果たしたような気がすんねん。……けどまあ、深い意味はない。ジジイの勘や」

勘と言われると、何も言い返せなかった。じいちゃんの弱気な言葉が、僕の心に正体不明のモヤをかけていく。「わしはもう寝るわ」じいちゃんは赤ラークを灰皿で揉み消し、十種類ぐらいの薬を順番に飲んだあと、黙って寝室に消えていった。

一人残された居間で、今度は僕が赤ラークに火をつけた。至福の一服目をゆっくり肺に吸い込み、天井めがけて煙を吐き出していく。

どこからともなく、江夏の鈴の音が聞こえた。相変わらず、夜になると元気になる猫だ。思えば江夏が稲田家に来て、もう十年近く経つ。元々はじいちゃんが定年前に勤めていた会社に勝手に居座っていた捨て猫で、我が家にやってきたときはすでに成猫だった。江夏は今年で何歳になるのだろうか。僕は江夏のことをほとんど知らないのだ。

きっかけは阪神　淡路大震災

稲田家の正月は、どこか異国の民族のような賑やかさだ。昔から家族六人はおろか、親戚連中も多く集まってくるため、元日の夕食は総勢二十人ぐらいの大所帯で卓を囲む。

親戚の内訳はじいちゃんの子供たちとその妻や旦那、そして孫たちだ。したがって、元日のじいちゃんは一年の中でもっとも嬉しそうな顔をする。子供と孫たちから目いっぱい愛され、じいちゃんの皺だらけの目尻はでれでれと下がりっぱなしになってしまう。

しかし、今年の元日は様子が違った。じいちゃんが朝から奥の間にこもっているのだ。

およそ二年前の一九九二年、東京ツアーで阪神の惨敗を見届けて以降、じいちゃんは急速に元気を失った。阪神もそれと同じく再び弱体化し、翌一九九三年はBクラスの四位に沈むと、翌年も二年連続四位に低迷。一九九二年に大活躍したマイク仲田は翌年以降まるで魔法が解けたかのように輝きを失い、チーム全体もあの大躍進が幻だったかのように衰えた。

かくして最近のじいちゃんは、阪神についてシビアな言葉を吐くようになった。

「阪神が弱いんは球団の経営陣のせいや。経営陣にチームを強くしようっちゅう気がまったく感じられへん。阪神が優勝したら選手の年俸を上げなあかんから、球団としては弱いほうが都合いいんちゃうか。阪神は弱くても人気があるから、球団は儲かるようになっとるんや。最下位でも球場が満員になるなんて、阪神ぐらいやで。せやから、わしらファンも悪いねん。阪神を応援せんようになったら、球団も危機感をもつんちゃうか」

だからといって、僕はじいちゃんの阪神熱が醒めたとは思いたくなかった。そうではなく、きっと体調不良のせいで、少し弱気になっているだけだと信じていた。

実際、七十歳の誕生日を迎えた昨秋ぐらいから、糖尿病によるじいちゃんの体調悪化も顕著になった。糖尿病と高血圧の他に、網膜症や腎機能の低下、心臓や肝臓の疾患なども併発し、今では内臓のほとんどが健康な状態ではないという。薬の種類はいつのまにか数え切れないほどになり、病院にも三日に一度は通院するようになった。

元日も夕食時になると、親戚連中ががやがやと集まり、稲田家の居間は満員電車のような人口密度になった。元日の夕食は昔から鍋と決まっている。母ちゃん曰く、それが一番楽らしい。「みんなで鍋でもつついてりゃ、誰も文句言わないでしょ。正月にいちいち面倒くさい料理なんか作ってられないわよ」といつもの口調で吐き捨てるのだ。

ばあちゃんが奥の間のじいちゃんを呼びにいった。今年で六十九歳になるばあちゃんは健康状態もすこぶる良好で、昨年の健康診断では「肉体年齢は五十代くらいだ」と医者に感心されたらしい。もともと気の強い性格をしているのだが、それを聞いてからのばあちゃんはますます気丈になった。この日も布団の中でぐずぐずしているじいちゃんを無理やり叩き起こし、居間まで強引に引っ張ってきた。まったく、母ちゃんといい、ばあちゃんといい、稲田家は女性が強い家系なのだろうか。そういえば、姉の夏実も気の強いタイプだ。

居間にのっそりあらわれたじいちゃんは親戚連中を前に少しだけ相好を崩したものの、やはり以前に比べて少し元気がなくなっているように見えた。鍋にもあまり手をつけず、口数も少なくなった。しかし、それでも赤ラークとダルマのウイスキーだけは相変わらず口にした。医者に止められているのもなんのそのといった感じで、「タバコと酒をやめるぐらいやったら、死んだほうがましや」とうそぶく始末。ばあちゃんもサジを投げているほどだ。

一方、僕にとって今年の元日は居心地が悪く、終始気まずい一日だった。昔は賑やかな正月が楽しみだったが、ここ数年は親戚連中にあまり会いたくないと思っている。なにしろ僕は高校卒業後、進学はおろか就職もせず、目下のところただのフリーターだ。将来やりたいことも特になく、二十歳になった今も、実家に寄生しては親の脛をかじっているのだ。

そんな僕の気も知らず、親戚連中は堂々と近況を訊ねてくる。

「マーくん、今どんな仕事してるん？」

ああ。まあ、色々やってるけど。

「マーくん、独り暮らしせえへんの？」

うん。まあ、する必要ないし。

「マーくん、お年玉あげるわ」

ほう。ありがとう――。

もちろん、内心は複雑だった。二十歳にもなって親戚からお年玉をもらうなんて、気まずいというか、恥ずかしいというか。きっと、みんな本音では僕を馬鹿にしているのだろう。アホな脛かじり坊ちゃま。なんとなく、そんなふうに思われている気がしてならない。

しかし、不思議なぐらい危機感はなかった。要するに、僕は恵まれた環境に甘えているのだ。あることは、これ以上ない安心材料だ。稲田家の長男であるため、古くとも持ち家が
母ちゃんには「いいかげん、就職することを考えなさい」と口酸っぱく言われている。このところ、それが煩わしくてしょうがない。特に音大の三年生である夏実と比較されたりすると、余計に腹が立ってくる。夏実は音大を卒業後もなんらかの形で音楽、中でもピアノに関連した仕事に就きたいと、今のうちから母ちゃんと二人で思いを巡らせている。

最近の僕は母ちゃんに悪態をつくことも多くなった。「就職しなさい」という言葉を出されただけで、思わず「やかましい」と怒声を発してしまう。夏実に比べ、自分ははるかに怠惰で不甲斐ない息子だという罪悪感に苛まれ、だからこそ、そんな自分を生んだ母ちゃんの

前では特に卑屈になってしまうのか、とにかく自分の存在を消してしまいたくなる。だからといって家を出る勇気もないものだから、我ながら始末が悪い。今の僕は腹の中で手詰まりになった自分の意思を適当かつ乱暴な言葉で無理やり発散することしかできないのだ。

これまでは当たり前のように母ちゃんにやってもらっていた洗濯も、最近は自分のものは自分で深夜にこっそりやるようになった。もちろん家事を手伝っている感覚ではなく、ただ単に母ちゃんに手をかけられたくないだけだ。とにかく今は、すべてにおいて放っておいてほしい。稲田家における自分の負荷をできるだけ微量なものにしたい。両親の庇護を充分に受けながら、自分でもはなはだ滑稽だとは思うが、それでもどうすることもできなかった。

夏実ともすっかり会話を交わさなくなった。それどころか顔も見たくない。迷うことなく音楽道に邁進している夏実の姿は今の自分には少し眩しすぎる。そして、その眩しさがどこでどう暗に転じたのかはわからないが、いつのまにか夏実に対する憤慨に変わってしまった。だから最近は下手に夏実と接触すると、どこかで気持ちが爆発するかもしれないという危うさを感じ、わざと夏実を避けるようにしている。いわゆる冷戦状態だ。

昨年の暮れ、僕について話している父母の会話を盗み聞きした。

「遅れてきた反抗期やな。あんまり気にすんな」

父ちゃんはそう言って、母の嘆きを抑えていた。しかし、母ちゃんはそんな父ちゃんののんびりした回答が気に入らなかったのか、「あなたが甘すぎるから、マーがあんなふうになった」と容赦なく糾弾していた。母ちゃん曰く、父ちゃんは「安物の仏壇」みたいな男らしい。存在するだけで重要だと信じているのは無関係な人間だけで、関係が深くなればなるほど、あまりの役立たずがゆえ、粗大ゴミとしか思えなくなるのだとか。

散々な言われようだ。一家の大黒柱に対する敬意がまるで感じられない。

しかし、僕は同じ男として父ちゃんの肩を持ちたいと思っているわけでもない。正直、こんな典型的な団塊サラリーマンには死んでもなりたくない。父ちゃんみたいに春日村で生まれ、春日村で生きて、春日村で死んでいくような人生なんて反吐が出る。だいたい、もし自分が妻から仏壇扱いされたら、殴るのはさすがに気がひけるが、百倍の罵詈雑言をお返しするはずだ。

どうして、この父ちゃんがあの祖父母から生まれたのだろう。最近、そんなことも考えるようになった。じいちゃんと父ちゃんは、まったく似ていない気がする。

そういえば、定年退職する前のじいちゃんも、仕事に関しては生真面目なタイプだったと聞いたことがある。ということは、父ちゃんも定年後に突然はじけるタイプなのか、遅れてきた青春を満喫するタイプなのか。いつだったか、父ちゃんが「定年したら、ピアノを習いたい」と呟いていたことを思い出した。なんでも家にピアノがあるうえに夏実にただで教えてもらえるからという理由だけで、特にピアノに対するこだわりや憧れはないらしい。

そんな些細なことですら、今の僕には立派な苛立ちの原因になった。ふん、素敵な父娘の絆ですね――。どうせ僕は誰からもあてにされていないのだ。


正月三日が明けたころ、タモちゃんから「飲みに行こう」と誘われ、僕は梅田に向かう電車に乗った。去年の夏にそれまで勤めていた京都の料亭をやめたタモちゃんは、なぜか突然「一流の大工を目指す」と鞍替えして、今は大阪市内の工務店で働いている。

梅田の居酒屋に着くと、タモちゃんがすでに二人の女の子を連れて酒を飲んでいた。

「おう、マー。こっちや、こっち。とりあえずビールでええか？」タモちゃんは僕の顔を見るなり、勝手に生ビールを注文し、女の子二人に僕を紹介した。「こいつ、俺の幼馴染みで大親友のマーっていうねん。めっちゃええ奴やから、仲良うしたってな」

「どうも」僕が軽く会釈しながら言うと、女の子二人も気さくに挨拶してくれた。二人とも化粧は濃いが、笑うとどこかあどけなかった。

「実は二人ともまだ女子高生やねん」とタモちゃん。

「女子高生⁉」思わず目を丸くした。

「冬休み中やって。春には卒業するみたいやけど」

女子高生かあ――。僕は口の中で呟き、女の子二人をあらためて見回した。最近、女子高生がどんどん派手になってきている。そのうち話題になるんじゃないか。

「どうやって知り合ったん？」タモちゃんに小声で訊ねてみた。

「ナンパや、ナンパ。さっき東《ひがし》通り商店街を歩いてたときに、ダメ元で声をかけたら二人とも暇してるっていうから、それでマーに電話したんよ」

「へえ」痛く感心した。さすがは女遊びの激しいタモちゃんだ。いとも簡単に路上ナンパを成功させるとは、そのテクニックをこの目で見てみたかった。

なんでもタモちゃんは、ZARDのヴォーカルを十倍ぐらいケバくしたような、リエという名の女子高生を狙っているという。

「マーはもう一人のほうを狙えよ。こいつらめっちゃノリええから、うまいことやったら今日中に持ち帰れんで」

「うん」

その後、タモちゃんは女子高生のリエに遠慮なく酒を勧め、軽いトークで場を盛り上げていった。タモちゃんには女子大生の彼女がいるが、それ以外にも割り切った関係の女友達が何人もいる。きっとスケベなタモちゃんのことだから、リエのことも今夜中に独り暮らしする江坂のアパートに連れ込もうと考えているのだろう。タモちゃんは超二枚目というわけではないが、ノリが軽く口も達者なため、割り切った軽い恋愛に長けている。ホストにだってなれると思う。

一方の僕はタモちゃんに言われるがまま、もう一人のユカリという女子高生にターゲットを絞った。trfのヴォーカルを十発ぐらい殴ったような顔をしており、あきらかに尻が軽そうに見える。唇が分厚い女はスケベだと、タモちゃんが言っていた。

「マーくんって、彼女いるん？」そのユカリが訊ねてきた。

「いや、今はおれへんよ。年末に別れてん」適当に切り返した。タモちゃんが仕込んでくれたおかげで、僕は以前に比べ、ずいぶん女と軽い会話を交わせるようになっていた。「だから、ちょうど寂しかったとこやねん。ユカリちゃんと出会えてよかったわ」

心にもない台詞も簡単に吐けるようになった。本音を言うと、ユカリはまったく好みのタイプではないけれど、一晩だけの遊びだったら別に問題ないとも思う。よっぽどのデブか年増でもない限り、電気を消せばたいていの女は一緒だろう。別に何か物理的なものを失うわけではないのだから、青春の欲望はなるべく発散するにこしたことはない。

一次会の居酒屋を出ると、正月明けの梅田の街は新年会らしきサラリーマンたちでごった返していた。僕ら四人は東通り商店街の喧騒を酔っぱらいながら練り歩き、ほどなくしてカラオケボックスに流れ込んだ。タモちゃん曰く、最近カラオケボックスが急激に増えたおかげで、合コンが楽になったという。確かに僕もそう思う。カラオケボックスは個室のため、雰囲気が盛り上がれば、そのまま安いラブホテルに変貌するのだ。

カラオケボックスに入ってからも、タモちゃんはリエとユカリを盛り上げながら、巧みに甘いカクテルを飲ませていった。タモちゃんは頼もしい友達だ。僕が何もしなくとも、タモちゃんに任せておくだけで、女たちはべろんべろんに酔っぱらってくれる。

人気のヒットソングも完璧に唄いこなし、T―BOLANのモノマネをさせたら天下一品のタモちゃん。もしこの世に合コンという名のスポーツがあったら、間違いなくタモちゃんはスポーツ推薦で一流大学に進学できただろう。数学はまったくできないくせに、こういう女転がしの計算になってくると、異常な頭の回転を発揮する男だ。

一時間ほど経過したころ、タモちゃんが僕の目の前でリエの肩を抱き寄せた。そのまま強引にリエの唇を奪う。リエもかなり酔っているのだろう。僕とユカリに見られているというのに、なんの抵抗もなくタモちゃんに身を委ねていた。

いつのまにか誰も歌を唄わなくなっていた。暗く狭い室内にはBGMだけが緩やかに流れ、貪るようなキスを続けるタモちゃんとリエからは、卑猥な吐息が断続的に聞こえてくる。

ちらりと見ると、タモちゃんの右手はリエが着ているピンクのニットの下に消えていた。リエの胸元は激しく波打っている。そんなタモちゃんとリエに気をとられていると、不意に僕の肩にユカリがしなだれかかってきた。ユカリもアルコールが回っているようだ。

「どうしたん？　気持ち悪いん？」ユカリの髪を優しく撫でた。

「大丈夫。ちょっと酔っぱらっただけやから」

ユカリがうつろな目で見つめてきた。思わず胸が高鳴り、緊張でドギマギしてしまう……なんてことはなかった。ここ二年ぐらいで、こういう状況にはすっかり慣れてしまったのだ。

タモちゃんが何やら不敵なアイコンタクトを送ってきた。僕は黙ってうなずき、やや口角を上げる。すべては僕らの思惑通りに進んでいた。

「ちょっと、外の空気吸いにいこっか？」

「ありがとう。マーくんって優しいなあ」

ユカリは安心したような表情を見せた。僕は心の中でスケベな笑みを浮かべ、そのままユカリの手を引き、部屋の外に連れ出した。ユカリを強引に女子トイレの個室に押し込め、ドアを閉めるや否や、激しいキスに打って出る。ユカリも抵抗するどころか、僕の首に両手を回し、腰砕けになりながら女の本能を剝き出しにした。

思った通り、軽い女だ。今夜はこのまま最後までいけるだろう。ユカリの恍惚を薄目で見つめながら、僕はそんなことを考えていた。

カラオケを出たあと、タモちゃんは「これからは別行動な」とだけ言い残し、リエを連れてタクシーに乗り込んだ。きっとアパートに持ち帰るのだろう。独り暮らしの特権だ。

一方の僕はユカリと手をつなぎ、夜の繁華街を歩いた。頭の中で財布の残高をカタカタと計算する。確か一万円近くはあったと思う。安いラブホテルなら足りるだろう。

梅田の中心部から少し外れたところにある、古いラブホテルにユカリを連れ込んだ。歩いている間、ユカリは何度も「どこに行くん？」と訊いてきたが、僕はとぼけた口調で「ゲーセン」とだけ答えていた。そして、いざラブホテルの前に来ると、ユカリは「へえ、こんなゲーセン、初めて見たわあ」と能天気に笑うだけで、無抵抗に受付を通過できた。

ホテルに入るなり、僕はユカリに不毛な欲望を吐き出した。別にユカリのことが好きになったわけでもないし、そもそも好みのタイプというわけでもない。しかし、そんなことはどうでもいい。頭で考えるよりも先に、肉体だけがユカリを求めてしまった。

そういえば、ユカリの苗字ってなんだったっけ。名前の漢字すら知らない。数時間前に初めて会ったばかりで、ほとんど何も知らない女。そんな女の洋服を脱がし、瑞々しい肢体をくまなく愛撫する。いったい何をやっているんだ——。そんな冷静な気持ちは、微塵《みじん》もなかった。ただ無我夢中に、下半身の伝令にしたがうだけだった。

行為を終えると、途端にむなしくなった。ユカリに対する、いや目の前の女に対する興奮が一気に醒め、僕はベッドに寝転がりながら、呆然と天井のシャンデリアを見つめた。

ユカリがぴたりと寄り添ってきた。正直、うっとうしいと思ってしまう。なぜかユカリの顔が、さっきよりも一段と不細工に見えた。

「ねえ、また会ってくれる？」ユカリがシナを作りながら言った。「うち、マーくんのこと本気で好きになったみたいやねん。だから、軽い女とちゃうで」

「ははは」乾いた笑い声を出した。面倒くさいと思ったけど、口にはしなかった。

たぶんこの先、ユカリと二度と会うことはないだろう。一晩だけの肉体関係なんて男と女の騙し合いだと、タモちゃんがいつも言っている。

いつのまにか、ユカリは隣で眠ってしまった。無邪気な寝顔を見ても、やっぱりかわいいとは思わなかった。僕は仰向けになりながら赤ラークに火をつけ、煙と一緒に溜息を吐き出した。白煙が天井にゆっくりのぼっていき、シャンデリアの光に溶けていった。

確か初めて見たラブホテルのシャンデリアは、じいちゃんとだった。あのときは感慨深かったけど、今はなんとも思わなくなった。早いもので、あれから二年余。僕は変わってしまった。いったん女を覚えると、すべての男はこうなってしまうのだろうか。

隣でユカリが寝返りをうつと、懐かしい香りが鼻をついた。さっきまでは興奮していたため、気がつかなかったのだろう。ユカリの茶色い髪から、ほのかに漂ってくるシャンプーの香り。確かシトラスだったと思う。千里と同じシャンプーを使っているのか。

いったい何をやっているんだ、俺は——。口の中で呟いた。


二年前の正月だった。一九九三年の一月二日、僕は実家に帰省していた千里と久しぶりに会うことになり、その場ではっきりと遠距離恋愛を終結させた。千里が東京に発って約九ヶ月目、じいちゃんとの東京ツアーから約三ヶ月目の別れだった。

正直なところ、僕は完全に諦めていた。東京・池袋のライブハウスで働く、僕の知らない千里の姿。あれを見て以来、僕の中で何かがはじけ飛んだ。僕のほうから千里に電話をすることはなくなり、千里からの連絡もいつのまにかなくなった。いわゆる自然消滅みたいなものか。なんだか幼稚な別れだけど、それでもいいと思った。

しかし年が明け、突然千里から電話があったときは激しく動揺した。

「会って話したいことがある」と千里。

僕は急いで自転車に乗り、かつて毎日のように語り合った近所の公園に向かった。

時刻は夜十時を回っていた。公園のベンチに座り、千里の訪れを待つ。真冬の寒風が頬を突き刺し、吐息を手に吹きかけた。確か千里と初めてキスをした夜は、激しい雨が降っていた。

遅れて公園にあらわれた千里は、少し髪が伸びていた。思わず見とれてしまう。心の底から綺麗になったと、小さく唾を飲み込んだ。それまでは完全に諦めていたはずの想いが、いざ千里を前にすると、いとも簡単に再燃した。僕はやっぱり千里のことが好きなんだ。気持ちが醒めたわけではない。忘れていたわけでもない。なるべく千里のことを考えないよう、無意識に脳が拒否していただけなのだろう。現実を直視することから逃げていただけなのだ。

「好きな人ができた」

千里は僕の顔を見ながら、はっきりそう言った。

「そっか」

「ライブハウスで出会った年上の人なんだけど、今は一緒にバンド組んでるの」

「いいよ。わざわざ説明せんでも」

「ごめんね、報告が遅れて。実は夏の終わりぐらいから付き合ってるの」

「ええよ、別に」

気になることは山ほどあった。東京ツアーのとき、僕がライブハウスを覗きにいったとき、すでに千里は新しい男と付き合っていたのか。同じバンドということは、あのときステージで演奏していたメンバーの中にいるのだろう。なあ、千里。その男はどんな奴なんだ。僕よりかっこいいのか。僕より優しいのか。なあ、千里。その男とはもう最後までいったのか。

「幸せ？」実際に訊ねたのは、それだけだった。

千里は少し間をおいてから、笑顔で言った。

「うん、すごく大事にしてくれるよ」

「そっか」

「うん、大事にしてくれる」

「二回言わんでええよ」

「ごめん」千里が肩をすくめた。

「謝らんでええよ」そんなふうに言われると、余計に惨めな気持ちになってしまう。僕は場の空気を変えるべく、違う話題を探した。「なんか変わったなあ」

「そう？　髪型でしょ？」

「いや、化粧も服装も……雰囲気も」

「そりゃあ……ね。あたしも変わっていかないと」

その言葉が僕の心に重くのしかかった。変わった千里と変わらない自分。東京で新しい生活をスタートさせた千里にとって、新しい恋は自然なことなのかもしれない。

「マーくんも幸せになってね」

「うん。わかった」

「いつか友達同士になって会えるといいね」

「うん。わかった」

「あたし、明日になったら、また東京に戻るから」

「うん。わかった」

悔しかった。情けなかった。何度も髪の毛を掻き毟《むし》り、顔の肉を両手で撫でつけた。心が混乱しているときにする、僕の昔からの癖だ。

「自転車で送っていくよ」

僕が言うと、千里はそれを断わり、一人で帰っていった。公園に残された僕は、去っていく千里の背中からずっと目を逸らさなかった。

まだ視界から消えていないのに、千里の背中がにじんで見えた。なんだ、これは。こんなに涙って出るものなのか。東京では泣かなかったのにおかしいよ。おかしいよ。

膝がガクンとなった。その場にヘナヘナとしゃがみこみ、声を出して泣いた。嗚咽がとめどなく溢れ、流れる涙に鼻水と涎がまじっていく。いつまでも止まらない涙。千里のことが本気で好きだったんだと、今さらながら痛感した。

失恋ってこんなにつらいのか。じゃあ、どうしてみんな恋愛なんかするのだろう。僕は阿呆だから、そんな難しいことわからない。わかんないよ、これ。どうしたらいいんだ。

「女を忘れるには女が一番」

そう言って、励ましてくれたのはタモちゃんだった。

千里と別れて二ヶ月が経過しても、一向に千里を忘れられない僕のために、タモちゃんは色んな女と遊ぶ機会を作ってくれた。タモちゃんが連れてくる女は千里とは違うタイプの女ばかりだったが、それはきっとタモちゃんが気を遣ってくれたからだろう。

タモちゃんは確かに不良だが、僕が知っている中で一番優しい。タモちゃんは僕が知っている中で一番頼りになるし、一番信用できる。そんなタモちゃんが僕は好きだった。

春になると、新しい彼女ができた。僕が初めて男になった大切な女だが、正直あまり記憶にない。勢いで付き合ってみたのはいいものの、すぐにそこまでの愛情がないことに気づき、二ヶ月も経たないうちに、電話であっさり別れてしまった。

夏になると、また新しい彼女ができた。しかし、それも長くは続かなかった。その後も数人の女と付き合ったのか、付き合っていないのか、よくわからない関係になったが、そのたびに僕は千里ほど夢中になれないことに気づき、女の経験だけをいたずらに重ねていった。

覚えたての女遊びは確かに楽しかった。男なんだから、欲望だって人並みにある。タモちゃんと一緒に悪い策略を企て、一晩だけと割り切ったうえで女を巧妙に口説き落としていく快感。一度覚えたら病みつきになる味だと、青春の下半身が騒ぎ立てた。

けど、本当はわかっていた。欲望にしたがう一方で、心のどこかでは強く千里を求めている自分がいる。この先新しい彼女はそれなりにできるかもしれないが、千里ほど好きになれる人は二度とあらわれないかもしれない。別れてから、何度千里が夢に出てきたことだろう。千里と同じ髪形をたまたま街で見つけると、いまだに無意識に目が反応し、千里と似た声を聞くと、いまだに無意識に耳が傾いてしまう。千里と同じシャンプーの香りにすぐ反応してしまうのは、薬局で何度もシトラスのシャンプーを探したからだ。

いつだったか、バイト先の先輩が言った。

「若いころって、みんなそう思うもんなんだよ。失恋するたびに、もうこれ以上の女には出会えない、この先は妥協の連続だってな」

ふーん。そんなもんなのか。つまり、僕もそのうち絶対に千里を超える女に出会えるということか。しかし、今はまだわからないじゃないか。今は到底そう思えないのだから、意味がないじゃないか。いったい何を言っているんだ、この人は。だいたい三つ年上なだけなのに、なんでそんなに人生を悟りきっているんだ。おまえも若いだろ。

ユカリは予想以上にしつこい女だった。肉体関係を結んで一夜明けた夜、ラブホテルを出る前に軽い気持ちでポケベルの番号を交換したのがまずかった。それ以来、ユカリはポケベルを何度も鳴らしてきた。僕はそれをずっと無視していたのだが、四日経っても彼女の勢いは一向に衰えない。一日に何度も「電話ください」とメッセージが入るのだ。

だんだん辟易してきた。実家の電話番号を教えなくてよかったとつくづく思う。タモちゃんに愚痴ると「アホやなあ。それだけ惚れられてるんやったら、都合ええやん。今からでも遅くないから電話して、セフレにしたったら？」と悪い笑みを浮かべていた。

タモちゃんは、あれ以降もリエといかがわしい関係を続けているという。まったく、まめなスケべだ。しかも、タモちゃんは自分に本命の彼女がいることをリエに告げたうえで、都合のいい男女関係を築きあげたらしい。さすがタモリ式の伝道師だ。

そんなある日の夜、居間の電話が鳴った。

たまたま僕が出ると、受話器の向こうから見知らぬ男の野太い声が聞こえてきた。

「もしもし、稲田雅之くんはいますか？」

「はい、僕ですけど」答えた瞬間、脳裏に嫌な予感が走った。

「おう、おまえか。俺のツレの女に悪さしよったんわ」

「はい？」

「ったく、なめやがって。どういう女かわかってて、手え出したんやろうなあ」

男は一瞬でガラの悪いチンピラとわかる凄みのある口調で言った。

僕は無言で頭の中を整理した。きっとユカリのことだろう。

確かにあの女は見るからに不良だった。チンピラの男友達が大勢いたとしても不思議ではない。そして、そいつらに「男に遊ばれた」と相談したとしても不思議ではない。その結果、チンピラどもが怒り出し、「その男に追い込みかけたる！」と息巻くのはもはや必然だ。受話器を持つ手がわなわな震えた。

「し、知りませんよ」僕は思わず敬語で否定した。

「はあ⁉ 何をシラきっとんねんっ！」チンピラの怒声が耳に響いた。「ネタはとっくにあがっとんじゃっ。電話番号も住所も全部調べたからな！」

その瞬間、一気に血の気が引いた。心臓が早鐘を打つ。いつかの甲子園で、じいちゃんが不良相手に大乱闘をしたときもそうだったが、何を隠そう僕は生粋の小心者だ。タモちゃんといると少し気が大きくなり、それなりに今風の遊び人を装うことはあるが、基本的には喧嘩の類とはまったく縁のない人生を送ってきた。要するにヘタレなのだ。

「ツレはおまえを殺さな気がすまんって言うとんぞ」

「殺す……」背筋が凍りついた。一瞬不良漫画などでよくある脅しだと思ったものの、実際耳にすると想像以上に迫力があった。最近のチンピラは怒ると手がつけられない、手加減というものを知らない。以前、タモちゃんがそう言っていたのだ。

「ど、どうすればいいんですか……」つい弱々しい声が出てしまう。我ながら情けない男だと思ったが、直面する恐怖には勝てなかった。

「まあ、死にたくなかったら誠意を見せるこっちゃな」

「誠意……」

金のことだとすぐにわかった。Vシネマみたいな定番の展開だが、逆にそれがやけに現実的だった。いったいいくらだろう。いくら包めば解決できるのだろう。咄嗟に頭の中でソロバンを弾く。きっぱり断わる勇気もなければ、チンピラたちに腕力で立ち向かう勇気もない。僕の中に残された選択肢は、金銭による解決だけだった。

「一日やるわ」チンピラは不気味に言った。「明日また電話するから、どうすればええか自分で考えろ。ちなみにユカリは昨日入院したわ。俺のツレは自分の女にも容赦ない奴やからな。浮気は両成敗やっちゅうて、おまえのことも狙っとるぞ」

言葉を失った。今まで体験したことのない恐怖が、爪先から頭のてっぺんに一気に走り抜けていった。一瞬自分が金属バットで殴られるところを想像してしまう。絶対死ぬと思った。

「言うとくけど、逃げても無駄やからな。春日の家は大事にせいよ」

チンピラは最後に太い釘を刺して、電話を切った。

春日の家。この電話番号も含め、どうやって調べたかはわからないが、とにかく住所もすべてばれているのは事実のようだ。逃げたら家に火をつけるとか、そういうことだろう。

僕は震える手で受話器を置き、深く息を吸った。

恐喝で訴えられないようにしているのか、すべての脅し文句にはっきりした結論と要求がないものの、その真意が金銭目的であることは明らかだろう。くそっ、やっちまった。激しい後悔が大股歩きで襲ってくる。軽い気持ちでユカリと遊んだことが、まさかこんな事態に発展するなんて。まったく、ブスのくせになめやがって。思わず唇を嚙んだ。

翌日は、朝から二階の自室に引きこもった。昨夜の脅迫電話以来、すっかり憂鬱になり、外を出歩くことさえ怖くなった。もし外でチンピラたちに見つかり、そのまま車で拉致されたらどうしよう。果ては大阪湾か、あるいは箕面《みのお》の山奥か。いずれにせよ、外出は危険すぎる。そんなネガティブな妄想が脳裏からどうしても消えなかった。

夜七時ぐらいになると、誰かが部屋をノックした。

「晩飯ならいらん」

僕は布団の中で漫画を読みながら、咄嗟に返事をした。家族に会いたくない。食欲もない。できることなら空気になりたかった。

しかし、次の言葉にたちまち動揺した。

「友達から電話よ」母ちゃんの声だった。

すぐに昨夜の電話のことが頭をよぎった。途端に漫画のストーリーが理解できなくなってしまう。続いて、ドアノブを回す音が聞こえた。母ちゃんが回したのだろうが、鍵をかけているため無駄だろう。二十歳にもなって中学生みたいな引きこもり方だと、自分に失笑した。

「電話って誰から？」ドア越しに訊ねてみた。

「さあ。訊いても名乗らないのよ。替わってもらえればわかるって」

確信した。間違いなくチンピラだ。かけてくるとは思っていたが、いざ実際にそうなると足がすくんだ。昨夜の怒声が頭の中で再生される。恐ろしい声色だった。

「おらんって言っといて」咄嗟にそう告げた。

「えっ、なんで？」

「ええから、そうして。遊びに行ったとか適当に言えばええやん」

いつまで通用するかはわからないが、僕はとりあえず居留守を選んだ。とにかく今は逃げたかった。どうせまた明日かかってくるだろう。そのときは絶対出よう。

翌日、また電話がかかってきた。僕は昨日と同じように居留守の口裏を母ちゃんに頼んだ。

母ちゃんはさすがに不審がって「なんかあったの？」と問いただしてきたものの、僕が「ほっとけや」と乱暴に吐き捨てると、素直に居留守の片棒を担いでくれた。

ところがまた翌日になると、状況が一変した。夜九時ごろ、例のごとく僕が自室に引きこもっていると、母ちゃんが今までにない強い力でドアをノックしてきたのだ。

「マー、開けなさい！　あんた外で何やってんのっ⁉」

口調もいつになく荒かった。僕はあまりの剣幕に渋々ドアを開ける。すると、母ちゃんは血相を変えて部屋に飛び込んできた。こめかみに複数の筋が入り、目尻はひきつっていた。

「あんた、女の子を強姦《ごうかん》したの⁉」母ちゃんがいきなり語気強く言った。

「えっ」一瞬、頭の中が真っ白になった。

「さっき、いつもの人からまた電話がかかってきたんだけど、今日はいきなり『おたくの息子さんが俺の友達をレイプした』って凄んできたのよ。ねえ、いったいどういうこと⁉　あんた、外で何してんの？　まさか本当に……」

「いや、何もしてへんって。なんやねん、それっ」

僕は慌てて否定した。あのチンピラめ、人の母親になんてことを言ってくれたんだ。

「何もしてないなら、なんでこんな電話がかかってくんのよ」

「ちょっと待ってや。強姦なんか絶対にしてへん。そいつが嘘ついただけや！」

「だったら、なんで居留守使うの。やましいことがあるから逃げたんでしょ！」

「それは……」

そこで口ごもった。確かに強姦は濡れ衣だが、僕がユカリという女を弄んだことでチンピラどもが怒り狂ったのは紛れもない事実だ。それだけでも、母ちゃんにとっては充分ショックなことだろう。どっちみち、これ以上は知られたくないことばかりだ。

母ちゃんは瞳を潤ませながら、無念そうに言葉を吐いた。

「もう……ほんと情けない。ろくに働きもしないでプラプラして……。お母さんはね、マーのことを信じてたの。いくらタモちゃんみたいな不良と遊んでいても、絶対に最後の一線は踏み外さないって、そこだけは信じてたの……」

「だから大丈夫やって！　俺はそんなアホなことせえへんから！」

僕が声を荒らげても、母ちゃんは黙ってうつむいたまま、小さく鼻をすするだけだった。それが無性につらい。チンピラどもへの怒りはもちろん、自分の不甲斐なさが情けなかった。

「また電話かけるって言ってたわよ」と母ちゃん。

「わかった」そう言葉を締めると、僕は二階の自室を出て、ドタドタと階段を降りた。

最悪だ。これで逃げ場はなくなった。しかし、それでもチンピラに対抗する勇気は湧いてこない。今はこのトラブルを一刻も早く、できれば無傷で解決したいだけだった。

なぜか階下に夏実がいた。さっきのやりとりを聞いていたのか、白い眼をしていた。

「あんた最悪だね。荷物まとめて出ていったら」夏実は冷たい言葉を吐き捨て、僕とすれ違うように階段を上っていった。「今後一切、あたしの洋服とか荷物に触らないでね」

階段の上で夏実が発したとどめの一言が特に強烈だった。何をやっても昔から優秀だった姉の存在が、こういう局面では余計に疎ましく思えてくる。

「お母さん、大丈夫?」そんな声も聞こえた。どういう感情の回路なのかはわからないが、それがやけに腹立たしかった。冷戦状態にあって、張り詰めていた緊張の糸がプツンと切れそうになってしまう。目の前に夏実がいたら、間違いなく殴っていたと思う。

しばらくすると、居間の電話が鳴った。

僕は周囲に誰もいないことを確認し、受話器に手を伸ばした。稲田家の電話は全部で三ヶ所にある。二階の父母の寝室と祖父母がいる一階の奥の間、そして一階の居間。夜は居間がもっとも人がいない確率が高いため、僕は居間の電話でチンピラと対峙することを選んだ。

「おう、やっと出よったな」電話に出るなり、チンピラは低い声で言った。「おまえ、あんま俺を怒らせせんなや。居留守なんかかましやがって、誠意の欠片《かけら》もないんちゃうか?」

「すいません……」僕は周囲を気にしながら素直に謝罪した。家族の誰かが聞いたら、謝罪すればするほど怪しむだろう。本当に強姦したと思われてもおかしくない。

「おまえんちの近くの公衆電話におるわ。とりあえず出てこいや」

「えっ」額に汗がにじんだ。

「誠意を見せる気ないんやろ。せやったら答えはひとつや」

背後でバイクらしきエンジン音が聞こえた。同時に複数の男どもが、何やら騒ぎ立てる声も聞こえる。殺される――。一気に顔が青褪《ざ》めた。心臓の鼓動がみるみる速くなってきた。乾いた唇を何度も舐め回すと、江夏の鈴の音と田淵の遠吠えが同時に聞こえた。動物は第六感が優れているという。もしや御主人様の危機を察知したのだろうか。

「お金……ですよね」咄嗟に口をついた。

「ほう」チンピラの声色が少し変わった。

「誠意……。誠意見せますからちょっと時間をください。なんとかしますんで」

「しょぼい額やったら神経逆撫ですんど？」

「わかってます」

「期日は？　こっちも暇やないからな」

「二日……。二日ください。明後日の夜までにはなんとか」

「ふん」チンピラは鼻で笑うと、乱暴に電話を切った。一方、僕はすぐ受話器を置くことができず、なんとなく心臓に片手を当て、大きくなった鼓動を他人事のように聴いた。

「明後日か……」無意識に呟いた。いったい、いくら包めばいいのだろう。まったく見当がつかない。もう少し期日を先にすればよかった、そんなことを後悔した。

今回のトラブルについて、タモちゃんに相談しようとは思わなかった。こういうとき、一番頼りになるのはタモちゃんに違いないのだが、なんとなく打ち明けるのが恥ずかしかったのだ。

きっとタモちゃんはチンピラの相手なんか慣れっこだろう。だからこそ、タモちゃんの前でチンピラに臆する自分を見せることに抵抗があった。子供のころから対等の立場で遊んできた友達が、自分より上の人間であることを認めるようなものじゃないか。

とはいえ、どうやって金を集めればいいのだろう。僕は再び自室にこもり、悶々と思案に暮れた。自分の貯金のレベルで出せる金はせいぜい五、六万が限界だが、それぐらいの金額で納得するような奴らだとは思えない。不良漫画の世界を基準に考えると、もしや百万ぐらい要求されているのか。それはさすがに無理だ。見たこともない。

十万円でどうだ。ぼんやり考えた。奴らにとっては安いかもしれないが、僕にとっては現実的な金額だ。おまけにキリもいい。少なくとも、ふざけているとは思われないだろう。ここで一番大切にしたいことは、むやみに相手を怒らせないことだ。

深夜二時を回ったころ、僕は足音を立てないよう、そろりと二階の自室を出た。そのまま息を潜め、同じく二階にある父母の寝室の前に歩み寄り、引き戸を一分間に三センチぐらいの超スロースピードで開けた。光はまったく漏れてこなかった。父母の寝息だけが耳に届いた。二人とも完全に熟睡している。やるなら今しかないだろう。

狙うは寝室の洋服ラックにかかった父ちゃんのジャケットだ。父ちゃんはいつも胸ポケットから長財布を出す。あの中には必ず一万円札が数枚入っているはずだ。

三十分近くかけて、ようやく人間一人が侵入できるぐらい引き戸を開けた。そこで静かに深呼吸し、人心地つく。一月だというのに、Tシャツ一枚でもまったく寒くなかった。それどころか背中が汗でぐっしょり濡れていた。不思議なほど、罪悪感は湧いてこない。緊張と焦りが大きすぎて、罪の意識を封殺してしまったかのような、そんな感覚だった。

息を殺し、暗がりの寝室にゆっくり足を踏み入れた。父母の寝息を確認しながら、ジャケットがかかったラックをまっすぐ目指す。暗闇の中、記憶だけを頼りにラックに辿り着くと、そこにかかっているいくつかのジャケットやコートを順番に手でまさぐった。

十着以上はかかっているため、なかなか長財布が入ったジャケットを見つけることができなかった。目が次第に暗順応してきたのか、かすかにコートやジャケットの造形が見えるようになったものの、それでも長財布を探し当てるとなると、それぞれの胸ポケットを手で触り、その感覚に任せるしか方法はない。背中の汗はみるみる量を増していた。

あった――。一分以上が経過したころ、やっとのことで長財布の感触をつかんだ。あるジャケットの胸ポケットだけが、少し膨らんでいたのだ。

僕は迷うことなく、胸ポケットの中に手を入れた。間違いなく、父ちゃんの長財布だ。思わず唾を飲み込んだ。そのままゆっくり長財布を抜き取る。この一連にも一分以上かかってしまった。さっきの一分よりも、長くて重い時間だった。

長財布を抜き取ると、ゆっくり踵を返した。長居は無用だ。すぐに引き返さなくては。気が大きくなっているのか、侵入したときよりも早足になった。さらに寝室から出ると、ますます早足になった。一刻も早く自室に戻りたかった。

自室に戻ると、一気に汗が引いた。電気の明るさがやけに眩しく感じる。

僕はドアに鍵をかけ、落ち着いて長財布の中を覗いた。指先が震えることはなかった。

想像以上の数の一万円札が入っていた。ざっと十万はあるんじゃないか。思わず顔が綻《ほころ》んでしまう。しかし、同時になぜか胸がざわついた。少し息が苦しくなり、小さく歯軋りした。実際に一万円札を目にすると、途端に罪悪感が襲ってきたのだ。

勇気を出して、三万円だけ抜いた。全部で十枚以上あることを考えると、三枚ぐらいなら減ってもわからないだろうという自分なりの計算だ。おそらく、四枚はばれると思う。この一枚の差が、十枚ぐらいに相当するような気がする。

抜き取った三万円を自分の財布にしまうと、再び気持ちを引き締めた。これから長財布を元に戻さないといけない。そこでばれてはすべてが水の泡になるというのもあるが、それ以上に気をつけないといけないのは、ジャケットを間違わないことだ。この仕事は最後の仕上げまで一切気を抜けない。敵は自分の注意力と集中力、そして良心の呵責だ。

ところが、元に戻す作業は意外なほどスムーズに進んだ。長財布を抜き取ったときより、時間も半分ぐらいに短縮された。どういうわけか、汗もまったくにじんでこなかった。自分の中の何かの感覚が、すっかり麻痺してしまったかのようだった。

果たして無事、目標金額の一部を入手できた。まずは三万五千円なり。長財布を元に戻そうと自室を出る間際、最後にもう一枚だけ抜いたのだ。一万円札は抵抗があったが、五千円札なら大丈夫な気がした。うまく説明できないが、なんとなくの感覚だ。

自室で赤ラークをくゆらせながら、明後日に向けての計算をした。この三万五千円に自分の貯金から五万円を足したとしても、十万円に少し足りない。

よし、残りの一万五千円はじいちゃんの財布から抜くか――。だいたい、家庭内泥棒は今までじいちゃんの専売特許だったのだ。孫が同じことをしたとしても、じいちゃんは自業自得だろう。僕は強引に自己を正当化した。遺伝のせいにすることが、最高の免罪符だった。

じいちゃんが寝ている一階の奥の間を目指して、僕は再び行動を起こした。ゆっくり階段を降り、暗闇の居間に辿り着くと、自室から持ち出してきた懐中電灯をつけた。じいちゃんの財布は父ちゃんと違い、どこにあるか見当もつかない。さっきよりはるかに捜索は難航するだろうという予想から、視界をクリアにする必要があると考えたのだ。

ところが次の瞬間、懐中電灯の明かりを必要としないぐらい、なぜか居間全体が一気に明るくなった。僕は思わず目を瞑った。白々とした電気の光が目に沁みたのだ。

「マー、何してんの？」

そんな声がしたので振り返ると、居間の入口付近に母ちゃんが立っていた。

一瞬、心臓が止まりそうになった。全身の血の気がみるみる引いていく。言葉はまったく出てこなかった。僕が咄嗟にとった行動は懐中電灯を消したことだった。

「さっき全部見てたわよ。……お父さんの財布」母ちゃんは無念そうに呟いた。

「ああ」曖昧な相槌しか打てない。

「あんた、いったいどうしたの？　なんかあったんでしょ。正直に話しなさい」

母ちゃんは予想に反して優しい口調だった。烈火のごとく怒鳴られると思ったが、そんな感情的な様子は微塵もなく、ただ目の前の愚息を案ずるような、それでいて自分自身に憂いを感じているような、とにかく切なげな目で僕を見つめていた。

「なんでもない」僕はそうとしか答えられなかった。そのまま唇を噛み締める。

「いくら必要なの？　事情を言いたくないなら、何も聞かない。けど、お金が必要なら、泥棒みたいなことをしないで、いくらか教えてほしいの。お母さんがなんとかするから」

「だから、なんでもないって」

「信じてるからね」と母ちゃん。「お母さんはマーに何があっても絶対信じてるから。誰がなんと言おうと、親はあんたの味方だから。あんたのすべては親の責任だから」

なんで、なんでそんなに優しいんだよ。こんなどうしようもない息子のことなんか、冷たく突き放せばいいじゃないか。口汚く罵ればいいじゃないか。なんだよ、おかしいよ。信じているとか、味方だとか、そういう重いこと言うなよ。母ちゃんにはなんの責任もないじゃないか。

しかし、そんな思いを口に出すことはできなかった。それどころか、一刻も早くこの場から立ち去りたい。僕は母ちゃんと目を合わさないまま、居間を出ようと足を動かした。

「いくらか言いなさい」居間の入口で、母ちゃんが立ち塞がった。

「いいよ、別に」僕は強引に母ちゃんを押し退けようとする。

「いいから言いなさい」母ちゃんはそれでも頑なに動かなかった。僕は左腕に一層力を込め、母ちゃんの右肩を強く押した。とにかく力で捻じ伏せようと思ったのだ。

すると、母ちゃんも負けじと押し返してきた。次いで僕の左腕を両手でつかみ、

「お金はあとで返せばいい。就職したら返せるでしょ」とたしなめるように言った。

就職――。その瞬間、僕の頭の中で何かが切れる音がした。

「黙れやっ！」無意識に声を荒らげ、左腕を全力で振り払った。

ゴフッ。鈍い音がした。左腕の肘に嫌な手応えを感じた。「痛っ」母ちゃんはそんな声を発するや否や、その場に崩れ落ち、うつむいたまま鼻を押さえた。

目の前が真っ暗になった。今まで守ってきた脆弱な何かが一瞬にして崩壊したかのような、そんな絶望感が背中から襲ってきた。母ちゃんは床にへたり込んだまま言葉を発することなく、それでいて顔を上げることもなく、ただうつむいていた。

江夏の鳴き声がかすかに聞こえた。田淵の遠吠えが聞こえることはなかった。きっと眠っているのだろう。僕は江夏の姿を目だけで探してしまった。

そんな中、隣の部屋のドアが開いた。

「おまえ、何してんねん！」僕と母ちゃんを見つけるなり、血相を変えて駆け寄ってきたのは夏実だった。「まさか、お母さんに手えあげたんちゃうやろうなあ！」

夏実は珍しく関西弁で凄んできた。

「いや、たまたま当たっただけで……」僕は慌てて弁解した。

「ふざけんなよ、ボンクラ！」夏実は僕の言い分をまったく聞かず、問答無用に殴りかかってきた。最初は顔の平手打ちから始まり、その後は乱暴な蹴りを何発も浴びせてくる。「おまえ、それでも長男か！　もう二十歳やろ！」

僕は抵抗することなく、黙って暴行を受け続けた。夏実に髪の毛を引っ張られ、いいように振り回された。痛みは激しかったが、それも口にできなかった。

「やめなさい」立ち上がった母ちゃんが仲裁に入った。母ちゃんは鼻血を出していた。

「お母さん⁉」夏実の手が止まった。僕の呼吸も少し止まった。

その後、夏実は一転して母ちゃんの身を案じた。鼻血を止めるべく、どこかからティッシュを持ち出し、僕の存在を完全に無視して、母ちゃんと二人だけの世界を作った。

一方の僕は気づくと自室に戻っていた。きっと無意識でその場から逃げ出してしまったのだろう。去り際に母ちゃんと夏実がどんな様子だったのか、どんな会話を交わしていたのか、あらゆるシーンがまったく思い出せない。まるで脳の一部が一時停止していたかのように、母ちゃんの鼻血を見たあとの記憶が途切れ途切れなのだ。

約束の期日はあっというまにやってきた。夜九時ぴったりに電話が鳴り、即座に僕が出た。居間の電話の前で待っていたのだ。

「とりあえず出てこいや。公民館前の広場におるわ」

チンピラは場所だけを告げると、いつもと違ってあっけなく電話を切った。もっとも、背後のエンジン音は今夜も聞こえていたため、複数の人間がいることは間違いないだろう。

僕は金を入れた封筒を持って、そそくさと家を出た。結局、八万五千円以上は集まらなかったが、これが今の自分にできる精いっぱいの誠意だ。五千円という中途半端な数字が逆にいいんじゃないかと思った。そのほうが掻き集めた感じがする。

家を出る間際、母ちゃんに見つかった。しかし、今夜は何も言ってこなかったので、僕も無視を決め込んだ。鼻血の一件以来、僕らは会話を交わしていない。夏実も同様だ。

稲田家から公民館までは徒歩五分程度だ。歩いている最中、そういえば千里と初めて出会ったのも公民館だったな、と余計なことを思い出した。自分でも不思議なぐらい、気持ちが落ち着いていた。覚悟を決めたというより、この緊迫した状況に心が順応したといったほうが正しいだろう。チンピラのドスの効いた声色も、何度も聞くと慣れてきた。

公民館で初めて対面したチンピラ軍団は、拍子抜けするほど普通の兄ちゃんたちだった。もっと不良漫画に出てくるみたいな迫力満点のいかつい風貌を想像していたが、実際は僕と同い年ぐらいの、それでいてちょっと遊び人風といった程度の軟派な男たちが五人と、ユカリと似たようなメイクとファッションの女が二人。確かにバイクは四台停まっていたが、別にヤンキー雑誌に載っているような改造車ではない。一台は原付だった。

「おう、待っとったぞ」

脅迫電話の主は声ですぐわかった。僕と同じぐらいの年齢で、背丈も同じぐらい低い。茶髪のロングヘアにカチューシャというスタイルで、そんなに喧嘩が強そうには見えない。その一方で威勢はいいのかと思ったが、それも直に対面すると意外に穏やかだった。

「わざわざすまんな」カチューシャはそう切り出して、わずかな笑みすら見せた。他の連中も援護射撃してくるかと思ったが、ただ見ているだけだった。

「今回のことはほんまにすいませんでした」僕はおとなしく頭を下げた。

「俺も男やから、おまえの気持ちはわかるわ。けど、ちょっと相手が悪かったな」カチューシャが鼻をうごめかしながら続けた。「大事《おおごと》にするつもりはないから、今日で終わりにしようや」

その言葉を聞いて、僕はかなり安堵した。ばれないように白い吐息をつく。最悪殺されることも恐れていた数日前の自分が、途端に馬鹿らしくなってきた。

こいつら、怒ってない――。雰囲気からはっきりそう感じられた。

それに、そこまで悪い男たちでもなさそうだ。きっとちょっとヤンチャなぐらいで、根は普通の兄ちゃんなのだろう。僕を脅してきたのも最初は遊びでしかなく、けれど僕があんまり怖気づくものだから、つい悪ノリしただけなのではないか。

ユカリが入院したというのも嘘だと思った。だいたいユカリとは合意の上だったのだ。そこを突っ込まれるとボロが出そうだから、ユカリを連れてこなかったのだろう。

だんだん八万五千円がもったいなく思えてきた。こいつらなら、自分の言いぶんをきちんと話せば丸くおさめられそうな気がする。そもそも自分は何も悪いことをしていない。合コンでお持ち帰りするなんて、別に普通のことじゃないか。これはユカリと自分の問題だ。

「で、誠意の件やけどな」カチューシャは急に眉間に皺を寄せながら言った。

僕は口を真一文字に結んだ。ここで馬鹿正直に金を差し出したら、あまりにみっともない。こんな普通っぽい奴らにまで鴨にされたら生涯の恥だ。暴走族やヤクザが相手ならともかく、こいつらはたぶん学校の人気者グループといった程度だろう。

しかし次の瞬間、僕は金の入った封筒をカチューシャに差し出していた。

「これ……」僕が多くを説明せずとも、カチューシャはすべてを悟ったような顔で封筒を受け取った。「おう、悪いな」カチューシャは途端に頬を緩ませ、封筒の中身の金額を数えた。

「八万と五千か……。なるほどねえ」

僕はうつむいたまま、カチューシャの言葉に耳を傾けた。

「たいした金額やないけど、誠意の問題やからな。必死に集めたんか？」

「はい、それが限界でした」

「せやったらこれで勘弁したるわ」

僕はそこで顔を上げた。カチューシャの穏やかな表情が目に飛び込んできた。他の連中は僕に関心がない様子で、それぞれ関係のない私語を交わしていた。

それから数分も経たないうちに、カチューシャたちは去っていった。他の連中は三台のバイクにそれぞれ二人乗りをして、カチューシャだけが原付に乗っていた。

公民館が静けさを取り戻すと、僕はたちまち虚無感の大洪水に襲われた。

赤ラークを吸いながら地べたに胡坐をかくと、くしゃみが三連発で出てしまう。なんだか急に寒くなった気がする。そのまま、ごろんと仰向けになった。どうせなら何もかも忘れて、眠ってしまいたい。そんなことを一瞬思ったが、すぐに寒さで身震いした。

無性に後悔した。あのとき、なんでおとなしく金を差し出してしまったのだろう。いくらなんでも情けなさすぎる。小心者もあそこまでいったら罪だ。

けど、無心だったんだよなあ。口の中で呟いた。頭よりも体が反応し、気づくと金はカチューシャの手の中にあった。最近、何かとこんな感じだ。頭で考えていることと実際の行動が合致しない。僕を操っているのは、いったい誰なんだ。いや、なんなのだ。

ますます自分が嫌になった。母ちゃんと夏実はもちろんだが、あの三万五千円がうしろめたくて、父ちゃんと顔を合わせるのも億劫になった。父ちゃんは財布から金が減ったことに気づいていないのか、あれ以降特に変わった様子はなく、今まで通り「安物の仏壇」みたいな微妙な存在感を稲田家の中で維持している。しかし、母ちゃんが話しているのは間違いない。すなわち事情を知ったうえで、あえて僕に何も言わないということだろう。

父母の視線が痛くてしょうがなかった。心配と不安、危惧、そして憐れみ。その一方で根拠のない、それでいて重い信頼と愛情。あらゆる情念がまぜこぜになった視線はどこまでも熱く、僕の未熟な精神を溶かしてしまうには充分な破壊力だった。

逃げたいと思った。稲田家に僕の居場所はない。だったら家を出て、タモちゃんみたいに独り暮らしがしたい。といっても、自立しなければという立派な心意気ではなく、ただ単純に逃げたいだけだ。とりあえず逃げて逃げて、いつかきちんと就職して、もう少しまともな人間になれたとき、再び稲田家の敷居をまたぐというのはどうだ。

だったら、今すぐ就職することを考えるべきだ。もう一人の冷静な自分が当たり前の言葉を投げかけてくる。だいたい、独り暮らしをするにも金はどうするつもりだ。おまえ、貯金なんかゼロだろう。カチューシャ軍団に全額上納したじゃないか。

あはは、ごもっともです。心の中で自虐した。どっちみち、いつかは働かなければならないのだから、まずはそれを実行すべきだろう。けど、腰が重い、面倒くさい。就職について真剣に考え出すと、途端に全身のどこにも力が入らなくなる。

かくして以後も今まで通り、僕は怠惰に日々をすごしていった。怠惰なまま成人式をなんとなく迎え、怠惰なままなんとなく迎えたある日の早朝、二階の自室で寝ていた僕は、今まで体験したこともない激しい揺れで目を覚ました。

ガタガタガタ——ッ。強烈な縦揺れの震動とともに、大きく、そして物騒な音が、耳の鼓膜を突き破るように迫ってきた。最初は自分の身体が小刻みに痙攣しているのかと錯覚した。なんだなんだ、まさか妙な病気にでもかかったのか。そんな不安に苛まれた。

しかし次の瞬間、部屋の本棚が豪快に倒れ、目の前の景色全体が猛スピードで上下運動を繰り返していることで、僕はようやく事態を把握した。

地震だ。間違いない。しかも、かなりでかいぞ。僕は布団を頭からかぶり、全身を亀のように丸めた。こういうときは動かないに限る。早くおさまってくれ——。

阪神・淡路地方を襲った大地震。一九九五年一月十七日、早朝五時四十六分だった。

しばらくすると、部屋に父ちゃんが入ってきた。

「マー、大丈夫か！」いつもは寡黙な父ちゃんが珍しく興奮気味に言った。

「なんとか」僕は布団の中で亀になりながら声を振り絞り、布団の隙間から父ちゃんの顔を見つめた。父ちゃんは眼球を剝き出しにして「おまえも来い！」と手招きした。

父ちゃんに促されるまま、布団から起き上がった。立ち上がった瞬間、なおも続く激しい縦揺れをあらためて全身で実感する。正直、死ぬほど怖かった。

「みんなを避難させんぞ」父ちゃんは縦揺れにバランスをとりながら、僕を気丈に先導した。男二人で家族を守ろうと、奔走することになったのだ。

まずは僕の部屋と同じ二階にある、父母の寝室に向かった。中に入ると、ベッドの上で母ちゃんが震えながら布団をかぶっていた。「マー、大丈夫だった⁉」と母ちゃん。この期に及んで真っ先に僕の身を案ずるとは、母親とはいったいなんなのだ。

「マー、お母さんを離したらあかんぞ」

父ちゃんにそう指示され、僕は母ちゃんの手を引きながらゆっくり寝室を出た。

そのまま三人で階段を降り、家の中で一番安全だと思われる一階の居間に向かった。居間のテーブルの下には早くも江夏が避難していた。「ここで待っとけっ」母ちゃんに告げると、次に父ちゃんは居間に隣接している夏実の部屋に向かった。僕も黙ってあとを追う。てきぱきと行動する父ちゃんの背中がいつもより大きく見えた。本当はこの人、高級な仏壇なんじゃないか。

夏実は布団の中で、柄にもなく泣きじゃくっていた。

「姉ちゃん、怪我とかしてへんか⁉」僕が訊ねると、夏実はいつになくしおらしい口調で「大丈夫」と呟き、すがるような表情を見せた。

「姉ちゃん、立てる？　居間に避難すんで！」

僕は夏実の手を引いた。「立てない……。腰が……」夏実はあまりの恐怖に腰を抜かしたようだった。一瞬、頭が真っ白になった。ど、どうしよう。たちまち狼狽してしまう。

すると、父ちゃんが黙って夏実を抱えあげた。そのままお姫様抱っこの要領で、夏実を部屋から担ぎ出すと、迅速に居間に連れていく。夏実は目を瞑って、父ちゃんの身体にしがみついていた。僕はそんな二人を追いながら、自分の頬を平手打ちした。

「あとは、じいちゃんとばあちゃんや」

居間に母ちゃんと夏実を避難させると、父ちゃんは祖父母が寝ている奥の間に視線を向けた。いつのまにか縦揺れのピークはすぎていたが、今もなお断続的な余震は続いていた。

奥の間を覗くと、僕らは悲惨な光景を目の当たりにした。じいちゃんとばあちゃんが寝ている布団の上に、大きなタンスが幾重にも倒れ落ちており、二人が下敷きになっていたのだ。

僕は思わず絶句した。全身から脂汗がにじみ、胸の鼓動がみるみる高鳴っていく。最悪の事態が脳裏をよぎり、たまらず頭を振った。もう一度、自分の頬を平手打ちした。

「諦めんな！　今やらなあかんことを考えろ！」父ちゃんは僕の動揺を見抜いたのか、強い口調で叱咤した。「まずはタンスをどかすぞ！」

父ちゃんは一刻も早く下敷きになった二人を救い出そうと、どこまでも気丈に振る舞った。この人はいつからこんなに強い男になったのだろう。

僕らは二人で力をあわせ、幾重にも倒れこんだタンスの山を必死に引き上げていった。まだ助かる可能性はある。そう信じて、懸命に汗を流した。

ほどなくして、ようやくタンスの下敷きになっている二人の姿が視界に入った。

「じいちゃん⁉」僕と父ちゃんは同時に声をあげた。

衝撃の光景だった。病気のせいなのか、阪神のせいなのか、とにかくここ数年すっかり元気をなくしていたじいちゃんが、布団で眠るばあちゃんに覆いかぶさり、皺くちゃに衰えた細い右腕一本で巨大なタンスを支えていたのだ。

数十キロはあろうかという幾重ものタンスだ。当然、じいちゃんの右腕だけで支えられる重さではないが、それでも衝撃をやわらげることぐらいはできたのだろう。じいちゃんに抱かれながら震えていたばあちゃんは、奇跡的に無傷だったのだ。

僕と父ちゃんは急いで二人を救出した。タンスを支えていたじいちゃんも、さすがに右腕の激痛に顔を歪めていたが、それでも意識ははっきりしていた。

居間に避難してからも、ばあちゃんは震えながらじいちゃんにしがみついていた。こんな弱々しいばあちゃんを見るのは初めてだった。

ばあちゃんが、じいちゃんの横顔を見つめながら言った。

「ありがとう」

僕は思わず鼻をすすった。鼻腔の奥がツンとする。ばあちゃんの表情は恋する乙女そのものだった。年月からくる澱みなどまったく感じられず、どこまでも優しく美しい、澄んだ瞳をしていた。ばあちゃんは間違いなく、じいちゃんのことを愛しているのだろう。

地震がようやく落ち着くと、父ちゃんは柔和な笑顔を見せた。

「よかった……」言葉少なに心境を吐露する父ちゃん。気づいたころには、いつもの「安物の仏壇」みたいな寡黙な父ちゃんに戻っていた。母ちゃんはそんな父ちゃんを、どこか眩しそうに見つめていた。夏実は依然として目をこすっていた。

じいちゃんが右腕をさすりながら不意に言った。

「甲子園、やばいんちゃうか？」

その瞬間、家族全員から笑いが起こった。テーブルの下で江夏が何事もなかったかのように寝返りをうった。庭から田淵の遠吠えが聞こえた。本当にみんな無事みたいだ。

それにしても大きな地震だった。

いつのまにか名付けられた阪神　淡路大震災。あれ以降、テレビや新聞では毎日のように悲惨な被害状況が報じられた。もっとも被害が大きかったのは兵庫県の神戸近郊だ。そのあたりの学校は次々に休校になり、神戸へと続く電車もことごとく停まった。阪神高速が崩壊したのには驚いた。甲子園にもヒビが入ったらしい。じいちゃんの心配は残念ながら的中したようだ。

じいちゃんの右腕は骨折だった。他にも背中を中心に数ヶ所の打撲が見つかり、元々の糖尿病もあるため、大事をとってしばらく入院することになった。いつのまにか病院に慣れたのか、じいちゃんは昔のように抵抗することはなかった。

ある日曜日の午前中、僕は入院中のじいちゃんを見舞いに行った。

病室に入ると、ばあちゃんの姿を発見した。ばあちゃんはじいちゃんのベッドの脇でパイプ椅子に座りながら、林檎の皮をナイフで剝いていた。

「ばあさん、ほんまに怪我がのうてよかったなあ」とじいちゃん。

「うふふ」ばあちゃんは照れくさそうに微笑した。

二人の間に流れる穏やかな空気。もしやこれが愛の絆というやつか。いつも喧嘩ばかりしている阪神ファンのじいちゃんと巨人ファンのばあちゃん。しかし、それは二人の関係を形成する数え切れない要素の中の、ある一片にすぎないのだろう。二人はそんな趣味・趣向の違いをはるかに凌駕するような太い太い糸で結ばれている。僕の目には、確かにそれが見えたのだ。

正午ごろ、ばあちゃんを残して帰宅した。

日曜日の昼間の稲田家は静かで薄暗く、一瞬みんなどこかに出かけているのかと思ったが、居間を覗くと、父ちゃんが一人で電気もつけず、インスタントラーメンを食べていた。

「マー、昼はラーメンぐらいしかないぞ」父ちゃんは僕と目が合うなり言った。

「お母さんは？」

「夏実と買い物に行っとるわ。夜までには帰ってくるって」

僕は小さく吐息をついた。相変わらず、妙にひょうひょうとした父親だ。いつも寡黙でおとなしい。その一方で、いつなんどきでも泰然自若としている。

ふと地震のときの父ちゃんの姿を思い出した。たちまち胸が熱くなる。まったく、とんだ「安物の仏壇」だ。じいちゃんといい、父ちゃんといい、稲田家の男も捨てたもんじゃない。

それは僕にも言えることなのか。

「お父さん」僕はなんとなく声を出した。

「なんや」

「俺、どっかに就職しようと思うねん」

「そうか」

父ちゃんはそう呟いただけだった。その後は僕と目を合わせることなく、ラーメンの汁を静かにすすった。その表情は決して温かくはなかったが、冷たくもなかった。よし、たまには二人でラーメンでも食おうか。僕はガスコンロに火をつけた。

二月も中旬になるころ、じいちゃんは無事退院した。といっても、まだ骨折が完治したわけではなく、痛々しい三角巾姿で自宅療養をすることになった。阪神 淡路大震災の喧騒も依然として続いており、三月になると東京で地下鉄サリン事件が起きた。

かくして、暗いニュースが立て続けに起こった一九九五年の初頭。

せめて四月に開幕するプロ野球ぐらいは夢を見させてほしい、明るい話題を振りまいてほしいと、僕は例年以上に阪神の動向に注目した。つくづく阪神は魔法の回復薬だ。もし今年の阪神が好調だったら、それだけでじいちゃんは再び元気を取り戻すのではないか。

ところが、一九九五年の阪神はまたもや最下位に終わった。

じいちゃんが大好きな江夏二世ことマイク仲田はなんと〇勝に終わり、近年人気が著しい阪神のニュースター・亀山努と新庄剛志も、怪我に泣いて二軍暮らしが続いた。

一方、海の向こうのアメリカでは、今年から念願のメジャーリーグ移籍を果たした野茂英《ひで》雄《お》がロサンゼルス・ドジャースのユニホームを身にまとい、メジャーの強打者たちを相手に大活躍を見せていた。ロサンゼルスの街にトルネード旋風を巻き起こし、かつて近鉄のエースだった野茂は瞬く間に「世界のＮＯＭＯ」となった。

まったく、同じ野球なのに阪神はなんと情けないことか。いったいいつになったら優勝できるのだろう。確か一九八五年の優勝は二十一年ぶりだった。ということは、次に阪神が優勝するのは二〇〇六年か。そのとき、じいちゃんは八十二歳。生きていたらいいんだけど。

世紀末の大魔王

じいちゃんの誕生日は十一月三日、文化の日だ。もっとも、じいちゃんにはあまり文化的な趣味がないため、そんな日に生まれたからといって特に感慨深いものはないと昔から言っていたが、それとは別に『いいお産の日』という記念日でもあることを知って以降は「いいお産の日に生まれたから、わしは健康なんやな」と破顔して高笑いするようになった。調べてみると、日付の「一一〇三」を「いいおさん」と読んだ、ただの語呂合わせのようだ。

果たして一九九八年十一月三日、じいちゃんは七十四歳の誕生日を入院中の病院で迎えた。『いいお産の日』に生まれたじいちゃんは干支が六周りもした今、決して健康な状態ではなく、昨年ぐらいから入退院を頻繁に繰り返すようになっていた。

糖尿病による様々な合併症は老体を容赦なく蝕み、体重もがくんと落ちた。最近は歩行すらも困難になっている。合併症のひとつである神経障害によって、下半身の感覚が麻痺してきたらしく、いつも右足を引きずりながら、よちよち歩いている。

今回の入院はいわゆる教育入院というやつらしい。今までは食事運動療法、薬物治療が中心だったが、それでも症状の進行が止まらないため、入院してインスリン治療を頻繁に行うようになった。高齢のうえ、様々な合併症があり、自分で皮下注射を行うことにも危険がある場合は、医師の管理のもと、血糖値をコントロールするほうが安全だという。

二十四歳になった僕は地元の吹田市内にある小さな店舗造形の会社に就職して、無事三年の月日がすぎた。同じく吹田市内の建設会社に勤める父ちゃんが、古くからの取引先の会社を紹介してくれたことが入社のきっかけだ。月給は手取りで十八万円ジャスト。初任給から一銭も上がっておらず、ボーナスも雀の涙程度。しかしこの不況の中、高卒でなんの資格も経験もない僕みたいな男にとっては、別段悪い条件でもないらしい。

今春からはいよいよ独り暮らしも始めた。といっても、実家から自転車で十分圏内にある六畳ワンルームの古いアパートだ。家賃は三万五千円なり。月給十八万円で贅沢は言えない。ユニットバスがついているだけでも、ありがたいと思わないと。

とにかく僕は変わりたかったのだ。あの阪神 淡路大震災以来、自分の中の何かが目を覚ましたというか、なんとなく尻に火がついたような感覚になった。あのままずっと怠惰な毎日を送り続けていけば、気づいたころには取り返しがつかないほど、ダメなオッサンになってしまいそうで、将来が猛烈に不安になった。やりたいことが見つかったとか、人生の生き甲斐が定まったとか、そんな一丁前な大義はまったくないが、とりあえず今の自分を脱したかった。ちゃんとした会社に就職して、親の扶養から外れるだけで、何かが変わるかもしれない。そうでもしないと、僕の人生はいつまでたっても、阪神みたいに暗黒色に染められたままだろう。

その阪神は今年もぶっちぎりの最下位に沈んだ。一九九五年と九六年に二年連続最下位に沈み、昨年の九七年はなんとかひとつ順位を上げて五位に留まったものの、今年九八年はまたも最下位に逆戻り。必死で変わろうとしている僕とは対照的に、阪神は相変わらず強くなる気配がまったく感じられない。ある意味、安定感抜群の弱さである。

かつて、じいちゃんが「江夏二世」と期待していたマイク仲田は一九九二年の大活躍以降、一向に輝きを取り戻すことなく、九五年オフにＦＡ宣言してロッテに移籍した。しかし、そのロッテでも目立った働きはできず、昨年オフに引退した。

「まだ若いのに残念やなあ。マイクは江夏二世やのに」

じいちゃんはマイク仲田の引退を知らせるスポーツ新聞を読みながら、何度も同じ言葉を繰り返した。ロッテに移籍したときもかなりショックを受けていたが、昨年の引退報道のほうがよっぽど大きな衝撃だったようだ。

冷静に考えると、阪神の歴史を代表する、いや日本のプロ野球全体の歴史を代表する不世出の大エース・江夏豊とマイク仲田の共通点なんて、阪神の左ピッチャー同士ということぐらいしかない。実働十八年間で通算二百六勝百五十八敗百九十三セーブという偉大な記録を残した超一流の天才左腕・江夏豊の「二世」という称号を、実働十三年間で通算五十七勝九十九敗四セーブという記録しか残せなかった、記録の上ではいわゆる〝二流投手〟のマイク仲田に冠すること自体が、そもそも間違っている。僕の認識が正しければ、阪神はおろか球界全体を見渡しても「江夏二世」と呼べる左ピッチャーは、まだ出てきていないのだ。

しかし、じいちゃんの中ではマイク仲田は永遠の「江夏二世」だ。全体を通して見ればマイク仲田は二流投手だったかもしれないが、それでもマイク仲田は一年に一度ぐらい、ごくごくたまに人が変わったかのような快刀乱麻のピッチングを見せることがあった。サウスポーの美しい投球フォームから放たれる好調時のマイク仲田のストレートは、それはそれは誰もが魅了されるほど惚れ惚れするような力強さと切れ味を誇っていた。そんな往時の記憶が鮮烈すぎるがゆえ、じいちゃんはいつまでもマイク仲田にこだわり続けたのだろう。

十二月のある日、僕は会社帰りにじいちゃんが入院する病院を見舞った。

最近、週に三回は見舞うようにしている。会社からアパートまでの帰り道の途中に病院があるため、両親からもなるべく顔を出すよう言われているのだ。

「来年の阪神はどうやろうなあ」僕は見舞うたびに、じいちゃんに阪神の話題をふるようにしている。そうすることが一番のじいちゃん孝行な気がするからだ。

「どうせあかんのちゃうか」じいちゃんは素っ気なく言った。入院してから赤ラークを吸っているところを見たことがない。ダルマもすっかり飲まなくなった。

「でも野村が監督になったんやから、さすがに阪神も変わるやろ。来年すぐに強くなることはないかもしれんけど、三年後はわからんで」

僕はいつになく希望に満ちていた。だって、そうなのだ。阪神は来年度の新監督として、あの野村克也を招聘し、猛虎再建を託すことになったのだ。

野村克也といえば一九九〇年のヤクルト監督就任以来、「ＩＤ野球」を旗印に球界に革命を巻き起こした球史に輝く知将だ。ヤクルト監督在任九年間で四度のリーグ優勝、うち三度の日本シリーズ制覇を果たすなど、ヤクルト黄金時代を築いた偉大な人物が一九九八年限りでヤクルトを勇退し、そのまま阪神の監督に就任したわけだ。

思えば今から二ヶ月近く前、そんな野村監督就任の報《しら》せを初めて耳にしたじいちゃんは、ことさら興奮していた。そうか、監督が優秀な人物になったら選手も変わる。チームも変わる。あれほどの名監督なら、必ずダメ虎の病《やまい》を治療できるはずだ――。あのときのじいちゃんは、確かに猛虎復活への夢と希望を胸にたぎらせていた。

ところが、今日のじいちゃんは違った。

僕が野村新監督への期待を口にすると、途端に呆けた表情になり、

「野村ってなんや。野村がどうしたんや？」と、素っ頓狂な質問をしてきたのだ。

「あんなー、じいちゃん」僕は舌の回転の速度を落とし、わざとハキハキした口調で言う。

「ヤクルトの野村監督おるやろ？　あれが来年から阪神の監督に就任すんねん。すごいやろ？」

「野村ってあれか。南海の野村か？」

「古いなあ。まあ、俺は現役時代覚えてないけど、とにかく野村監督って、めっちゃすごい監督やんか。それは知ってるやろ？」

「それは知ってる」

「その野村監督が阪神の監督になったんやって」

「ほんまか？」

「すごいやろ」

「すごいなあ」

じいちゃんは春ぐらいから痴呆も発症していた。食事を忘れたり、物を紛失したりすることは当たり前で、ひどいときは数分前の出来事すら忘れてしまうことがあった。

だから野村監督就任の報せを何度聞いても、毎回初めて聞いたようなリアクションをする。

不思議なもので、痴呆になる前の記憶はしっかりしているのだが、新たにインプットされた情報はいつまでたっても定着しないようだ。なにしろ、じいちゃんはいまだにマイク仲田が引退したことについても、いちいちショックを受けるのだ。

「マイク、まだ若いのに残念やなあ……」

いつかと同じ台詞を繰り返すじいちゃん。ひょっとして、頭の中で時間が止まってしまったのか。僕は最近のじいちゃんの心の中が、わからなくなっていた。じいちゃんは阪神の現状と今後をどれぐらい理解しているのだろう。一九八五年の日本一以来、すでに十三年の月日が流れ、その間、阪神は優勝どころか最下位ばかりが目立つ暗黒時代が続いている。今後の阪神にじいちゃんはまだ希望を抱いているのか。元気になったら、また甲子園に行きたいと思っているのか。

じいちゃんは自分の人生をどう考えているのだろう。まだ二十四歳の僕には、人生の晩年に差しかからんとする七十四歳の闘病老人の正確な気持ちがわからない。いつだったか、じいちゃんは「死ぬ前に一度でいいから、阪神の優勝を生で見届けたい」と言った。今まで何度かあった阪神の優勝シーン、胴上げシーンを諸々の事情から球場で味わうことができなかった自分の人生を悔やんでいた。あの後悔の念は、今も生き続けているのだろうか。

人間は年老いていくと、子供に返っていくという。しかし、それは子供のように自分一人では何もできない身体になるという意味であり、心までもが子供に戻るわけではないと思う。

若いころ、心の中に強く抱いていた夢や希望は老いることでいつのまにか風化し、老いるにしたがって、人生の後悔も心の中に溜まっていく。そして年老いた人間は、やがて自分の人生の最期すらも、なんとなく悟るようになるのかもしれない。そんなとき、心の中に溜まった夢や希望の燃えカスは、いったいどう処理されていくのだろう。いまだ完全に消化しきれていない積年の後悔と、いったいどう折り合いをつけていくのだろう。

僕は子供のころから無類のじいちゃん子だった。それは家族の中で貴重な阪神ファン同士だったからという理由もあるが、それ以上に僕にとってじいちゃんは一緒に何をしていても心地良い存在だった。きっと、じいちゃんは多くの子供や孫たちの中で、僕のことを一番愛してくれていたと思う。父ちゃんや夏実には悪いけど、なぜかそんな自信があった。

子供のころ、家に左官屋さんが来ていたときのことを鮮明に覚えている。

家の土壁を塗り直すべく、左官屋さんは連日作業をしていたのだが、当時小学校低学年だった僕は、塗ったばかりの土壁にたびたび悪戯で手形をつけ、左官屋さんを困らせていた。

「坊主、また手形つけたら承知せえへんからな！」

左官屋さんは毎日のように僕を注意した。僕はそのたびに「わかった」と大きく返事をしたのだが、それでも悪戯は治らず、左官屋さんが帰るや否や、またも手形をつけた。

かくして数日後、何度目かの手形を発見した左官屋さんはさすがに激怒した。

「おまえ、何回言うたらわかんねん！」

そう声を荒らげながら、逃げ惑う僕を追い掛け回してきたのだ。挙句、左官屋さんに捕まった僕は烈火のごとく怒鳴られ、両頬にこっぴどく平手打ちを食らった。母ちゃんは左官屋さんに頭を下げ、何度も繰り返し謝っていた。

しかし、そこにじいちゃんがあらわれたことで風向きが変わった。僕が泣きながらかくかくしかじか事情を説明すると、じいちゃんは途端に表情を変え、

「子供の悪戯ぐらい大目に見んかい！　そんなことで子供をどつくような職人は、こっちから願い下げじゃ！」と、左官屋さんを即刻クビにしてしまったのだ。

左官屋さんが帰ったあと、じいちゃんは言った。

「マーは気にせんでええからな。ガキは元気が一番や」

僕はじいちゃんの赤ら顔を呆然と見つめた。母ちゃんは困ったように溜息をついた。

この先、僕は絶対にあの光景を忘れないだろう。二十四歳になった今、あれはどう考えても僕が悪かったと思う。悪いことをした子供をちゃんと叱りつける大人の存在は世の中に必要だ。左官屋さんは当たり前のことをしただけであり、あそこで僕の肩を持ったじいちゃんのほうが世間に孫贔屓《びいき》、あるいは親馬鹿ならぬ、祖父馬鹿と揶揄《やゆ》されてもおかしくない。

けど、僕は嬉しかったのだ。安心もしたのだ。

嬉しかったからこそ、自分のした悪戯を深く反省し、安心したからこそ、じいちゃんを悲しませるようなことは二度としないと心に誓うようにもなった。

祖父と孫の絆。これが正しいのか、間違っているのかはわからないけれど、ああいうことの積み重ねがあって、今はっきりと言えることは、僕以上にじいちゃんのことを想う孫がいるかって話である。これは一種の自負心だ。他人に誇れるような才能や特技は何もない僕だけど、じいちゃんのことだけは世界中の人々に自慢したいのだ。


年が明け、一九九九年になった。一月下旬、じいちゃんはようやく教育入院を終え、それ以降は実家ですごすことが多くなった。腎不全も進行し、人工透析治療も必要だが、それでもじいちゃんが外来への切り替えを強く希望し、父ちゃんもそれに理解を示した。

僕も時々、会社帰りに実家に立ち寄るようになった。実家から自転車で十分圏内にアパートを借りたのは、何か不測の事態が起きたときにいつでも実家に避難できるようにするためだ。少なくとも食べ物には困らないだろう、という保身的な計算もあった。

たまに実家に寄ると、じいちゃんの痴呆がいよいよ目立った。食べ物をぼたぼたテーブルに零すことはしょっちゅうで、風呂に入るときも誰かの支えが必要だ。前にじいちゃんが一人で風呂に入ったとき、足を滑らせて横転したことがあって以来、なるべく家族の誰かが気を配り、じいちゃんの風呂を監視するようになったらしい。

その夜は数週間ぶりの実家だった。このところ忙しくて、なかなか会社帰りに時間がとれなかったのだが、給料日前で金が底をついたため、晩飯をいただこうと企てたのだ。

「マー、それ……。一本くれ」

居間にあらわれたじいちゃんが、一人で晩飯をかきこむ僕に話しかけてきた。一瞬なんのことかわからず、僕はいったん箸を止めて、少し両目を見開いてみた。

「それや、その……赤いやつ」じいちゃんは何かを思い出すように指を動かした。僕はその指の方向を目で追った。すると、テーブルに置かれた僕の赤ラークに辿り着いた。

「タバコのこと？」その赤ラークに手を触れながら訊いた。

「ああ。そう、タバコ。その……」とじいちゃん。

「赤ラーク？」

「そうや。赤ラークや」

思わず唾を飲み込んだ。あれだけ好きだった赤ラークのことも名前を忘れてしまったのか。昔から定着していた記憶は、薄れないのではなかったのか。

「タバコ吸っても大丈夫なん？　医者に止められてるんちゃうの？」

　僕は心配しながらも、赤ラークを一本差し出した。悪いとわかっていたが、ついタガが緩んでしまった。じいちゃんが赤ラークを吸っているところを久しぶりに見てみたかった。

　まさかこの先、僕のことも忘れてしまうなんてことがあるのだろうか。なんとなく不安になってくる。この際、赤ラークはいい。ダルマのこともいい。もしかしたら阪神のことも、家族みんなのことも、じいちゃんは忘れてしまうのかもしれない。

　けど、僕のことだけは忘れないでほしいなあ――。口の中で呟いた。阪神と僕。赤ラークとダルマのウイスキー。じいちゃんの記憶の中に最後まで生き続けるのは、いったいどれなのか。ライバルたちは、思いのほか強そうだ。

　すっかり老犬になった田淵は、いつのまにか夜の遠吠えをしなくなった。年齢不詳の江夏は若いころに比べて、冬の寒さに鈍感になったのか、コタツで丸くなることがなくなった。

　かつてはあれだけ美しかった白い長毛はずいぶんと艶を失い、まるで映画『ネバーエンディングストーリー』のファルコンのように、化け猫じみたヴィジュアルになった江夏。僕とじいちゃんの二人だけの時間を邪魔するかのように、よたよたと居間にあらわれ、隅の物陰に居場所を確保すると、しつこいぐらいに欠伸を繰り返した。

「猫神様……」なんとなく呟いた。じいちゃんには聞こえなかったようだ。

名将・野村克也新監督が就任した一九九九年の阪神は、序盤の六月ぐらいまでは好調だったものの、いったい何がどうなって弱くなったのかと首を傾げたくなるほど、七月以降はまたも急速に弱体化し、怒濤の勢いで黒星を積み重ねていった。

そして十月七日、九九年のプロ野球ペナントレースが終了した。結局、今年も阪神はあろうことか大差の最下位だった。野村監督の熟練のタクトをもってしても、負け癖が染み込んだ阪神が強者に覚醒することはなかったのだ。

「球団のカラーが野村とは違いすぎるんちゃうか。配球やら心理戦やら、そういう高度な野球理論をアホばっかりの阪神の選手が理解できるわけないやろ」

ジロベアンはそう言って、野村監督と阪神の相性の悪さを指摘した。最近、僕はなるべくジロベアンのうどん屋に通うようにしている。今年いっぱいで閉店するからだ。

閉店の理由をジロベアンは「体がきつくなってきてん」と説明した。じいちゃんと同い年の高齢だけに、一見もっともな理由に聞こえるが、いまだに週三回はバッティングセンターに通うジロベアンの体力を見ていると、眉間に皺が何本も寄ってしまう。それにジロベアンには子供も孫もいるのだ。店を存続させる理由はいくらでもあるだろう。

だから本当の理由は、ただの売り上げ不振だと思う。この不景気の中、わざわざジロベアンのまずいうどんに金を払う奇特な輩も、いよいよいなくなったというわけだ。じいちゃんがダシの濃いうどんを食べられなくなり、米田さんやゲンゴさんといった昔からの地元民たちが、みんな年老いて元気がなくなったことも深く影響しているのだろう。ジロベアンの経営方針の中に新世代の客が増える要素なんかひとつもない。古い世代が淘汰されていくとともに、ジロベアンのうどん屋もその存在価値を失っていくほうが自然なのだ。

「野村監督の野球っちゅうのはＩＤ野球、いわゆる考える野球や。せやけど、一方の阪神は昔から自由奔放な選手らが好き勝手にバットを振り回してきたような大雑把な野球チームやろ。田舎のガキ大将の集団を、無理やり東大に通わせてもあかんやろ」

ジロベアンの大胆すぎる見解に、僕は妙な説得力を感じた。確かにジロベアンの言う通りかもしれない。子供のころから一切勉強をしてこなかったアホがいきなり大学受験に目覚めて、東大教授を家庭教師に雇っても、成績が急に上がることはないだろう。

それと同じで、野村監督ほどの知将がチームを強化するためには、その下地として選手たちにある程度の野球頭脳が求められる。いくら偉大な名将であっても、何年間も弱小だった球団を一朝一夕で強くするなんてことは不可能というわけだ。

同じころ、またも数週間ぶりに実家に立ち寄っていた僕は、居間でじいちゃんと阪神談義をした。近年のじいちゃんは病気のせいですっかり甲子園に行くことがなくなったが、それでも家で阪神戦をテレビ観戦することは欠かさないようだ。さすが阪神が習慣になっている生粋の虎党だけのことはある。病気であろうが痴呆であろうが、阪神戦のテレビ中継はもはやじいちゃんにとって生活のBGMみたいなものなのだろう。

じいちゃんは今年の野村阪神が七月以降急速に弱体化した理由について、ジロベアンとひと味もふた味も違う見解を示した。

「ノストラダムスの予言が当たったたんちゃうか」

はあ——？ 僕は意味がわからず、目を白黒させた。じいちゃん、とうとう頭がおかしくなったのか。今は野球の話をしているんだよ。

「どうゆうこと？」とりあえず、真意を訊いてみた。

「恐怖の大魔王がちゃんと七の月にやってきたんや。人類を滅ぼすんやのうて、阪神を滅ぼすためにな。せやから阪神は七月以降、急に弱なってん」

「なんじゃそりゃっ」

思わず噴き出した。同時になんとも言えない感慨も襲ってきた。痴呆症が進行してからというもの、じいちゃん特有のこういう冗談はずいぶん鳴りを潜めてしまったと思っていたが、なかなかどうしてまだこんなに頭が回るのか。僕はじいちゃんの底力に舌を巻いた。

「じいちゃん、体調ええんやろ」嬉しくなって、つい口をついた。

「なんでや？」

「いや……別に」

そう言って、僕は薄ら笑いを浮かべた。すうっと息を吸い、肩の力を抜くように二酸化炭素をゆっくり吐き出すと、少し声のボリュームを上げてみた。

「天下の名将もノストラダムスには勝たれへんってことやな！」

翌二〇〇〇年は二十世紀最後の年である。そういえば、一九九二年に惜しくも優勝を逃したとき、誰かが「これで今世紀中の阪神優勝はなくなったな」と冗談めかして悲嘆に暮れていた。今年も阪神が優勝できなければ、あの冗談が現実のものとなるのだ。

十月六日、シーズンが閉幕すると本当に冗談が現実になった。野村政権二年目も阪神はぶっちぎりの最下位に沈み、これにて三年連続最下位。なんとも無残な世紀末だ。

おまけにオフになると、弱小阪神の唯一のスター選手として、長らく絶大な人気を誇っていた新庄剛志がＦＡ宣言し、アメリカはメジャー・リーグに移籍することになった。

甲子園で躍動する赤いリストバンドの新庄剛志に胸を高鳴らせた九〇年代。新庄剛志は間違いなく大阪の希望だった。暗闇に差し込んだ一筋の光だった。

新庄よ、おまえは本当に甲子園からいなくなるのか。僕はその現実をどうしても受け入れることができなかった。地球で暴れまくった宇宙人が世紀末ＵＦＯに吸い込まれ、メジャー星に帰っていくかのような寂しさ。じいちゃんはどう思っているのだろう。月に帰っていくかぐや姫を想う心境で、世紀末を迎えているのではないか。

世紀末の十二月、じいちゃんは外来でのインスリン治療や人工透析治療の回数がますます増えたものの、なんとか順調な容態を保っていた。このままいけば、生まれ育った街で、生まれ育った自宅で、家族と一緒に記念すべき二十一世紀を迎えられそうだ。

「新庄がメジャーに行くと、寂しくなんなあ」

会社帰りに実家に立ち寄った僕は、じいちゃんに話しかけた。脳を動かすためだ。

「新庄がどうしたんや？」

じいちゃんは新庄のメジャー移籍のことを何度聞いても忘れてしまう。月に帰っていくかぐや姫を想う心境。僕の心配は、違う意味で杞憂《きゆう》だった。

「新庄が来年からメジャーに移籍すんねんて」

「メジャーってなんや」

「アメリカや、アメリカ。ほら、野茂もアメリカで大活躍してるやろ？　新庄も野茂みたいにアメリカに行くんや。ニューヨーク・メッツやって」

「ふーん。アメリカは嫌いや」

「なんで？」

「敵やからや」

「それは戦争中のことやん」

じいちゃんの記憶はどこで止まっているか。おそらく明確な線はないのだろう。覚えていることと忘れてしまったことが、脳の回路の中でごちゃまぜになっている感じだ。

「マイクはどうしてるんや？」じいちゃんはまたもマイク仲田の名前を口にした。

「もうとっくに引退したって」

「ほんまか。まだ若いのにもったいないなあ。マイクは江夏二世やのに」

少し胸が痛くなった。じいちゃん、マイクはもう若くないんだよ。もうとっくに引退したんだよ。三十六歳の阪神OBなんだ――。そんな返事を心の中で繰り返した。

「新庄は元気にやっとるんか？」

だから新庄はメジャーに行っちゃうんだって。もう阪神の選手じゃないんだ。

「今年の阪神はどうやったんや？　来年は優勝できそうか？」

今年もまた最下位だったって、何度も言ったじゃないか。野村監督でも阪神はまったく強くならないんだ。僕ももうどうしていいかわからないんだ。

「なあ、マーよ。おまえは働いてるんか？」

うん、ちゃんと会社勤めしているよ。

「そうか。さすがわしの孫やな。阪神も来年はマーみたいに立派になるんやろうな」

うん、そうなるといいなあ。

どこからともなく、ピアノの音色が聴こえてきた。きっと夏実が弾いているのだろう。今年で二十七歳になった夏実は、音大を卒業以降、バイトをしながら演奏活動を継続しており、近い将来、実家でピアノ教室をオープンさせることが目標らしい。

「夏実、ピアノうまなったなあ……」じいちゃんがしみじみ呟いた。「マイクもあれぐらい、野球うまなったらええのになあ。コントロールだけやねんけどなあ」

じいちゃんはゆっくり目を閉じた。ピアノの旋律に陶酔してしまったのか、まるで赤ん坊のように安心しきった表情で、鼻の頭だけを震わせていた。

夏実のピアノは昔から繊細だ。詳しいことはわからないけど、子供のころから聴き慣れている夏実の音色は、力強いとかエネルギッシュとかではなく、壊れそうなほど繊細で、どこまでも優しく、時に切ない。曲はいつものクラシックではなく、珍しいことにサザンオールスターズの『TSUNAMI』だった。おそらく、今年のレコード大賞だろう。

最近の僕もじいちゃんと見つめ合うと、素直にお喋りできなくなった。何度、阪神の最新情報を丁寧に説明してあげても、まるで津波のように覚えたり、忘れたり。いや、そもそもじいちゃんにすべての真実を教える必要があるのだろうか。マイク仲田はいつまでも江夏二世。永遠のエース候補。なんだか、それでいい気がする。それでいいじゃないか。

二十一世紀がいよいよ近づいてきた。ミレニアムイベントがますます活発になり、二十一世紀を海外で迎えようと、旅行に出かける人々も多いようだ。ばあちゃんは「二十一世紀が怖い」と何度も口にしていた。大正生まれにしてみれば、二十一世紀という言葉から感じるイメージがあまりに未来すぎて、未知の不安があるらしいのだ。

二十世紀最後の稲田家の大晦日。

何も特別なことはなく、いつもと変わらず、のんべんだらりとすぎていった。じいちゃんは一日中寝ていたけど、何事もなく新年を迎えることができた。

何もない。何も変わらない。何も起こらない。家族六人と犬と猫が一匹ずつ、みんな普通に生きている。それでいい。それだけでいい。何も変わらないまま二十一世紀を迎えることは、僕らにとって幸せなことなのだ。

翌二〇〇一年二月の日曜日、じいちゃんは「甲子園に行きたい」と言った。

僕は何度も「今はシーズンオフやから、野球やってへんよ」と優しく諭したが、それでもじいちゃんは数分後に再び、同じ言葉を繰り返した。

「マー、甲子園……。甲子園に行きたいんや」

胸に突き刺さる言葉だった。じいちゃんはここ数年、甲子園に行っていない。蔦の絡まる荘厳な伝統建築の香り。野球の聖地が放つ無形の力を、ここ何年も浴びていないのだ。

僕は決意を固めた。家族のみんなには事後報告でいいだろう。何かあったら、すぐに病院に電話すればいい。甲子園球場が誕生した一九二四年に産声をあげたじいちゃん。同い年の親友と久々に再会したいと願う気持ちを、僕は無視することができなかった。

父ちゃんの車を勝手に拝借し、じいちゃんを助手席に乗せた。ドアを閉め、なんとなく冬空を見上げる。雲ひとつない快晴だった。二月にしては、ぽかぽか暖かい。

僕らは一路、甲子園へ——。

赤ラークを吸いながら、ががらに空いた高速道路をどんどん加速していく。車中に会話なんかまったくない。じいちゃんは眠っているのだ。

二月の甲子園は閑散としていた。この時期、阪神の選手たちは高知県の安芸《あき》市で春季キャンプの真っ只中だ。野村監督三年目のスタートは、瀬戸内海の向こう側だ。

シーズンオフの球場内は、当然立ち入り禁止だった。この日は他のイベントがあるわけでもなく、球場周辺の静けさたるや、シーズン中からは想像もできないほどだった。

僕はじいちゃんの手を引きながら、球場周辺をあてもなく歩いた。さっきからじいちゃんは一言も喋らない。ずっと甲子園の蔦を眺めながら、よたよた歩いている。

蔦の外。こうやってじっくり歩くのは、初めてかもしれない。

幼稚園のころ、じいちゃんに甲子園に連れてきてもらった日のことを思い出した。当時の記憶の中にある甲子園は、緑色の蔦に囲まれた大きな森みたいなイメージだった。巨大な森の中が大量のカクテル光線で眩いばかりの光を放ち、僕はまるで不思議の国にやって来たかのような、ときめきを感じていた。

中を覗くと、背番号31を付けた掛布雅之の躍動、華やかなオーラに、幼い目は一瞬にして奪われた。あのころ、じいちゃんが僕に教えてくれた甲子園の輝き、掛布雅之の華、阪神タイガースの魅力。あれから二十年以上の時が流れ、今度は僕が年老いたじいちゃんを甲子園に連れてきた。あのころとはまるで違う風景だとわかっている。真冬の蔦の外には、カクテル光線もなければ、観客たちの喧騒もない。じいちゃん、これが蔦の外なんだね。

「オフは寂しいもんやな」

蔦を見上げながら、じいちゃんは言った。

「普通はシーズン中の甲子園しか知らんからね」

僕は赤ラークに火をつけながら、立ち尽くすじいちゃんを一瞥した。

「マーよ。これが最後の甲子園かもしれん」

じいちゃんの言葉に、僕の全身はたちまち硬直した。まだ一服しか吸っていない赤ラークが指の隙間から零れ落ちる。慌ててしゃがむと、頭上からじいちゃんの声が聞こえた。

「マーよ。ちゃんと聞いてくれ」

僕は返事をすることなく、しゃがみながらじいちゃんの顔を見上げた。じいちゃんはいつになく真剣な目で、僕を見下ろしていた。

「どうしたん？」そう訊くや否や、じいちゃんは鞄から阪神帽を取り出した。目線を隠すように深くかぶり、一瞬小さく深呼吸すると、ぽつりと言った。

「じいちゃんはもう死ぬんや」

えっ——。呼吸が止まりそうになった。

「わしは……わしはもう死ぬんや。あと何年ももたんやろう」

「な……なんで？　なんでわかるん？」

「ジジイの勘や。自分の命の限界ぐらい自分でわかる」

それから何分が経過しただろうか。僕はしゃがみこんだまま、一歩も動けなかった。気づいたころには地面に転がった赤ラークが、すっかり灰に変わっていた。

「マー、おおきに。最後の甲子園や。マーが連れてきてくれたおかげや」

僕は何も答えられず、ただ唾を飲み込んだ。

「一回……。一回でええから、阪神の優勝を生で見たかったなあ」

そう言うと、じいちゃんは踵を返し、甲子園に背を向けた。

右足を引きずり、よちよち歩き出すじいちゃん。小さく丸まったじいちゃんの背中が、少しずつ、少しずつ、ゆらゆら揺れながら遠ざかっていく。

「嫌や。そんなん嫌やっ」

僕は思わず立ち上がり、大きな声を吐き出した。

「なんやねん……。なんやねん、それっ。春んなったら、また甲子園来ればええやん。野村監督も阪神を強くするまで三年はかかるって言うてたやん。今年がその三年目やで？　もしかしたら今年強くなるきっかけをつかんで、来年には優勝できるかもしれんやん！」

じいちゃんの正面に回りこみ、赤ラークを差し出した。

「ほら、じいちゃん。一緒に吸おうや。ダルマも持ってきたで。水で薄めたらまだまだ飲めるやろ。甲子園の前で一緒に飲もうや！」

しかし、じいちゃんは右手を振りながら力なく断わった。

「もう無理や。体が受けつけん」

「なんで？　赤ラークとダルマのウイスキー。あんなに好きやったやん」

「好きやったけど、もう変わってもうてん」

「嘘やん。嘘やろ、じいちゃん。だって、だってまだ七十六やん。今年で喜寿やって、おめでたい喜寿やって、前に嬉しそうに言ってたやん。今の時代、喜寿なんてまだまだ若いで？今年も来年も再来年も生きて、一緒に阪神応援しようや」

「自信ないわ」

「いけるって。今年どころか来年も再来年も、じいちゃんはまだまだいけるって。じいちゃんには百歳まで生きてもらわんと、生きてもらわんとあかんねんって」

「無理や」

「なんでそんな弱気やねんっ。じいちゃんが頑張らんと、病気にも勝たれへんやろ！」

「そんなん言われても、怖いんやからしゃあないやん」

「怖い？」そこで自分の中の勢いが止まった。じいちゃんの顔を黙って見つめる。

「死ぬのが怖いんや。どっちみち長いことは生きられへん。わしは近いうちにこの世からいなくなってしまうんや。怖いわ。めっちゃ怖いわ……」

そう言われると、何も言葉が出てこなかった。無力だ。僕は何もできない。じいちゃんが苦しむ恐怖の一片すらも、まだ二十六歳の僕にはわからないのだ。

すべての生き物はいつか必ず死んでいく。どんなに人生に汗をかき、あらゆる困難と闘い、前向きに一生懸命生きていこうが、結果は死だ。

そう考えると、僕がじいちゃんにいくら「生きろ」と言っても、それほど儚いものはない。

生きることは延命でしかなく、生きることは結果として死ぬことだ。

僕はじいちゃんに死ねと言っているのか。僕はじいちゃんに死んでほしいのか。生きることは死ぬこと。なんだそれ。めちゃくちゃ矛盾しているじゃないか。生と死は背中合わせなんかじゃない。生と死は、どこまでも一緒なのだ。

じいちゃんは「死ぬことが怖い」と言った。今年七十七歳になる闘病老人の偽らざる本音だろう。僕はじいちゃんのことを何もわかっていなかった。それが悔しくてしょうがない。じいちゃんが遠くに行ってしまう。そして、このまま手の届かないところに消えてしまう。

二月の寒風はどこまでも冷たかった。

数日後、僕は一人で阪神が春季キャンプを張る高知県の安芸市営球場に向かった。

プロ野球チームにとって、春季キャンプは重要だ。春季キャンプの練習が質量ともに充実しているチームはやっぱり強い。練習は正直なのだ。

しかし、阪神の春季キャンプは無残な光景だった。

「もっと練習せえや！　声ぐらい出さんかい！」

練習を見学する僕のそばで、常連らしき地元の虎党たちが叫んでいた。

「三年連続最下位やのに、阪神が一番練習量少ないんやから、どうしようもないわ」

「居残り練習とか、休日返上で練習する選手も少ないからな」

彼らはそんな会話を重ねていた。

最初は耳を疑ったが、実際に練習を目にすると、あながち暴言でもないことに気づいた。阪神の選手たちは素人目から見ても覇気がなく、声すらあまり出ていなかった。

夕方になると全体練習が終わり、続々と選手が帰っていった。

おいおい。普通はここから居残り練習とかするんじゃないのか。ユニホームがまったく汚れていないじゃないか。テレビの取材ばかり受けていたって、意味ないだろう。

「居残り練習ぐらいせえや!」僕は帰っていく選手たちに向かって、無意識に叫んだ。「三年連続最下位やねんぞ! 十五年も優勝できてへんねんぞ! そんなチームが優勝しようと思ったら、毎晩遅くまで練習せなあかんのちゃうんか!」

選手たちは僕のことを無視していた。こんな野次や罵声を飛ばすファンなんて、掃いて捨てるほどいるのだろう。人気球団・阪神タイガースの選手たちは、ファンの声を聞き流すことに慣れている。素人の戯言をいちいち気にしていられるか。頭のおかしいファンには言いたいことを言わせておけ。彼らの顔にはそう書いてあったのだ。

「頼む、お願いやから強くなってや! お願いやから優勝してや!」僕の野次はいつのまにか懇願に変わっていた。「来年、いや再来年。優勝してくれんと困んねん!」

脳裏にじいちゃんの顔が浮かんだ。じいちゃんが生きているうちに、なんとか阪神に優勝してもらいたい。なんとか、なんとか。

「何十年……。もう何十年もずっと、ずっとずっと、阪神を応援してきたアホみたいなジジイがおんねん！　どんなけ阪神が弱くても、どんなけ阪神が無茶苦茶なことをしても、それでも諦めんと、ずっとずっと応援してきたジジイがおんねん！　なあ、なあって！」

安芸市営球場の柵の外から、一心不乱に叫び続けた。周囲のファンはみんな、僕に白い目を向けていた。しかし、なりふり構ってなんかいられなかった。

果たして、それでも僕の叫びが選手たちに届くことはなかった。阪神の練習はあっけなく終わっていく。明らかに練習量が不足している。そんな悪い印象は最後まで拭えなかった。

それ以降、じいちゃんはますます弱っていった。糖尿病による合併症と痴呆症が、凄まじい勢いで同時進行していく。僕はたまにしか実家に立ち寄らないから、じいちゃんの変化、すなわち衰えを如実に感じることができた。少し時間をおいて再会するたびに、じいちゃんは一歩、また一歩と、人生の階段を降りているように見えたのだ。

稲田家のみんなは、この状況をどう考えているのだろう。独り暮らしを始めて約三年。僕は以前に比べ、他の家族とコミュニケーションをとらなくなったため、なんとなくそんな疑問が頭に浮かんだ。親元を離れて自立するということは、生まれ育った家の状況に疎くなるということも意味している。それはともすれば寂しいことかもしれないが、けれど男が社会で成長するためには必要なことであり、だからこそ僕は自立を望んだのだ。

三月のある平日、仕事がちょうど定時の六時に終わり、その後も特に予定がなかった僕は、久しぶりに実家に立ち寄った。もちろん、晩飯目当てだ。

ところが、玄関に鍵がかかっていた。思わず舌打ちする。くそ、なんだよ。いつもなら母ちゃんが晩飯の準備をしている時間なのだが、今日は出かけているのだろうか。

仕方がないので裏口に回った。すると、裏口の鍵は開いていたため、すんなり中に入ることができたのだが、家の中はやはり誰もいないのか、暗く静まり返っていた。

裏口から続く暗い廊下を歩くと、途中で僕は激しく顔を歪めた。吐き気をもよおし、今にも鼻が暴れ出しそうになる。家全体に強烈な異臭が漂っていたのだ。

糞尿の臭いだと、すぐにわかった。といっても、江夏と田淵ではない。間違いなく人間の糞尿だ。廊下の向こうに、この世の現実とは思えないような濁った空気が充満していた。

慌てて居間を覗くと、たちまち全身が硬直した。

「お母さん⁉」思わず目を剝いてしまう。暗い居間の中で、力なくへたり込む母ちゃんの背中が飛び込んできた。周囲には半分液状になったいくつかの人糞の塊と、まるで化学薬品かのように真黄色の尿が散在しており、あわや鼻がもげ落ちそうになった。

「どうしたんっ」

電気をつけると、母ちゃんはゆっくり振り返った。すわ背筋が寒くなる。母ちゃんの目は完全に死んでいた。黒目の焦点が定まっておらず、顔色は別人かと見紛うほど青褪めていた。僕は言葉を失い、呆然とその場に立ち尽くした。口だけで、やおら息を吸う。散在している糞尿が、嫌でも視界に入ってきた。

「マー、ごめんね」母ちゃんが呟いた。「臭いでしょ。すぐ片付けるから」

そう続けて、立ち上がろうとしたものの、途中で眩暈を起こしたのか、体全体が大きく揺れ動く。そして、そのままガタンとバランスを崩し、水溜りのような尿に足を滑らせた。

「危ない！」

僕が叫んだのも束の間、母ちゃんは腰から豪快に転んだ。よりによって、糞の上に無残な尻餅をつく。母ちゃんは激痛に顔を歪めただけで、何も言葉を発しなかった。

「大丈夫？」

「うっうえっ……」

母ちゃんは泣いていた。そして、か細い声を絞り出した。

「もう……。もう限界なの」

「な、何が？」

「毎日……毎日なの。お父さんや夏実が仕事でいない昼間ってね、ちょっと目を離した隙にあっというまに家がこんなふうになっちゃうの。おじいちゃんはね、もう自分でトイレができないみたい。注意したって無駄なの。自分の中で、漏らしている意識がないんだから」

驚いた。正直、そこまでの事態になっているとはまったく想像していなかった。

「ここんとこ、おじいちゃんの糞尿の後始末ばっかりよ。ふふふ」母ちゃんは自虐気味に乾いた笑みを吐き出した。「おばあちゃんも歳だからあてにできないし、最近はずっと、おじいちゃんと一緒に奥の間で寝てるだけだしね」

「今は？　じいちゃんとばあちゃん、今はどうしてるん？」

「奥の間で寝てる」

「そ、そう」

「奥の間もすごいよ。布団が糞尿まみれでゾッとするから、マーは見ないほうがいいかも」

「お母さん、そこの掃除も毎日やってんの？」

「他にする人いないでしょ」

「お父さんは？」

「あの人は仕事優先だから、家のことなんか知らないのよ。夏実が時々手伝ってくれるけど、あの娘も来月からうちでピアノ教室を始めるから、今はその準備で忙しくてね」

「そうなんや……」夏実のピアノ教室でさえ、僕はまったく知らなかった。

「お父さんが帰ってくるまでに掃除しとかないと……」

母ちゃんは潤んだ目を手で拭ったものの、その表情は完全に憔悴しきっており、立ち上がることさえできなかった。僕は一気に罪悪感を覚え、自分の無知さをひどく恥じた。

詳しく聞くと、二年前の年明けにじいちゃんが自宅療養に切り替えて以降、母ちゃんがほぼ一人でじいちゃんの介護を背負い続けてきたという。少し考えればわかりそうなものだ。父ちゃんと夏実は仕事があるし、僕も実家を出た。ばあちゃんはまだまだ元気といっても、そこはやはり高齢のため、多くを期待することはできず、消去法で母ちゃんだけが残ることは明白だ。

それでも最初はまだましだったという。食事の用意や風呂の世話ぐらいなら、そこまで気にならなかったらしいが、一年ぐらい前から、痴呆の進行により排便と排尿が不自由になり出したことが、母ちゃんにとっては大打撃だったようだ。この一年間、母ちゃんは毎日じいちゃんの糞尿を始末する生活。精神が崩壊してしまいそうになるのも、無理はないだろう。

「いいよ、お母さん。ここは俺が掃除しとくから部屋で休んどきいや」

僕は母ちゃんを二階に連れていき、かつての僕の部屋で休ませた。

その部屋を久しぶりに見ると、すっかり母ちゃんの部屋になっていた。女性用の洋服が雑多に散らかっており、いつのまに化粧台まで置かれている。ビールの空き缶が数多く転がっていることに少し違和感を覚えた。母ちゃんはビールなんて飲まない人だったはずだ。自分が独り暮らしをしている間に色んなことが変化したのだと、今さらながら思い知った。

「お父さんが八時ぐらいに帰ってくるの。夕飯の用意しなきゃ」と母ちゃん。

「今日はええやん。適当に済ませようよ」僕はなだめるように言った。

「でも、おじいちゃんとおばあちゃんも、もう少しで起きてくるから」

「先に食べさせるん？」

「うん、年寄りは早いから。食べる物も違うし」

「お母さんって、毎日夕食の用意二回してるん？」

「そうだけど」

思わず息を吸った。今まで気にも留めていなかった自宅介護の重みをなんとなく実感する。毎日食事の用意をして、さらに糞尿の始末までする。食事を与えれば与えるほど糞尿は出るわけだから、だったら食事を作ることがむなしくなってもおかしくないだろう。

その後、僕は母ちゃんに部屋で休むよう強く念を押し、一人で居間の掃除をした。

人糞と人尿の始末。もちろん、生まれて初めてすることだ。僕はゴム手袋をして、口で息を吸いながら糞尿を拭き取り、床をアルコール消毒した。

途中、何度も吐き気に襲われた。そして、これが毎日続くのかと思うと頭がクラクラした。しかし、じいちゃんと血がつながっている僕は、まだ我慢できるのかもしれない。一方の母ちゃんは血縁的にはじいちゃんと他人だ。その心中は察して余りある。

掃除が一段落ついたころ、夏実が帰ってきた。なんでも、来月オープンする予定のピアノ教室に関する諸々の打ち合わせがあったらしい。

夏実は僕から事情を聞くと、多くを語ることなくキッチンに足を運んだ。

「あたしが御飯作るから」そう言って、てきぱきと料理を始める夏実。見ると、まずはじいちゃんとばあちゃん用の食事にとりかかっているようだった。

「こういうことって、よくあるの？」僕はおそるおそる訊いた。

「あんたねえ――」夏実は一瞬手を止め、厭味な溜息をついた。「ほんと、家のことなんにもわかってないんだね。自立だなんだって調子いいこと言って、呑気なもんよ」

「ああ」胸の奥に鈍い痛みを感じた。

「ったく、お父さんといい、マーといい、なんでうちの男どもはみんなこう鈍感なのかなあ。お父さんも、お母さんの精神状態がやばいってことに全然気づいてないんだもん」

返す言葉がなかった。ますます自分が恥ずかしくなった。僕は長男のくせに、稲田家のことを何もわかっていなかった。会社帰りにたまに実家に立ち寄り、じいちゃんの話し相手になるだけで、孝行息子を気どっていた。じいちゃんしか見えていなかったのだ。

僕は就職して独り暮らしをしているというだけで、それが自立だと少し思いあがっていたのかもしれない。両親の庇護から離れ、自分で稼いだ金で生活する。それがすなわち自立という言葉の定義のすべてであり、男として人間として、無条件に立派なことだと勘違いしていた。ともすれば自分に酔っていた。独りを楽しんでいた。

「ごめん……」思わず夏実に謝った。「これからは、もっと頻繁に家に寄るようにするから」

しかし、夏実は目を合わせてくれず、無言で料理に没頭した。今さら謝っても遅い。おまえなんかに何も期待していない。そう顔に書いてあった。

僕は口を真一文字に結び、所在なく目をしばたたかせた。夏実が僕に対して冷たく、どこまでも厭味なことは子供のころからであり、それは僕が中学高校のときも変わらず、僕が高校を卒業して就職もせず、毎日ふらふら遊んでいたときが一番激しかった。

その後、僕はなんとか就職して現在に至るわけだが、それでも夏実は冷たいままだった。就職が決まったとき、母ちゃんは感無量の面持ちで「よかったね」と喜んでくれたが、父ちゃんはいつもと変わらず無関心なままで、夏実に至っては「就職なんか別に普通のことだから」とシビアな言葉を発していた。だから夏実の厭味は、慣れっこといえば慣れっこだ。父は寡黙で無関心だが実はたくましいところがあり、母は気丈で毒舌だが一番優しく、姉はどこまでも厭味で冷たい。それが祖父母を除いた稲田家の姿であり、ある意味、だからこそ稲田家はバランスがとれていると言えなくもない。とにかく、僕にとって夏実の厭味は当たり前の日常なのだ。

しかし、この日はなぜか狼狽した。夏実に腹が立ったのではなく、稲田家に対する僕の解釈が大きく間違っている気がして、心が波打ったのだ。僕が知っている稲田家、いや正確には知ったつもりになっていた稲田家とは、きっと全体のごく一部でしかなく、本来の稲田家とはもっと複雑で、もっと脆弱で、もっとアンバランスなのかもしれない。

そして、それは僕が親元を離れようと身勝手な行動に出たことで、より顕著になったとも考えられる。すなわち、自分の中でよかれと思っていた自立という言葉は、実は独善的な行為でしかなく、本当の意味で長男たる僕がとるべき行動は、稲田家が長年にわたって維持してきた絶妙なバランスを今後も保てるように尽力することなのか。

僕が稲田家から出たことで、確実に母ちゃんと夏実の負担は増した。今後じいちゃんの病気がますます進行し、ばあちゃんも衰えていくことは、もはや自然の理だ。だったら長男は一刻も早くアパートを引き払い、再び実家に戻るべきなのかもしれない。自立という言葉の裏にある、ともすれば見失いがちな功罪に、今こそ目を向けるべきなのかもしれない。

料理を終えると、夏実は奥の間にじいちゃんとばあちゃんを呼びにいった。そして居間に二人を連れ出し、そのままテーブルに座らせると、滞りなく食事を与えた。すべての動作が実に堂に入っていた。一見しただけで、いわゆる慣れを感じた。夏実は僕なんかより、はるかに稲田家のことをよくわかっている。そう思うと、どこかうしろめたさを感じた。

その間、僕は夏実の指示にしたがい、奥の間の掃除をした。案の定、至るところに糞尿が散らばっており、早くも気が狂いそうになってしまう。

じいちゃんとばあちゃんが食事を終えると、夏実は二人を再び奥の間に連れていき、また も慣れた手つきで寝かしつけた。さっきの糞尿まみれの布団は洗濯中だが、別の布団の収納場所も夏実は完全に把握していた。まるで母ちゃんみたいだ。

夜八時をすぎたころ、父ちゃんが会社から帰宅した。いつものように黙って二階の寝室に直行し、さっさとスウェットに着替えると、居間のテーブルに用意されていた食事に当然のように手をつけた。夏実が作った二度目の料理だ。

僕と夏実もそこに同席して、ようやく晩飯にありついた。しかし、三人の間に会話はまったくなかった。父ちゃんは本当に何も知らない様子で、黙々と箸を動かしていた。

ほどなくして、二階で休んでいた母ちゃんが姿をあらわした。

「体調、大丈夫なん？」僕が声をかけると、母ちゃんは黙ってうなずいた。

「お母さんのぶんもあるよ。食べる？」

夏実が立ち上がり、そそくさとキッチンに足を運んだ。「ちょっとは食べたほうがいいよ」

再び居間のテーブルに戻り、母ちゃん用の食事を並べる。これで四人ぶんの膳が揃った。

「ありがとう」そう言って、母ちゃんはよろよろとテーブルについた。

誰が見ても痛々しい姿だ。表情も依然として青褪めていた。

「どっか調子悪いんか？」不意に父ちゃんが言った。

「うん、ちょっとね。けど、もう大丈夫だから」と母ちゃん。

その後、またも会話のない食事が続いた。父ちゃんが寡黙なのはいつものことだが、母ちゃんと夏実も黙り込むと、こんなに稲田家の食卓は重い空気になるのか。

沈黙の中、それぞれが箸を動かす音と食事を噛む音だけが聞こえていた。僕も会話を切り出す気になれなかった。初めて知った稲田家の現実に、少し戸惑っていた。

静寂を嫌がるように父ちゃんがテレビをつけた。お馴染みのバラエティ番組の音量が、いつもより大きく感じた。それでも父ちゃんは気にすることなく、音量をふたつ上げた。

「うるさいっ」突然、母ちゃんが声を吐き出した。

僕はドキッとして目を見開いた。母ちゃんは箸を乱暴に手放し、頭を抱えていた。

「テレビ消してっ。頭痛い！」母ちゃんが語気を強めた。「早くっ、早く消してよ！　吐き気がする！　うええーーっ」その場で嗚咽を漏らす。

しかし、父ちゃんは釈然としない顔で抗弁した。

「なんでや。テレビぐらいつけたってええやろ」

その瞬間、母ちゃんは席を立ち、頭の中の何かが切れたように捲し立てた。

「あなたはよくても、こっちは迷惑なのよ！　なんにも知らないで毎日呑気に御飯食べて、好き勝手にテレビつけて……。こっちはね、毎日あんたの親の糞尿にまみれて、身も心もボロボロなの。それを当たり前みたいな顔されると、虫唾が走るのよ！」

父ちゃんは黙り込んだ。テレビは消さなかったが、箸を持つ手が震えていた。

「早くテレビ消せっつってんでしょ！」母ちゃんは完全に取り乱していた。そして父ちゃんから乱暴にリモコンを奪うと、テレビを消してリモコンを壁に投げ捨てた。

「おまえっ」父ちゃんの表情が一気に強張った。

「はあはあ……」

母ちゃんは激しく息を切らしていた。顔も尋常じゃないほど紅潮している。理性を失った我が母の姿。僕はとても正視できなかった。

父ちゃんは言葉を探すように、口をもごもごと動かした。しかし、なんとなく葛藤しているように見える。感情を剝き出しにすることを、必死で堪えているのか。

その後、母ちゃんは逃げるように居間から姿を消した。ほどなくして、裏口のドアが開く音が聞こえてくる。まさか家を出たのか。僕は思わず席を立った。

「やめとけ、マー」父ちゃんが制した。「最近よくあるんや。介護のストレスで、またヒステリー起こしただけや。どうせすぐ戻ってくるわ」

カチンときた。自分の親の面倒を母ちゃん一人に押しつけておいて、そんな冷たい言い草はないだろう。もっと妻を労わってやれよ。

「お父さん、それ本気で言ってるん？」たまらず切り出した。「自分が会社で自由に仕事している間に、お母さんがどんな生活してるかわかってんのか？」

しかしその瞬間、夏実が強くテーブルを叩いた。

「おまえが偉そうなこと言うな！」

僕の中の勢いがあっけなく止まった。

「マーが一番呑気に暮らしてるくせに、今日だけ一丁前にしゃしゃりでてくんな！　おまえのそういう中途半端な正義感はイライラすんのよ！」

痛いところを突かれた。しかし、だからといって意気消沈したわけではなく、煮えくり返った腸《はらわた》が溢れそうになった。顔がみるみる熱くなる。拳がわずかに震えた。

「だいたい、あんたは昔からいいかげんなのよ。自分のことを正当化するばっかりで、実際は口と行動が伴ってないんだよね」

「あのなあ――」反論しようとすると、父ちゃんが割って入ってきた。

「やかましいわ、おまえら！」今日一番の怒声だった。父ちゃんはいつになく厳しい形相で、僕と夏実を同時に睨みつけてきた。「せっかく仕事が終わって、ゆっくりメシ食ってるんやから、面倒なことをガタガタ抜かすな！　なんでもええから、黙って食え！」

するると、夏実が乱暴に立ち上がり、父ちゃんに向かって箸を投げ捨てた。

「いたっ」

父ちゃんの顔に当たったった。僕の背筋に電流が走る。踏み越えてはいけない禁断の領域にいよいよ立ち入ったような、そんな危険を感じた。

「夏実……。おまえ、なんちゅうことを」

父ちゃんがこめかみをひきつらせた。それでも夏実は臆することなく、眉間に皺を寄せた。

「あたしはもう知らないからね。勝手にして！」夏実はそう吐き捨て、居間をどたどたと出ていった。父ちゃんはそれを追おうとはしなかった。僕も黙って見送った。

その後、父ちゃんはまたも口を閉ざし、一人で黙々と箸を動かした。一方の僕は乱れた気持ちを必死で落ち着けようと、床に散らばったリモコンや箸を拾った。

そんな中、父ちゃんが独り言のように言った。

「めちゃくちゃやな……」

重い言葉だった。僕が知らない間に稲田家のバランスはどうなってしまったのか。じいちゃんの自宅療養が始まって二年。その間の稲田家の変遷が、僕の歴史からぽっかり抜け落ちているような気がした。それが長男としては一番つらかった。


四月になると、二〇〇一年のプロ野球が開幕した。今年も阪神は二月の春季キャンプで感じた悪い予感の通り、開幕からやっぱり黒星を重ねていった。

一方、僕は四月にアパートを引き払い、再び実家に戻ることにした。会社を辞めるわけにはいかないが、少しでも母ちゃんの負担を軽くしなければ。料理はできずとも、じいちゃんを風呂に入れることや部屋の掃除ぐらいなら手伝えるだろう。

実家に戻って一番驚いたのは、母ちゃんの精神力だ。あれだけ心が崩壊し、今もなお口を開けば介護の愚痴を零すものの、それでも一向に投げ出す気配はない。僕は素直に我が母に尊敬の念を抱いた。血がつながっていない旦那の親のために、ここまで尽くすことができる人間は他にいないだろう。稲田家のバランスの軸は、実はこの人なのではないか。

四月に夏実が実家でピアノ教室をオープンさせたことも、何かと好都合だった。教室といっても、ピアノが置いてある夏実の部屋に生徒を一人ずつ呼んで指導するだけで、大層なものではないのだが、そのおかげで夏実が実家にいる時間が増え、以前より母ちゃんの手伝いをしやすくなったとか。僕が会社で仕事をしている昼間のことだ。

父ちゃんは相変わらず仕事優先だった。悪く言えばとことん無関心、よく言えば万事に動じない。しかし、もしかすると父ちゃんはそれでいいのかもしれない。父ちゃんが下手に動かないということは、稲田家がそれなりにバランスを保っている証拠なのだ。

とはいえ、稲田家のすべてが好転し出したというわけでない。一番肝心のじいちゃんの病状は一向に回復の兆しを見せず、進行速度をできるだけ遅くすることぐらいしか、処置のしようがない状態らしい。体重はますます落ち、今では骨と皮だけしかないようなみすぼらしい体。これで糞尿は出るのだから、人間はつくづくわからない。

しかし、意識は依然としてはっきりしていた。痴呆が進み、同じことを延々繰り返して喋ることはあるものの、夕方六時をすぎると、当たり前のように奥の間のテレビをつけ、阪神戦にチャンネルを合わせる。習慣の力とは凄まじい。

これで阪神が怒濤の連勝でも飾ってくれれば、じいちゃんも少しは元気になるのかもしれないが、実際は夏以降も相変わらず低空飛行を続けた。そして十月になると、二〇〇一年のペナントレースが終わった。阪神の最終成績は、球団史上ワースト記録となる四年連続最下位。これで一九八七年からの十五年間で、実に十度目のベベタだ。

結果だけを見れば、天下の名将・野村監督でも長期低迷する阪神を再建することはできなかったと判断されてもおかしくない。じいちゃんもいまだに縦縞のユニホームを着た野村監督の姿を呆けた表情で見つめており、その乾いた瞳には野村監督を一向に認知できないという、ある種の戸惑いだけでなく、阪神の未来への絶望もはっきり感じられた。

そんな中、僕は少し違う見解だった。確かに阪神は四年連続最下位になったが、それでも来年以降に密かな期待を寄せていた。なぜなら今年の阪神は野村監督が就任当初から手塩にかけて育ててきたいくつかの新戦力が、監督就任三年目にして台頭しつつあったからだ。

注目株の一人は、井川慶《いがわけい》という名の武骨な左腕投手だった。今年、井川は先発投手として急成長を見せ、一躍将来のエース候補に名乗りをあげた。さらに同じく、野村監督が将来の四番候補と期待していた濱中治《はまなかおさむ》も、シーズン十三本塁打を放つなどブレイクの兆しを見せ、新人の赤星憲広《あかほしのりひろ》は自慢の快足を生かして、見事に盗塁王と新人王をダブル受賞した。

すなわち野村監督の三年目は、大きな変革の年でもあったのだ。同じ最下位でも来年の希望など微塵も感じられなかった九〇年代とは何かが違う。このまま野村監督を続投させていけば、やがて阪神は強くなるのではないか。そんな気がしてならなかった。

ところが好事魔多し。野村監督の四年目に向け、阪神が様々な補強を断行していた二〇〇一年十二月五日。あろうことか、阪神の球団史上最大の事件が勃発した。

野村監督の夫人である、サッチーこと野村沙知代《さちよ》が脱税容疑で逮捕されたのだ。

衝撃のニュースだった。神様の悪戯を真剣に恨んだ。当然、この事件によって道義的な問題が世間を賑わし、阪神球団は野村監督の解任を決断せざるをえなくなった。

終わった――。さすがに僕も絶望した。もはや打つ手なしだ。

せっかく地上に光がわずかに差し込んだというのに、再び奈落の底に突き落とされた気分になった。頼みの野村監督がこんな形で、しかもこんなタイミングで阪神を追われるなんて、いったいこの先、阪神はどうなってしまうのだろう。暗黒時代は永久に不滅なのか。


それから数日が経過し、珍しく大阪の街を大雪が襲った日の朝。

しんしんと降り注ぐ美しい粉雪に覆われながら、田淵が死んでいた。

最初に母ちゃんが発見したとき、白雪の化粧が施された田淵の全身はすでにきんきんに硬直していたという。死後ずいぶん経っていたのか、それとも雪の冷たさに凍えてしまったのか。思えば、稲田家に来て十七年が経つ田淵。死因はきっと老衰だろう。

僕が見たとき、田淵は安らかに両目を閉じていた。瞼の下にわずかな氷柱ができている。もしかして、田淵は泣いていたのだろうか。痛かったのだろうか。苦しかったのだろうか。

なあ、田淵よ。おまえはいつもおとなしいから、誰もわかんなかったよ。

運命とは不思議なものだ。田淵が死んで一週間後、クリスマスの夜に江夏も死んだ。

生前、決して仲が良いわけではなかった江夏と田淵。しかし、やっぱり互いに求め合っていたのか。やっぱり黄金バッテリーだったのか。田淵のあとを追うように、ひっそり息を引きとった江夏の最期は、猫にしては珍しく家の中、それも大好きだった居間の床の上だった。

ひんやりしたフローリングの床に白い長毛をこすりつけるように寝返りを打つ。そんないつもの睡眠が、きっとどこかで永眠に変わったのだろう。推定年齢は二十歳ぐらいか。田淵に負けず劣らず長生きだった猫神様。従順な田淵と違って、どこまでも気まぐれで、いつもマイペースだったけど、なぜか不思議な愛らしさがあった。なあ、江夏よ。天国で待っている田淵に、またちょっかい出しにいくんだろ？　いいかげん、仲良くしてやれよな。

師走の寒風は冷たさを通り越して、肌の痛みを感じるほどだった。悲しい知らせが立て続けに起こり、世の無常を感じながら、体と心が凍っていく。今まで変わらなかった色んなことが一向に変わらないまま、突然ばたばたと終わっていく。そんな気がしてならなかった。

そして仕事納めの十二月二十八日――。

定時の六時が近づいたころ、僕の携帯に父ちゃんから電話がかかってきた。

「マー。じいちゃんが倒れた」

ゲームセット。何もかもが終わった気がした。
会社の窓が寒風でがたがた鳴っていた。いつまでも、いつまでも。

赤ラークとダルマのウイスキー

病院に駆けつけたのは、夜七時ごろだった。暗く静まり返った病棟の廊下に、母ちゃんと夏実の姿を発見した。二人とも生気のない表情をしていた。

「じいちゃんは？」僕が訊ねると、母ちゃんが力なく言った。

「夕方ぐらいかな。廊下で転んで、頭を床に打ったのよ。たぶん、トイレに行こうとしてたんだと思う。あたしが何度も『ちゃんとトイレで用をたして』って言ったから」

「意識は？」

「救急車の中では……」母ちゃんが顔を横に振った。

途端に心音が高鳴った。母ちゃんも下唇を嚙みながら、それ以上多くを語らなかった。重い空気が廊下を支配する。仕事納めの喜びなど、どこにもなかった。

診察室から、父ちゃんが出てきた。

「どう？」真っ先に夏実が切り出した。

「とりあえず、命に別状はないみたいや」

その瞬間、僕は小さく息を吐いた。両肩が一気に下がる。母ちゃんも心なしか、さっきより撫で肩になった気がする。みんな肩に力が入っていたのだろう。

その後、父ちゃんも含めた家族四人で、じいちゃんの病室を見舞った。じいちゃんは人工呼吸器に助けられながら、なんとか命をつなぎとめているような、そんな極限の状態に見えた。医師によると、倒れた原因は下半身の神経障害が進行した結果だという。じいちゃんの足はほとんど感覚が失われており、この先歩けるようになることは、もう不可能だとか。特に右足の状態はひどいらしい。壊死《えし》、すなわち腐り始めているのだ。

しかし幸いにも、頭のほうは脳震盪を起こしただけで大事には至らず、翌日には無事意識が回復した。とはいえ、安心できる状態というわけではない。現在のじいちゃんは免疫力が著しく低下しており、あらゆる合併症が凄まじいスピードで進行しているという。

年が明けて、二〇〇二年も一月下旬になったとき、医師はシビアに言った。

「残念ですが、あと一年もつかどうかといったところでしょう」

父ちゃんと僕の二人で、神妙に聞いた。なんでも一年かけてじわじわ足が腐っていき、最終的には命を侵してしまうとか。七十代後半という高齢を考えると、とりたてて珍しいことでも、不幸なことでもない。当然の寿命と言って差し支えないという。

父ちゃんは終始淡々としていた。帰宅後、母ちゃんと夏実にじいちゃんの現状を包み隠さず報告し、奥の間で一人寝ていたばあちゃんには「しばらく入院するけど、大丈夫やから」と声をかけた。父ちゃんの表情からは、動揺の色はまったく感じられなかった。

それ以来、ばあちゃんは悟りきったような表情で仏壇へのお祈りを繰り返すようになった。母ちゃんと夏実は特に変わった様子はなく、今まで通りの生活を送った。家族の誰もが、じいちゃんの最期を落ち着いて受け入れようとしていた。

一方の僕はどこか空虚な気持ちだった。じいちゃんの余命はあと一年。ドラマや映画なんかではよく聞き慣れた月並みな台詞だが、実際に直面するとリアリティーをあまり感じない。医師の宣告通りだと、来年の正月明けぐらいにじいちゃんは死んでしまうのか。足が腐って死んでしまうのか。ふふ、なんだそれ。なぜか笑いが込み上げてきた。

二月に入ると、入院中のじいちゃんの容態が少し安定してきたように見えた。自由に歩くことは不可能だが、意識ははっきりしているため、会話に支障はない。僕は二日に一度のペースで会社帰りに病院に出向き、じいちゃんと二人で今季のプロ野球について語り合った。

「じいちゃん、これからの阪神はたぶん強くなると思うで。野村監督はやめてもうたけど、新監督の星野《ほしの》がめっちゃ気合入っててんねん。さすが闘将やわ」

僕は興奮気味に言った。野村監督は昨年暮れに夫人が起こした脱税事件によって辞任を余儀なくされたが、それに代わって新たに阪神監督に就任した人物は、同じく昨年秋に中日監督を勇退したばかりの星野仙一《せんいち》だった。

「星野ってあれか。中日ちゃうんか？」じいちゃんは相変わらず、同じ言葉を繰り返した。

「ベンチで選手をどつく監督やろ？　乱闘のときばっか目立ちよって」

「そうそう。乱闘の星野や。あれが今年から阪神の監督やねん」

「ふーん。似合わんのう」

星野監督といえば自らが先頭に立って、チームの士気を鼓舞する熱血漢の闘将として知られており、時には鉄拳制裁をも辞さない鬼のしごきに定評があった男だ。一見前時代的とも捉えられがちなスパルタ教育だが、僕の目にはこれが案外効果的に映っていた。春季キャンプで負け癖が染みついた阪神ナインを容赦なく怒鳴り、執拗にケツを叩く星野監督。そんな単純明快かつ古典的な方法によって、阪神の練習は一気に活気づいたのだ。

今年の阪神の練習はよく声が出ている。とりあえず元気がある。たったそれだけのことが僕にとっては無性に嬉しく、今季の躍進がおおいに期待できた。あまりのレベルの低さに情けなくなってしまうが、それこそが今までの元凶のひとつだったのは間違いないだろう。

休日返上練習や居残り練習をする選手も著しく増えた。星野監督が掲げたスローガン「ネバーネバーネバーサレンダー」が選手たちにじわじわ浸透していく。決して諦めない。そんな平凡な精神論こそが、今の阪神にはもっとも必要なのかもしれない。

だから、じいちゃんにもなんとか復活してもらいたい。星野阪神の活気溢れる練習を見るにつれ、僕の中でそんな想いが強くなった。阪神は確実に変わりつつある。だいたい、あの阪神の選手が休日返上で練習するなんて軽い事件じゃないか。みんな必死で、強くなろうと頑張っているのだろう。なんとしてでも、古豪復活を果たそうとしているのだ。

僕はじいちゃんを励ますように語りかけた。

「今年の阪神はほんまに期待できるんちゃうか。せやから、じいちゃんも頑張ってや。早く元気になって、また一緒に甲子園に行こうや」

「うん、わかった」じいちゃんは確かにうなずいた。

しかし、なんとなく言葉に実感がこもっていないような気がした。

三月三十日、二〇〇二年のプロ野球が開幕した。

阪神は開幕の巨人戦に勝利すると、そこから一気に開幕七連勝を果たした。その後も積年の鬱憤を晴らすかのような快進撃を続け、三、四月を十七勝八敗一分けの好成績で乗り切ると、翌五月は十二勝十敗。過去四年間の最下位が嘘のように、阪神は六月以降も堂々セ・リーグの首位争いを演じ、星野監督の就任がまさに大当たりであったことを証明した。

中でも若きエース・井川慶の大活躍は溜飲が下がる思いだった。野村監督時代、将来のエースと目されていた武骨なサウスポーが開幕から圧巻のピッチングを続け、投げては勝つ、投げては勝つの繰り返し。井川は一躍阪神の、いや球界を代表するエースに躍り出たのだ。

「じいちゃん、井川がすごいでっ。ほんまもんの江夏二世やで！」僕は入院中のじいちゃんを見舞うたびに、井川の活躍を報じるスポーツ新聞を束で持ち込み、じいちゃんの前で江夏二世という言葉を連呼した。「今度こそは本物の江夏二世や。江夏と同じ左ピッチャーで、三振もようさん獲りよんねん！　ほんまに江夏二世や！」

　僕はすっかり上気していた。井川の大活躍を伝えれば、間違いなくじいちゃんも喜んでくれると思っていた。じいちゃんはかつての天才サウスポー・江夏豊が心の底から好きだった。だからこそ、そんな江夏と同じ本格派のサウスポーが新たに阪神に出現したら、それだけで無条件に江夏二世の称号を与えてきた。そう考えると、誰よりも井川の活躍を待ちわびていたのはじいちゃんのはずだ。じいちゃんは井川のことが大好きなはずなのだ。

　ところが、じいちゃんは井川のことも理解できなくなっていた。

「マイク、すごいなあ。江夏二世やな」

　マイク仲田――。じいちゃんはまだそこにこだわっているのか。もうとっくに引退した選手じゃないか。今までの僕は、阪神に新たな明るい話題がまるでなかったため、古い記憶を一向に更新できないじいちゃんの脳を黙って看過してきたところがあったが、ここにきてそれが無性にやりきれなくなった。井川という本物の江夏二世の出現、つまり新生阪神の明るい話題を、どうしてもじいちゃんの脳に刷り込みたかったのだ。

だから、もう一度説明した。

「じいちゃん、マイクちゃうで。井川慶っていうんや」

「ふーん」じいちゃんは曖昧に返事をした。

「とにかく、すごいピッチャーやねん。江夏と同じ左投げで、球が速いねん」

「そら、マイクは江夏二世やからな」

「いや、だから——」

そこで口をつぐんだ。小さく息を吐き、気持ちを落ち着ける。

マイクでいいか……。口の中で呟いた。マイク仲田も井川慶も、じいちゃんにとっては同じ江夏二世だ。この状況でそこを訂正するほうが野暮な気がする。時代が移り、選手の顔触れが変わっても、阪神は阪神のままだ。先人たちの猛虎魂はいつまでも後世に受け継がれ、それが伝統の皺になっていく。阪神だったら、なんだっていいのだ。

僕は口角を上げ、じいちゃんにはっきり言った。

「そうやねん。マイクが大活躍や」

すると、じいちゃんはかすかに微笑んだ。

「そらええわ」そのままゆっくり寝返りを打った。

その後もじいちゃんを見舞うたびに、快進撃を続ける阪神の状況を知らせた。もしかすると阪神は今年、いや近々、本当に優勝できるかもしれない。じいちゃんの命がもう少し、もう少しもってくれたら、老いらくの虎党の長年の夢が叶う。阪神の優勝が先か、じいちゃんの寿命が先か。いずれにせよ、くたばるのはまだ早いのだ。

ところが六月中旬、阪神はまさかの八連敗を喫した。

そしてそれ以降、徐々にそれまでの勢いを失い、七月中旬のオールスター戦を挟んで後半戦に突入すると、ますます投打の歯車に異常が発生。八月の長期ロードが終わるころには、今季の優勝の目が怪しくなり、頼みのエース・井川にも疲れが見え始めた。

そんな中、阪神の成績に呼応するかのようにじいちゃんの容態も一気に悪化した。原因不明の高熱が下がらず、ろくな会話もできないまま、ベッドで苦しむ日々が続いた。

「じいちゃん、苦しいん？」

ベッドで息を切らすじいちゃんは見るに堪えない姿だった。僕が何を訊ねても、眉間に深い皺を寄せたまま返事をしない。汗をかいていないことが、逆に不気味だった。

「足痛いんか？」

僕は勝手にそう判断して、じいちゃんの腐った足をさすった。

医師によると、じいちゃんの足の感覚は完全に麻痺しているという。そんなことはわかっている。わかっているのだけれど、それでも長時間さすり続けたら、なんとなく回復するような気がしてならない。子供のころ、僕が足の成長痛に苦しんでいると、じいちゃんも同じようにさすってくれた。その結果、実際に足の痛みがおさまったことが何度もあったのだ。


八月の末、医師がじいちゃんについて、こんな説明をした。

「足を切断すれば延命できるかもしれません」

その時点でじいちゃんの右足は完全に壊死していた。このまま放置すれば、両足はおろか両手の末端への血管も閉塞していき、栄養が全身に行き届かなくなる見込みらしい。つまり、いつか宣告された余命を待たずして、じいちゃんは力尽きてしまうというのだ。

「あとはご家族の判断です。どうするか決めてください」

医師はあくまで説明しかしなかった。右足の壊死部分を切断する。それは確かにひとつの延命方法だ。しかし、だからといって完治が望めるわけではなく、そのうえ七十八歳近い老人の体力を考えると、そもそも手術自体が失敗に終わる可能性だってある。

その夜、実家の居間で家族会議が開かれた。まずは父ちゃんが右足の切断について医師から聞いた情報を淡々と説明し、家族全員に意見を求めた。

　真っ先に口を開いたのは夏実だった。

「そこまでして延命して、なんの意味があるのかわかんない。おじいちゃんの体を傷つけるだけ傷つけて、それで元気になるわけじゃないし」

　母ちゃんも夏実に同調した。

「うん。つらいけど、このままにしておくのが優しさかもしれないね。ただでさえ、体がボロボロなのに、そのうえ足を切るなんてねえ……」

じいちゃんの介護に一番尽力してきた母ちゃんの意見は、こういうとき絶大な影響力を発揮する。父ちゃんも腕を組みながら、黙ってうなずいていた。

「おばあちゃんはどう思う？」夏実が水を向けると、ばあちゃんは呆けた顔で「わてにはわからん。難しいことは将志に任せとる」と言った。

ばあちゃんは体こそ元気なものの、気持ちはずいぶん老け込んでいた。じいちゃんのいない稲田家がつまらないのか、一人で寝る夜が寂しいのか、最近は食欲も口数もめっきり減り、テレビで巨人戦を観ることもすっかりなくなった。

　父ちゃんはしばらく考え込んだあと、ゆっくり口を動かした。

「そうやな……。足を切ったからといって、寿命がちょっと延びるかもしれへんってだけらしいわ。それに体力的に考えて、大規模な切断手術に体が耐えられへん可能性も高い。もし手術をしても、成功するとは限らんって医者も言うとった」

なんとなく腹を決めたような口ぶりだった。深い溜息をつき、唇を執拗に舐め回す。大事な決断をするときの、父ちゃんの昔からの癖だ。

「おじいちゃんがかわいそうよ」母ちゃんと夏実が、口を揃えて念を押した。

父ちゃんは毅然と前を見据えた。不毛な延命はしない。薬物治療ならまだしも、父親の足を切断してまでつなぎ止める命になんの価値もない――。そう顔に書いてあった。

「マーもそれでいいね」母ちゃんが言った。

「ああ……」僕は適当な相槌を打った。

しかし、夏実が容赦なく口を出してきた。

「あんた、昔からこういうときに何も意見言わないよね。そのくせ、あとになってから一丁前にしゃしゃり出てくる。長男なんだから、もっとしっかりしてよ」

相変わらず厳しい姉だ。しかも、図星だから厄介だ。僕は両手で頬を撫でつけながら、脳を必死に動かした。稲田家の長男としての意見。いったい何が正解なのか。

もちろん、みんなの言い分は理解できる。しかし、なぜだろう。頭ではわかっているのに、なぜか気持ちが落ち着かない。心のどこかに小骨が刺さっている感じがする。

「やってみなわからんやん……」無意識にそう漏らしてしまった。

するると、父ちゃんの顔色がわずかに変わり、

「どうゆうことや？」と視線を向けてきた。

僕は意を決した。少し息を吸って、一気呵成に言葉を吐き出した。

「足切ったら、少しでも生きられるんやろ？　だったら切ろうや。延命する意味とか、それが優しさやとか、俺はアホやからそんな難しいとこまで考えられへん。それより、じいちゃんをこのまま見殺しにするほうが、どうかしてるって」

無心だった。頭ではなく口でモノを考えるかのように、勢い任せで捲し立てた。

次の瞬間、父ちゃんが少なくなった頭髪をかきあげながら語気を強めた。

「無責任なこと言うな！」

「無責任？」

「おまえの言うてることは、自分勝手なエゴや。じいちゃんの身になって考えてみたらわかるやろ。足を切られるんやぞ、自分の足を。そんな痛い思いしてまで無理やり生きさして、じいちゃんはほんまに喜ぶと思うか？」

「けど、このままやったら死んでまうんやろ」

「だから、足を切ったところで、そんな長く生きられへんねや。しかも、手術中に死んでま

うかもしれへんねんぞ。そんな決断を家族ができるわけないやろ」

「そんなんわからんやん。じいちゃん本人がそうまでして生きたいって思ってるかもしれへんやん。生きられるんやったら、足はいらんって思ってるかもしれへんやん」

「なんで、そんなことがわかるんやっ。じいちゃんはもう自分がどうなってるのかも、わからん状態なんや。ただ毎日苦しいだけなんや！」

「……」僕は言葉が見つからなくなった。父ちゃんの言い分はもっともだと思う。そんな理屈は最初からわかっていた。しかし、どうにも釈然としないのだ。じいちゃんが本当はどう考えているのかなんて、誰にもわからないじゃないか。

「じいちゃんに訊いてみようや」僕はしつこく提案した。

「アホか！」父ちゃんは怪訝な表情で吐き捨てた。「今のじいちゃんは何を言うても理解でけへんわ。理想だけで人の命のどうこうを語るな！」

「だったら俺が訊くわ」

「余計なことするな」

「余計ちゃうって！」無意識に声を荒らげた。「もし俺がじいちゃんやったら、なんの説明もなしに勝手に決められたないわ！　俺らは確かに家族やけど、じいちゃんの命はじいちゃんのもんやろ。理解できてもできんくても、ちゃんとじいちゃんに話すのが筋やろ！」

そう捲し立てると、父ちゃんは僕を強く睨みつけた。僕も負けじと睨み返した。なんや、文句あるならかかってこい――。心の中で反抗期のような悪態をついた。

その後、居間にしばらくの沈黙が流れた。重くて長い数分間。父ちゃんは紅潮した顔で、唇を舐めては噛むを繰り返している。

そんな中、夏実が呟いた。

「マーの言う通りにしようよ」

意外な言葉だった。その場にいた全員が夏実に視線を向けた。

「たぶん、初めてだと思うよ。マーがここまで強く意見したのは」夏実は僕と目を合わすことなく、しかしそれでいて強い口調で、僕の意見に賛同した。「その代わり、マーがちゃんとおじいちゃんに話しなさいよ。自分の言葉に責任もたなきゃダメだからね」

心が激しく震えた。味方ができた嬉しさより、なぜか戸惑いのほうが大きかった。夏実が僕の背中を押してくれたのは、いつ以来だろう。少し照れくさくもあった。

翌日、僕は会社帰りに病院に立ち寄った。じいちゃんの病室に入ると、すでに父ちゃんと母ちゃん、そして夏実が待っていた。ばあちゃんは家で寝ているらしい。

僕は早速、じいちゃんに「右足の切断」のことを説明した。

じいちゃんは僕の話を聞きながら、ずっと呆けた表情をしていた。やはり意味を理解できないのか。何も言葉を発することなく、ただ天井を見上げていた。

「じいちゃん、どうする？」話し終えると、じいちゃんの決断を促した。「足を切るのはつらいかもしれんけど、そしたらちょっとはよくなんねんって」

じいちゃんはそれでも黙っていた。

「なあ、どうする？」もう一度訊いてみた。

すると、誰かが僕の肩を叩いた。

「そのへんにしとこ」夏実が首を横に振っていた。

「ああ」僕は我に返り、両手で両頬を撫でつけた。すると、じいちゃんが少し口をモゴモゴさせた。思わず息を飲む。何か言いたいのか――。

「阪神……どうなんや」じいちゃんの声がはっきり聞こえた。

驚いた。一瞬なんのことかわからず、じいちゃんに頭を近づけた。

「今年は優勝できそうか？」さっきより大きな声だった。じいちゃんは生気を取り戻したような顔で、僕の目をしっかり見つめていた。

「うん、できると思う」僕は咄嗟に答えた。「十月には甲子園で胴上げや」

本当は嘘をついていた。今の勢いでは、さすがに今年の優勝は無理だろう。もし優勝できるとしたら、それはきっと来年、すなわち二〇〇三年だ。

しかし、この場でそんな冷静な見解を話すつもりはなかった。とにかく、じいちゃんにはまだまだ生きてもらいたい。その一心で偽りの言葉を肯定していた。

「じいちゃん、もう少し生きようや」

涙が出そうになった。不毛だとわかっていた。二十八歳にもなって、何をガキみたいなことを言っているのか。父ちゃんや母ちゃん、夏実の表情が気になり、わざと見ないようにした。

ほどなくして、突然じいちゃんが大きく息を吐いた。続いて何度か唇を舐めた。外の廊下から子供が騒ぐ声が聞こえた。なぜか時の流れが、遅くなったような気がした。

「足切るわ」とじいちゃん。

「え？」僕は思わず訊き返した。今なんて言った？

「足切ったら、どれぐらい生きられるんや」

僕が黙っていると、父ちゃんが「半年から一年ぐらいって、医者は言うとった」と冷静に説明した。じいちゃんは「そうか」と小声で、しかし力強くうなずいた。

「それやったら切る。半年でも生きとったほうがええ」

じいちゃんの言葉を聞いていると、急に罪悪感が湧き起こってきた。いいのか。本当にそれでいいのか。もし手術が失敗したら、僕は一生後悔するんじゃないか。

祖父が死ぬ。そんなことは、大人になったら当たり前のことだ。世界中の人間は、みんな寿命を迎えて普通に死んでいくのだ。両親や兄弟、妻、恋人だったらまだしも、孫が祖父の死に対して、いちいち感傷的になっていたら、世の中は悲しみだらけだ。

「どっちみち死ぬんや。後悔してもええ」じいちゃんはなおも言葉を重ねた。

後悔してもいい、か――。口の中でなんとなく復唱した。

人間は後悔するもの。後悔しない人生なんか存在しない。もしあったとしても、それは自分で無理やり正当化しているだけだ。いつかのじいちゃんの言葉を思い出した。

「ほんまにそれでいいん？」僕はもう一度確認した。

すると、じいちゃんは力強く首を縦に振った。

「阪神の優勝……見たいねん」

そして、静かに目を閉じた。スースーと寝息が聞こえてくる。

僕は頭が真っ白になり、救いを求めるように父ちゃんに目をやった。

生まれて初めて、我が父の涙を見た。

十時間にも及ぶ大手術だった。事前の医師の見立てによると、成功率は三十パーセントほどだったが、じいちゃんは驚異的な生命力で見事に乗り切ってみせた。手術中のＢＧＭは『六甲おろし』だったらしい。医師の間でも、じいちゃんのトラバカは有名だった。

手術後、診察室で父ちゃんと僕だけが切り落とされたじいちゃんの右足を見せてもらった。なるほど、女性には刺激が強すぎる。人間の足は腐るとこうなるのか。

「術後の経過次第では、まだまだ最悪のケースが考えられます。ですから容態が落ち着いてくるまでは、この措置が成功なのかどうかはわかりません」

医師の説明を頭で咀嚼しながらも、僕はいまだに自分が進言した「右足の切断」が正しかったかどうか、自分で整理できていなかった。もし、このままじいちゃんが死んだらどうしよう。僕が殺したようなものじゃないか。その後悔と上手に付き合っていく覚悟。それがまだできていなかったということに、僕は今さらながら気づかされた。

翌日になっても気持ちは晴れなかった。会社から帰ってきた夜、術後のじいちゃんを見舞うべく、ばあちゃん以外の家族全員で車に乗り込んだ。ばあちゃんはなぜか「わてはいいわ」と言って、奥の間に引っ込んだきり、出てこなくなった。

病院までの道中は、僕が車を運転した。いつも走っている道だが、なぜかこの日はいつもと違う景色に見える。すると、助手席に座る父ちゃんがすべてを見透かしたように言った。

「マー、延命に正解なんかないぞ。切ってもうたんやから、あんまり深く考えるな。どっちみち切らんかったら、死んでたんやから」

「うん……」僕はかすれた声で答えた。でも……。口の中で女々しい声をあげる。父ちゃんは眉ひとつ動かさず、気丈に前を向いていた。我が父が大きく見えた。

無意識のうちに信号を無視していた。しっかりしろ、と自分に言い聞かせる。

カーラジオから流れてくる阪神戦の音量を大きくした。

「井川、ノックアウト！　ピッチャーは谷中《たになか》に代わります！」

おいっ。どうしたんだ、井川。おまえが頑張ってくれないと、阪神は優勝できないんだぞ。

試合は五回表。阪神が四対〇で中日に負けていた。

病院に着くと、看護婦の指示にしたがい、僕らはじいちゃんと面会を果たした。

ベッドに眠る術後のじいちゃんが目に入った途端、思わず息が止まりそうになった。鼻から口やら、全身の至るところにチューブがつながれており、とてもじゃないけど人間の姿には見えなかった。布団で右足は隠れている。本当に足がなくなったのか。

しかし、それでも意識はあるようだった。僕らがベッドに近づくと、じいちゃんはうっすら目を開け、何かに気づいたような表情をしたのだ。

「じいちゃん、わかる？　俺、雅之」

声をかけると、じいちゃんは黒目だけを動かした。口にはチューブが刺さっているため、話すことはできない。「ほら、マーや、マー」なおもじいちゃんの黒目に訴えかけた。看護婦に許可をとり、じいちゃんの手も握った。驚くほど冷たく、痩せ細っていた。

面会は五分で終わった。看護婦が言うには、麻酔はもう切れているが、まだ頭がボーッとしていて、意識が薄弱な状態らしい。あまりしつこく話しかけるのも精神的な負担になる危険性があるらしく、そこそこで退室を促されたのだ。

もちろん、一言も会話はできなかった。期待はしていなかったけど、正直あそこまで痛々しい姿も想像していなかった。もうすぐ七十八歳になる老人の足を無意味に切断する。それがどういうことか、僕はようやくわかった気がした。

帰りの車中、助手席に座る父ちゃんが言った。

「じいちゃん、嬉しそうな顔しとったな」

「えっ、そう？」僕はハンドルを握りながら、目を丸くした。

「マーの顔を見た途端、目がうるっとしとったやないか」父ちゃんはいつになく温かい口調で続け、僕の肩を優しく叩いた。「成功ちゃうか、マー」

僕はなんとなくアクセルを強く踏んだ。胸の奥から熱いものが込み上げてきた。

「うん」小さく声を出した。心なしか視界が晴れた気がした。

「阪神、どうなったんや？」と父ちゃん。

黙ってカーラジオの音量を上げた。なんとなく、父ちゃんを一瞥する。珍しいな、我が父が野球の話をするなんて。もしや、初めてなんじゃないか。

阪神・中日戦は八回表に突入していた。依然、六対二で中日がリードしていた。七回裏にアリアスのツーランが飛び出したようだが、アリアスは負け試合でよく打つのだ。

「今日は負けやな。どうせ八回裏は岩瀬《いわせ》が出てくるし、九回はギャラードや。中日はうしろのピッチャーがええから追い上げられへんやろ」僕は諦め気味に言った。

「ふーん、残念やな」父ちゃんも無念そうに相槌を打った。

「珍しいやん。野球なんか興味ないんちゃうん？」

「まあな」そこで父ちゃんはいったん黙り込み、しばらくして再び口を開けた。「けど、ここまできたら、阪神に優勝してもらわな困るやろ」

その瞬間、僕は温かい気持ちになった。無意識に頬が緩んでしまう。

同時に腹も括った。ふらふらしていた気持ちが強く固まり、口を真一文字に結んだ。

よし、もういい。やるだけのことはやった。もしこのままじいちゃんが死んで、今回の手術を後悔することになったとしても、その後悔と一生付き合っていけばいいだけのことだ。

あとは野となれ、山となれ。ただ阪神の優勝を望むのみだ。

気づいたら、また信号無視をしていた。今度は白バイに捕まった。運転していた僕は、白バイ隊員にこっぴどく怒られ、容赦なく切符を切られた。

父ちゃんが笑っていた。母ちゃんも夏実も笑っていた。母ちゃんのケータイが鳴った。なぜか着メロが浜崎《はまさき》あゆみだった。母ちゃん、アユ好きなのかっ。

僕らはますます笑った。夏夜の下、久々の稲田家の笑い声がやけに響いていた。

結局、二〇〇二年の阪神は六十六勝七十敗四分けの四位に終わった。

しかし、万年最下位だった昨年までと比べると、その強さは歴然の差だった。若きエース・井川慶が十四勝九敗一セーブ、防御率二・四九の好成績を挙げ、奪三振王のタイトルも獲得。阪神は確実に強くなっていた。来年の優勝を予感させるに充分な内容だったのだ。

さらにシーズンオフ、阪神は来年に備えて大型戦力補強を敢行した。

中でも最大の目玉は、広島からFA宣言した金本知憲《かねもとともあき》の獲得だ。その他にもメジャー帰りの伊良部秀輝《いらぶひでき》や日本ハムの下柳剛《しもやなぎつよし》など、他球団の大物選手が次々に阪神に入団した。いける、いけるぞ。来年こそは本当に優勝できるかもしれない。そんな手応えがあった。

大晦日も夕方になったころ、僕と父ちゃんは車で病院に向かった。

「正月ぐらいは家ですごさせてやりたい」事の発端は、そんな僕の一言だった。夏の大手術以来、じいちゃんの生命力は驚異的だった。足を切断されてもなお、意識ははっきりしており、容態は奇跡的に安定。今のところ、延命治療は成功していた。

とはいえ、退院できるレベルに回復したというわけではない。あくまで延命は延命でしかないと、家族全員が自覚している。しかしここまできたら、すべては本人と家族の判断だ。以前、じいちゃんの意思を確認したら「病院より、家がええわ」と笑ったのだ。

かくして僕らは医師の許可をとり、病院からじいちゃんを連れ出した。片足のじいちゃんを車椅子に乗せ、父ちゃんと二人がかりで、車の後部席に座らせた。じいちゃんの右足は根元でぷっつり切れている。無残だが、もう見慣れていた。

実家では何をするわけでもなかった。帰宅するや否や、じいちゃんを奥の間のベッドに寝かしつけ、一時間に一回ずつ、誰かが様子を見にいくだけだ。

奥の間のテレビで、阪神のビデオをかけた。井川が投げ、今岡《いまおか》が打ち、赤星が走る。映像制作会社に勤めている友達に、今年の阪神の名場面を編集してもらったのだ。

深夜十二時の鐘がいよいよ近づいてきた。僕は何度目かの奥の間に出向いた。

じいちゃんはベッドに横になりながら、阪神ビデオをボーッと眺めていた。隣で横になるばあちゃんも同じようにビデオを眺めていた。二人の間に会話はなかった。

ほどなくして、じいちゃんは僕に気づいたようで、やおら視線を向けると、口をぱくぱく動かした。たぶん、「なんや、マーか」と言っているのだろう。読唇術には自信がある。

医師曰く、今のじいちゃんはほとんど目が見えていないらしい。しかし、それでも僕には必ず反応するし、阪神ビデオもずっと眺めている。人間は偉大だ。

ビデオの中の井川慶が、江夏さながらの豪快なフォームで力強く左腕を振るった。

「じいちゃん、井川は江夏二世やで」

僕がなんとなく声をかけると、じいちゃんの顔が心なしかほころんだ気がした。

「うえあ……」

なんて言った？　うまく聞きとれなかったが、嬉しそうな目をしていた。きっと井川のことをいまだにマイク仲田だと思っているのだろう。じいちゃんの中で、サウスポーはみんなマイク仲田だ。みんな江夏二世だ。じいちゃんはサウスポーが好きなのだ。

ビデオの中の甲子園では、七回裏の『六甲おろし』が流れていた。

なんでも正式タイトルは『阪神タイガースの歌』というらしい。あまりにそのまますぎるタイトルのため、いつのまにか『六甲おろし』という俗称で呼ばれるようになったという。

ジェット風船が無数に舞った。テレビ画面が黄色く染められていく。

遠くで、除夜の鐘が聞こえてきた。

二〇〇三年一月一日、〇時三分――。

甲子園のトラバカたちが唄う『六甲おろし』に聴き惚れながら、いつのまにか年を越してしまったようだ。じいちゃんにとって、七十九回目の正月だ。

「あけましておめでとう」僕は小声で言った。「今年こそ……優勝すんで」

じいちゃんはボーッと甲子園を眺めていた。


正月が終わると、じいちゃんは再び病院に戻った。そして、すぐに精密検査を受け、すべて異常なしと診断された。じいちゃんの生命力は、医師も驚くほどだ。

また平凡な日常が始まった。僕は二十一歳のときに入社した小さな店舗造形会社にまだ勤めている。不景気のせいか、何人かの社員がリストラされ、現在の社員数はたったの七人。平均年齢は異様に高く、最年長が六十六歳で、他も五十代と四十代のおっさんばかり。新卒採用がここ何年もないため、二十八歳のぼくがいまだに一番年下だ。

月の給料も二十万ちょっとにしか上がっていない。一流大学を出て、そこそこの企業に勤めている同世代の男たちに比べると、なんとまあ、しょぼい二十八歳だと自分でも思う。

タモちゃんなんか、今や二児のパパだ。大工の夢はとっくに諦め、兄弟で新たに起こした造園の会社がうまくいっているらしい。年収は確か八百万はあると言っていた。くそう、アホのくせに昔から世渡りは上手い奴だ。百円ショップで値段を訊いたくせに。

我ながら、なんてつまらない人生なんだろうと、時々憂鬱になる。何か人に誇れるような才能もなく、やりたいことも特になく、立派な会社に勤めているわけでもない。

二十八歳という年齢も、なんとなく中途半端だ。別にいい大人というわけでもないが、今さら何かを目指すにはちょっと遅すぎる。まだ若いのだが、もう若くはない。充実した三十代を迎えるための足場を、しっかり固める時期なのかもしれない。

「あたしは別に悪くないって思うけどなあ。やりたいことがある人生が必ずしも偉いってわけちゃうし、何かになろうとせんでも楽しく生きていけたら、それでええやん」

そう言ってくれたのは、付き合って三年になる彼女だった。

「けど、俺は生まれてからずっと大阪の吹田にいんねんで。吹田の小学校、吹田の中学、吹田の高校、吹田の会社……。家もずっと吹田やし、たぶんこのまま吹田で死んでいくし」

変わらないなあ。喋りながら、そう思った。時代はどんどん変わり、周りの人間もどんどん変化していくというのに、僕は子供のころから何も変わらない。

いつのまにか春日村の街並みは、春日町の実名にふさわしくなった。開発の手がどんどん伸びていき、昔は森林だった場所に新しいマンションが建ち並んでいる。今や春日町は大阪で「住みたい街ランキング」の上位に名を連ねるらしい。

二月の日曜日、昼下がりの春日町を彼女と二人で歩いた。昔は近所を歩いていたら、誰かしらか友達にばったり出くわしたものだが、今じゃそんなことはなくなった。僕と近い世代は、みんな春日町から出て、それぞれが新しい土地で新しい生活を送っている。タモちゃんですら、結婚後は大阪市内で奥さんと子供と暮らしている。変わらないのは僕ぐらいだ。

母校の小学校の近くを通ると、少年野球帰りの子供たちとすれ違った。チーム名は僕が子供だったころと同じファイターズだが、ユニホームはずいぶんお洒落になっていた。

「自分ら、ファイターズか？」思わず声をかけると、少年たちが一様に恥ずかしそうな笑みを浮かべた。「俺も昔、ファイターズやってんで」

「嘘⁉」少年たちが一転して目を白黒させた。

「ほんまやで。もう二十年近く前やけどな」

途端に少年たちがざわついた。好奇の視線を向けてくる。彼らの幼い目に、僕はどう映っているのだろう。お兄ちゃんなのか、おじさんなのか。

背番号16の少年に「岡田やん」と言ったら、キョトンとされた。慌てて「ごめん、今は安《あん》藤《どう》やな」と訂正する。「俺のころは31番が一番人気あってんで」と付け加えると、ますます意味不明な顔をされた。掛布の背番号なんて、もう誰も知らないのだろう。

「阪神好きか？」

試しにそう訊いたら、みんな迷うことなく首を縦に振った。特に背番号1をつけた背の高い少年は、よっぽどのトラバカなのか、「今年は優勝すんで」と鼻の穴を広げていた。

あはは。いいな、こういうの。阪神は大阪の日常なのだ。

「ああいうのを見ると、この街も悪くないって思うねんなあ」

野球少年たちが去っていくと、隣で彼女がそう言った。

「そう？　どこにでもいる普通の野球少年やん」僕は首をひねった。

「いやいや、普通ちゃうよ。だって、自分のルーツがそこにあるやん。違う街で暮らすと、人間のつながりが薄くて、ちょっと寂しくなるときがあんねん」

「ふーん。俺にはわからんわ」

「実際さ、地球上の人間のほとんどは、生まれた街で暮らして、生まれた街でそのまま死んでいくわけやん。そっちのほうが自然やし、日本人は世界規模で見たら、特殊やと思うよ」

「まあ、確かにね。故郷はいつか出なきゃいけない、みたいな感覚はあるわな」

「うん。だけど、違う街で暮らすと、ああいう景色には出会われへんのよねえ」

彼女は遠い目をして、小さくなった野球少年たちを見つめていた。

野球少年のいる風景。確かに悪くないと思った。あの小さな虎党たちは自分の後輩だ。そう思うと、余計に感慨深くなる。この街に生まれてよかったのかもしれない。

人間のほとんどは生まれた街で暮らして死んでいく――か。相変わらず妙なことを口走る女だが、事実には違いない。たぶん、僕じゃ気づかなかっただろう。

きっと、こいつと結婚するんだろうなあ。そんなことを思った。


二〇〇三年のプロ野球が開幕すると、阪神は僕が期待した通りの強さを発揮した。井川を中心とした先発投手陣は安定感抜群。金本が入ったことで、大きな軸ができた打線も前年以上のつながりを見せ、阪神は怒濤の勢いで白星を重ねていった。六月終了時点で五十勝二十一敗一分け、二位に大差をつけての首位だ。

今までは最下位が当たり前だっただけに、最初は素直に受け入れられなかった。見慣れない阪神の強さに、喜びよりも戸惑いや不安が先立ち、何度も夢じゃないかと疑った。この先、何かとんでもないハプニングが待ち受けているのではないか。なぜか怖くもなった。

ところが、阪神は七月に入っても強かった。

七月八日、倉敷《くらしき》での広島戦。核弾頭・今岡が二試合連続の先頭打者初球ホームランを豪快にかっ飛ばし、阪神が八対四で七連勝を飾った。これで五十四勝二十一敗一分け、依然として断トツの首位。早くも、阪神に優勝マジック四十九が点灯した。

もうこうなったら疑う余地はない。いいのか、阪神。本当に優勝を信じるぞ。一九八五年の日本一から苦節十八年。長く厳しかった暗黒時代と、いよいよおさらばできるのだ。

僕は何度も何度も阪神のマジック点灯を報じる新聞に目を通した。間違いない。すでに二位とのゲーム差は十以上離れている。これで優勝できないわけがない。

ただし、まだ感無量には程遠い心境だった。阪神の優勝がいよいよ現実味を帯びてくると、今度は別のことが気になってくる。じいちゃんは、まだ生きているのだ。

じいちゃんの生命力は、依然として驚異的だった。特に春以降は、入院しながらテレビで阪神戦を観たり、見舞いに訪れる僕と世間話をしたりもできるようになっていた。

それもきっと、好調・阪神のおかげに違いない。十八年ぶりの優勝に向かって快進撃を続ける阪神から、じいちゃんは生きるエネルギーをもらっているのだ。

「じいちゃん、ついに優勝マジックが出たで」

病室に入るや否や、僕はじいちゃんに阪神の現状を報告した。スポーツ新聞を見せ、首位・阪神にマジックがついている順位表を赤丸で囲んだ。目はほとんど見えていないとわかっているのだが、それでもなんとなく伝わる気がする。

「このままのペースでいったら、八月の末ぐらいには優勝が決まるかもしれん」

興奮気味に言うと、じいちゃんははっきり言った。

「優勝」

「そう、優勝や。阪神が優勝すんねん」

「優勝……」

「うまくいけば八月末やで。あと一ヶ月半ぐらいで、阪神が優勝すんねん」

「ふん……」

「優勝や。阪神が優勝すんねん。阪神が優勝すんねん――」

しつこいぐらい同じ言葉を繰り返した。とはいえ、今さら「それまで生きてくれ」なんて言うつもりはなかった。ただ「阪神が優勝する」ということを伝えたかった。

じいちゃんが人生のすべてを捧げてきた阪神タイガースは、確かにデキのいい球団とは言えないかもしれない。人気と伝統があるわりに、強かった時代よりも弱かった時代のほうがはるかに長く、俗に御家騒動と呼ばれる球団内のトラブルも絶えない球界の問題児だ。

ダメ虎。そんな言葉が妙に似合ってしまうのも、ある意味阪神らしさと言えなくもなく、いつのまにか弱いことが阪神のアイデンティティみたいになってしまった。弱いくせに一丁前に毎日野球ばかりやっている。たまに奇跡的な連勝を重ねても、すぐにまた平気で十連敗。優勝なんかできるわけがないのに、毎年開幕前には「今年こそは優勝や」と怪気炎をあげ、いざ開幕すると公約をスカッと破るのが、毎度お決まりのパターンだ。

しかし、なぜだろう。なぜ阪神はこんなに魅力的なのだろう。十八年ぶりの優勝へ、いよいよラストスパートを切る阪神が愛らしくてたまらない。じいちゃんもきっと、僕と同じ気持ちのはずだ。いや、僕よりももっと深いはずだ。僕も歳をとると、こんな老人になるのだろうか。僕もじいちゃんみたいに、阪神に人生を捧げるのだろうか。

七月十一日。甲子園での巨人戦。阪神は十四対一で宿敵・巨人を圧倒した。病室のじいちゃんは、僕から試合結果を聞くと、「強いなあ」と呟いた。ここ数日、じいちゃんの体調はすこぶる良好だ。巨人を倒したから、なおさらだろう。

七月十二日。甲子園での巨人戦。阪神は十四対三で、またも巨人に大勝をおさめた。この日、じいちゃんは一日中すやすや眠っていた。「眠れるということは、まだ体力がある証拠ですよ」とは看護婦の弁。僕は「じいちゃんが起きたら、阪神がまた巨人に勝ったって伝えてください」と看護婦に言い残し、病院をあとにした。

オールスターが終わり、後半戦になってからも阪神は強かった。昨年のような失速はなく、七月二十日から二十五日にかけて五連勝。優勝マジックは順調に減っていた。

じいちゃん、優勝するぞ――。

だんだん欲が出てきた。もしこのまま容態が安定していけば、一日ぐらい甲子園に行けたりして。今から医師に許可をとっておこうか。そんなことも考えるようになった。

八月二日。甲子園での中日戦。

阪神が五対〇で中日を下し、エース・井川慶が十四勝目を二安打完封で飾った。ゲームセットの瞬間を、病室のテレビでじいちゃんと二人で見届けた。たくましいエースの顔が画面に大映しになる。じいちゃんはベッドに横になりながら、ずっと井川慶を凝視していた。どこまで、目の前の事態を把握しているのだろうか。

するとと、じいちゃんが突然ベッドから上体を起こした。誰の助けも借りず、両腕の力だけで座の体勢になる。どこにそんな力が残っていたのだと、僕は目を見開いた。

「井川……すごいなあ」じいちゃんの声が聞こえた。

僕は言葉を失った。思わず耳を疑ってしまう。

「井川は江夏二世やな」と再びじいちゃん。さっきよりはっきりした口調だった。

「じいちゃん……わかるん？」

「何がや？」

「いや、井川……」

「うん、わかる。井川や」

じいちゃんは確かにうなずいた。かさついた頬が、わずかに緩んだ。

心の中でファンファーレみたいな音が鳴った。僕は気持ちの整理がつかず、呆然と、しかし目に力を込めて、テレビに視線を送るじいちゃんの顔を見つめた。

じいちゃんは澄んだ瞳で、井川のヒーローインタビューを眺めていた。

もしかすると、あれがじいちゃんにとって、最後の奇跡だったのかもしれない。僕は突然ベッドから起き上がり、「井川」と口にしたじいちゃんの行動が嬉しくて、あの夜はずっと興奮していた。家族にもすぐに報告した。アホだと思われるかもしれないけど、本気でじいちゃんはまだ何年も生きられると思っていた。

しかし、翌三日。同じく甲子園での中日戦。

阪神が七対一でまたも中日を下した夜、じいちゃんは三十九度の高熱を出した。それからは実にあっけなかった。熱は瞬く間に四十度を超え、日付をまたぐ前にじいちゃんは息を引きとった。阪神の優勝マジックは、井川の背番号と同じ二十九だった。

病室のベッドで力尽きるじいちゃんを、家族全員で看取った。ばあちゃんも無理やり連れてきてよかった。ばあちゃんは祈るように手を合わせたまま、動かなかった。

不思議と家族の誰もが泣かなかった。僕も含めて、みんな納得したような表情で、淡々とじいちゃんの死を見守った。「よう頑張ったんちゃうか」と父ちゃん。「大往生だね」と母ちゃん。夏実も黙ってうなずいていた。

正直、僕も悲しくなかった。不謹慎かもしれないが、「惜しかった」という気持ちのほうが強かった。もう少し粘れば、阪神が優勝したのに。あとちょっとだったのに。

結局じいちゃんは、その生涯で一度も阪神の胴上げを生で観ることができなかった。残念だったな、悔しかったろうな。涙よりも溜息が口をつく。それが本音だった。

去年の延命手術も、今思うとそれなりに意味があった気がする。

最先端の医学によってわずかに寿命を延ばす。一見、不毛なことだと思うかもしれないが、そうすることで得たいくらかの月日の間に、僕はじいちゃんが死んでいくという現実をゆっくり受け入れていった。たぶん、家族のみんなも同じだと思う。だから、誰も泣かなかったのではないか。人間はやがて死んでいくという、当たり前の事象を当たり前のことだと心の底から納得するには、ある程度の時間が必要だ。延命治療は、その時間を人間にもたらしてくれるのだ。

じいちゃんはどう思っていたのだろう。延命治療は家族の自己満足だと誰かが言っていた。「家族のために、我々は限界まで力を尽くしましたよ」と自分を納得させるために、家族は延命治療を望む。本人は別に生きたいなんて思っていないのに……。

いや、じいちゃんは生きたいと思っていたはずだ。壊死していく手足をすべて切断しても、それでも生きることを望んだはずだ。確認したわけじゃないが、なんとなくそんな気がしてならない。じいちゃんは間違いなく、阪神の優勝を観たかったはずなのだ。

「いやあ、それにしてもよう粘った。すごいわ」冷たくなったじいちゃんを見つめながら、僕はわざと明るい声で言った。「これ、絶対阪神パワーやで。阪神がじいちゃんの命をここまでつなぎとめてん。絶対そうやわ。それ以外、考えられへんわ」

たかが野球、されど野球。たかが阪神、されど阪神。

僕は得意気に鼻をうごめかし、家族それぞれに目を配った。ふん、おまえらにはこの感覚がわかるまい。僕だけの特権なのだ。

遠くから望むと、不気味な細胞がうごめいているように見える。膨らんだ風船みたく、いつ破裂するかわからない危うさも併せもっている。それは美しくも、巨大な生き物のようだ。

少し視線を右にやった。

アルプスと名付けられたその一帯は、今となってはおよそ雪山とは呼べない豊かな色彩だ。黄色を基調にした常識外れのカラーコーディネート。そんな歪なキャンバスに、数十本の大応援団旗がうねりにうねる。僕にはそれが不思議と心地良く、まさにこの世の楽園だ。

巨大な生き物がおどろおどろしい咆哮をあげた。歪な楽園がオーケストラのような重低音を奏で出した。気づけば僕は歓喜の渦の中。阪神　淡路大震災のときにも感じた強烈な地鳴りが響き、大阪シンフォニーホールで交響曲を聴いているかのように耳がしびれていく。

中秋の夕焼け空に無数のジェット風船が舞った。

――赤星が打ったのだ。

二〇〇三年九月十五日。夕暮れの茜雲に見守られながら、僕は聖地・甲子園で何度も何度も六甲おろしを叫んだ。踊るように唄うのではなく、実体のない何かに殴りかかるように叫ぶ。荒々しい虎党の雄叫び。この日ばかりは、音程なんてどうでもいいのだ。

マジック二で迎えた広島戦。二―二の同点で迎えた九回裏。阪神がこの試合に勝ち、ヤクルトが横浜に負けると、阪神の優勝が決まる大一番だ。

背番号53をつけた赤星憲広がサヨナラタイムリーを放った。公称百七十センチの小さな赤い彗星が、ダイヤモンドで狂ったように飛び跳ねる。息つく暇もなく、レッドスターはベンチから飛び出した縦縞軍団に囲まれ、抱きつかれ、叩かれ、そして潰された。

それから約二時間後の十九時三十三分。横浜がヤクルトに勝利したため、晴れて我が親愛なる阪神タイガースのリーグ優勝が決まった。実に十八年越しの王座奪回だ。

優勝の瞬間を一人で見届けた僕は、じいちゃんの写真に話しかけた。

「じいちゃん、よかったなあ。阪神……やっと優勝したで」

写真の中のじいちゃんは、赤ラークをくわえていた。皺だらけの目尻をさらに皺くちゃにさせながら、満面の笑みを浮かべている。生前、僕が一番好きだった表情だ。

星野監督の胴上げが始まった。僕が一生足を向けて眠れない神様みたいな人だ。いや、神様はバースか。あ、八木《やぎ》も神様だ。……まあいいか、神様が三人いても。僕は神様が好きなんだ。甲子園はとかく神様が降臨しやすいメッカなんだ。ライトスタンドには細胞が確かにうごめき、アルプススタンドには豊かな色彩が踊る。

甲子園は生きているのだ。

それにしても本当に長かった。十八年前、一九八五年の日本一以来、阪神は長く厳しい低迷期に突入し、実に十回も最下位に沈んだ。特に九〇年代は毎年凄まじい勢いで黒星を積み重ね、世間から「ＰＬ学園より弱い」などと馬鹿にされたダメ虎時代だった。じいちゃんと僕はそれでも阪神を愛してきた。いわゆる、惚れたもん負けだ。いったん惚れてしまった阪神を弱いからといって裏切り、足蹴《あしげ》にすることがどうしてもできなかった。誰かが言った。阪神を愛する人は心優しい人、ダメ虎にこだわる男は、ふられた女のことをいつまでも引きずる女々しい野郎だと。なるほど、あながち間違っていないと思う。けど、女々しくてけっこうだ。世間から嘲笑される馬鹿息子であろうが、我が子を誰よりも愛し、その咆哮を信じて何が悪い。人間、優しすぎることに罪はないのだ。

阪神が優勝を決めた夜、甲子園からまっすぐ家に帰った僕は、夢中でスポーツニュースを梯子した。狙いはもちろん、全チャンネル制覇だ。

ニュースでは大阪の道頓堀川《どうとんぼり》が映り、五千三百人もの虎党たちがヘドロ川に歓喜のダイブをしていた。東京でも六甲おろしの大合唱。ニューヨークにも万歳三唱をする阪神ファンがいたことには少し驚いた。まさに世界中が虎フィーバーといった感じだ。

じいちゃんの写真をテープでテレビに貼りつけた。

「じいちゃん、嬉しいやろ。でも、歳なんやから、飛び込んだらあかんで」

甲子園周辺も凄まじい祝宴の嵐だった。黄色いハッピを着た老若男女たちが、優勝の美酒に酔いしれている。全身に虎柄のペイントをした奇妙なオッチャンたちが、季節外れの虎柄ビキニを着たブラジルのダンサーみたいなギャルを胴上げしていた。

ビニールシートの上ですやすや眠る赤ん坊の姿も見えた。タバコの煙と騒音が充満する中、それでも寝る子は育つということか。

「こいつ、絶対阪神ファンになるやろうなあ」

僕はチャンネルを十秒に一回のペースで押しながら、じいちゃんに語りかけた。

十一月三日、じいちゃんの八十回目の誕生日に彼女と二人で墓参りに行った。

「じいちゃん、誕生日おめでとう。あの井川がほんまに二十勝しよったわ。阪神では小林以来やって。タイトルも総なめしたし、今度こそはほんまに江夏二世やなあ」

　そう話しかけながら、水の代わりにダルマのウイスキーをロックで供える。線香の代わりに赤ラークに火をつける。一服吸って、線香置きに突き刺した。

「なんやそれ」彼女は笑っていた。

「赤ラークとダルマのウイスキー。じいちゃんらしいやろ」

「そうやね。阪神の帽子もかぶせたったら？」

「そのつもり。誕生日プレゼントや」

　僕は鞄からよれよれの阪神帽を取り出し、墓石の上にそっと置いた。

「そういえばマーのおじいちゃんと初めて会ったとき、近鉄の帽子かぶってたね」

　彼女の言葉で、十五年前のことが一気に蘇ってきた。

「そんなこともあったなあ。じいちゃん、あんまり阪神が弱くてハンストしてたんよ」

「あはは。アホやなあ」

「うん、じいちゃんアホやねん」

　目を瞑って、アホに手を合わせた。心の中で『六甲おろし』を唄う。ほどなくして少し目を開けると、彼女も同じように黙禱していた。そんなことが妙に嬉しかった。

　帰り道、賑やかな野球少年たちとまたもすれ違った。阪神が優勝したからか、いつもより大きな声で阪神談義に熱中していた。

「なあ、東京ってテレビで阪神戦やってへんねんやろ？」彼女にそう訊くと、

「うん、巨人戦ばっかりやったわ」と即答された。

「最悪やな。都落ちしてよかったんちゃう？」

「あたしはあんたほど熱狂的ちゃうから、そこは関係ないって」

「そりゃそうや」

夕暮れの春日町。彼女の笑顔はどこまでも眩しかった。真っ赤に燃える太陽がマンション群に沈んでいく。子供のころから好きだった景色だ。

このままでいいかもな——。そう言いかけたけど、やっぱりやめた。この街でずっと生きていく。阪神を応援しながら。心の中で決意した。

「阪神が好きやったらなんでもええか」

不意にじいちゃんみたいなことを口走った。彼女はキョトンとしている。

ごまかすように赤ラークに火をつけた。

作品内に登場する赤ラークのラーク（ＬＡＲＫ）は煙草の銘柄であり、フィリップモリスプロダクツエスアーの登録商標です。また、痴呆という言葉を使用していますが、二〇〇五年、法改正により認知症と改められています。当時は認知症という言葉がなかったため、そのままとしています。二〇〇二年四月以降、「看護婦」は「看護師」に変わりましたが、本書では「看護婦」と表記します。

解説

大矢博子

阪神タイガースファンの祖父と孫を巡る、悲しくも愛おしいこの物語を手にとった今のあなたにこんなことを言うのも気が引けるが。

この解説を書いている私は、中日ドラゴンズのファンである。

星野監督のタテジマに複雑な思いを抱き、矢野輝弘や新井良太ら元中日選手が阪神で大化けするのを嬉《うれ》しさ7割悔しさ3割で見守り、毎年のように優勝争いを繰り広げた岡田阪神と落合中日の時代を懐かしみ、藤川球児対タイロン・ウッズの11球連続ストレート勝負を思い出すと今でもゾクゾクする、そんな中日ファンである。

あ、ちょっと待って、本を閉じないでっ！

そんな私が解説を書いていること、それがポイントなのだ。

だって、泣いちゃったもん。阪神ファンじゃないのに。そんなの関係なく、笑って、頷《うなず》いて、驚いて、ハラハラして、そして泣いちゃったもん。

だからあなたが、「オレ、阪神ファンじゃないし」と書店の棚に戻そうとしているなら、ちょっとお待ちいただきたい。

本書の主人公は確かに阪神ファンで、物語の大事な軸として阪神の十八年間があることは間違いないが、阪神ファンだけに向けた物語では決してない。

野球ファンなら誰でも、いや、何か大好きなものを持つ人なら誰でも、心奪われずにはいられない、本書はそんな、ひとりの青年とその家族の物語なのである。


一九八五年から二〇〇三年までの大阪。それが本書の舞台だ。

そう書いただけでピンと来る人もいるだろうが、それについては後ほど。

主人公は大阪府吹田市に暮らす祖父母、両親、一女一男の六人家族。一九八五年には小学校五年生だった息子・雅之の視点で物語は進む。

雅之の祖父は大の阪神タイガースファン。ミスター・タイガースの掛布雅之から名をとって名付けられた雅之ももちろん阪神ファンだが、このおじいちゃんのトラキチぶりが凄《すさ》まじい。野球中継を見たい一心で齢《よわい》六十を超えているのに塀から屋根に上り、二階の窓から侵入する。阪神のふがいなさに、抗議のハンガーストライキを起こす。負け試合に怒髪天を衝《つ》いた勢いで鼻血を出し昏倒《こんとう》する。息子にも孫にも阪神の選手にちなんだ名前をつけ、いや、犬や猫にすら江夏だの田淵だのという名前をつけ、一九六四年の優勝時の選手の思い出を大事そうに語る。

ホントにここまでコテコテのトラキチがいるのかと眉に唾をつけたくなるほど、おじいちゃんは典型的な大阪人だ。日常会話でボケたおし、吉本とたこ焼きをこよなく愛し、小銭にせこくて、何より阪神が大事。ダルマと呼ばれるサントリーオールドが手放せず、赤ラークのチェーンスモーカーで、息子の嫁に嫌な顔をされてもいっこうに気にせず、でもおばあちゃんに叱られると「ごめんなさーい」と子どものようにしょげる。

いやあ、これ、あまりにベタ過ぎないか？　あまりにイカニモじゃないか？

最初はそう思った。けれどそれも著者の技だったのだと後でわかる。

おじいちゃんは若い頃は戦争で、戦後は仕事で、おいそれと野球観戦には行けなかった。だからこれまで何度かあった阪神の優勝を一度も生では見ていない。そして阪神が快進撃を続ける一九八五年、前回の優勝から実に二十一年ぶりの今度こそというところで、おじいちゃんはなんと盲腸で入院してしまうのである。おじいちゃん、持ってない……。

とまれ、日本一になった阪神を見て、孫息子とおじいちゃんは「来年は行こうな」「来年からは優勝ばっかりやぞ」と怪気炎を上げる。

しかし、読者は知っている。次の阪神優勝は二〇〇三年までないことを。その間は、前にも増して暗黒時代が続くことを。

つまり本書は、一九八五年の優勝から次の優勝までの十八年が描かれているのだ。


時の流れは誰の上にも等しく訪れる。しかし同じ十八年であっても、十一歳の少年は思春期を経て大人になるのに対し、六十一歳のおじいちゃんは次第に衰えていく。著者は残酷なまでにその変化を綴《つづ》る。阪神タイガースに重ね合わせながら。

掛布が引退した一九八八年。雅之は中学二年生。おじいちゃんはまだまだ元気だが、阪神がダメダメだ。若手が台頭し、優勝が手の届くところにあった一九九二年。十七歳の雅之は彼女との遠距離恋愛に悩み、おじいちゃんは糖尿病を患いつつもダルマと赤ラークは手放せない。そして阪神・淡路大震災のあった一九九五年へと物語は進む。雅之は中学から高校に進み、卒業後は就職せずにニートとなり、彼女と別れたりトラブルに巻き込まれたり。そしておじいちゃんは、相変わらず阪神を応援しながら、読者にもわかるほどに、少しずつ衰えていく。ひとつの家族の変化が、ゆっくりと丁寧に紡がれる。

一九九八年。ページをめくる手が、ここで止まった。おじいちゃんは、何度聞いても野村が監督になったことを忘れてしまう。マイク仲田が引退したことを忘れてしまう。

まさか、そんな。

この間、雅之はかなりヘタレな青春時代を過ごし、家族に心配と迷惑のかけ通しだった。まるで低迷する阪神のように覇気に欠け、「どうせ」と「でも」を繰り返していた。そんな雅之が一念発起して仕事に就いたのと時を同じくして、おじいちゃんは凄まじい勢いで衰えていくのである。

あの典型的なコテコテの大阪人だったおじいちゃんは、もういない。野球中継を見るために屋根にまで上ったパワフルなおじいちゃんは、もういない。大好きだったダルマも赤ラークも体が受け付けなくなった。これからどうなるのか、その現実を見たくない。ここで話が終わって欲しい。そう祈った。

けれど時は止まらない。止めることはできない。おじいちゃんの介護で崩壊寸前まで行く家族の描写は圧巻だ。本書で最も峻烈《しゅんれつ》な場面であり、胸が潰れる。その年、阪神は最下位に沈む。地を這《は》う阪神に重ねるように、雅之もどん底まで落ち込む。

そして読者は気付く。あのバカバカしくも明るかった前半は、すべてはこの章のためにあったのだ。大げさなまでにコテコテの大阪人の描写は、このためにあったのだ。

読者の脳裏には、バイタリティ溢《あふ》れるおじいちゃんが刻み込まれている。明るくて、剽軽《ひょうきん》で、アホで、でも憎めないおじいちゃんが刻み込まれている。読者にとっておじいちゃんは既に単なる登場人物ではなく、身近な知り合いになっているのだ。元気でパワフルだった知り合いが、壊れていく。その対比の残酷さを、その変化の無慈悲さを、著者は容赦のない筆致で紡ぎ出すのである。

読者をはっとさせる場面がある。すっかり弱ってしまったおじいちゃんが、雅之に甲子園に連れていって欲しいとせがむのだ。そして甲子園の外観を見ながら呟く。

「一回……。一回でええから、阪神の優勝を生で見たかったなあ」

思い出したことがある。

私事で恐縮だが、二〇〇八年に夫が急な病気で倒れ、一時は命が危ぶまれた。そのとき私は「去年の中日の日本一が見られて良かったな」と考えたのだった。中日は一九五四年以来日本一になっておらず、二〇〇七年の日本一は大半のファンにとって生まれて初めてのことだった。間に合って良かった、とごく自然に思った。けれどその一方で、間に合わなかった多くのファンもいたに違いない。

本書が決して阪神ファンだけの物語ではない、と冒頭に書いたのはそういうわけだ。思い出してしまうのである。重ねてしまうのである。自分に。自分の家族に。

誰しも好きなものがある。好きで好きで、そのことに一生懸命になるものがある。野球に限らない。サッカーかもしれないしアイドルかもしれない。あるいは仕事や家族かもしれない。何であれ、ずっと好きであり続けたものは、その人の歴史になる。その人そのものになる。それを愛して愛して愛し抜いたということ自体が、その人がそこにいた証になるのだ。

好きでたまらないものの存在が、どれだけ人を強くするか。

それほど好きなものを持てるのが、どれだけ幸せなことか。

記憶がにじんで、誰が投げても「マイク仲田が」と言うおじいちゃんに雅之は話を合わせる。それはとても切ない場面だけれど、それだけ愛した選手がいたおじいちゃんはやはり幸せだったのだと思う。

ああ、そういえば、一命を取り留めた夫はしばらく意識が混濁しており、妻である私の名前は忘れたのに、趣味の鉄道模型の型式番号はすらすらと言ってみせたことがあったっけ。呆《あき》れて苦笑するしかなかったが、同時に安心したのを覚えている。今思えばあの安心は、夫らしさが健在だったことへの安心だったのだろう。つまり、そういうことなのだ。

私もいつか頭の中がにじんで、中日のユニフォームを着ている選手の名前がわからなくなったとき、誰が投げても「浅尾きゅんが」と言うかもしれない。そんな未来を想像するのは辛《つら》いし怖いけれど、でもそれだけ好きなものをずっと心に抱き続けられたなら、それはとても幸せでありがたいことなのだと本書は教えてくれた。

本書には、その舞台となった時代ごとのさまざまな出来事がプロ野球を中心に登場する。日航機墜落事故。近鉄対ロッテの10・19決戦。湾岸戦争。阪神・淡路大震災。ポケベル、ダウンタウンの東京進出、ドラゴンボール。バース、掛布、岡田、仲田、新庄、亀山、井川……。読者はそこかしこに自分の歴史を見るだろう。自分と家族の歴史を見るだろう。

十八年は読者の上にも等しく流れている。就職したり結婚したり子どもができたり、その一方で親を看取《みと》ったり大事な人を亡くしたり。その間は決して平坦な日々ではないけれど、そうして人生は続いていく。その人の生きた証を何かに刻みながら。

これは熱狂的な阪神ファンでコテコテの大阪人であるおじいちゃんとその家族の物語であり、他人に心配ばかりかけるダメな青年の成長とその家族の物語であり、そして――大好きなものを持っているあなたとその家族の物語なのである。

――書評家

この作品は二〇一二年十一月ＰＨＰ研究所より刊行されたものです。

虎《とら》がにじんだ夕暮《ゆうぐ》れ

山田隆道《やまだたかみち》

平成26年8月5日　初版発行

発行人――石原正康
編集人――永島賞二
発行所――株式会社幻冬舎
〒151-0051東京都渋谷区千駄ヶ谷4-9-7
電話　03(5411)6222(営業)
　　　03(5411)6211(編集)
振替00120-8-767643
印刷・製本―図書印刷株式会社
装丁者――高橋雅之

幻冬舎文庫

ISBN978-4-344-42243-8　C0193　や-34-1

幻冬舎ホームページアドレス　http://www.gentosha.co.jp/
この本に関するご意見・ご感想をメールでお寄せいただく場合は、
comment@gentosha.co.jpまで。